大魚讀品
BIG FISH BOOKS

让日常阅读成为砍向我们内心冰封大海的斧头。

一千种蓝

[韩] 千先兰 著

张纬 译

这是故事的结局，也是我的结局。

国际文化出版公司

·北京·

一千种蓝

　　骑手房十分狭窄，只容得下一个成年人蜷身而坐，不能躺下，也伸不直腿。不过，使用这个房间的骑手用不着躺，也不需要伸直腿坐。身高 150 厘米、体重 40 公斤的骑手坐在这个没有窗的长方形房间里无尽地等待。四面的水泥墙让这个空间给人的感觉比实际更狭小、憋闷。C-27 最不满意的一点还是从房间里看不到天空。它也知道"不满意"这个词用在自己身上并不相宜，这却是最合适的一个词。它愣愣地坐在那个透不进一丝光的地方，日复一日地等待，等了又等。

　　　　　　　　　　　　　　　　　　　　等那女孩来。

这是故事的结局，也是我的结局。

我在坠落。照通常的速度，坠地用不了三秒，但我在用比三秒多了几倍的时间慢慢地、一点点地从空中坠落。我知道，在落地的刹那，即便身体受到撞击，我也并不会觉得痛，但大概免不了折胳膊断腿。我感知不到疼痛。有人说这是我存在的理由，是我最大的优势，但我总觉得这话不对。我要是能感觉到疼痛，就不会这样跌落，也就不会迎来自己的结局。据我推断，痛感是只有生命体才具备的最佳防御程序。痛苦帮助人类生存和成长。我之所以能体悟到这一点，有物理性和非物理性两方面的原因。落地之前，我能把这个故事讲完吗？就常识来讲，这是不可能的，但现在离我抵达结局还有很漫长的一段时间，所以或许我能做到。

三秒钟之前，我还骑在阿今背上。阿今是一匹通体黝黑的母马，一身皮毛如波光粼粼的水面。关于它，后面我会更详细地介绍给大家，此处的重点是：阿今是和我搭档的赛马，我是它的骑手。六个月前的三月，我们因为一个关键性的错误和契机遇到了彼此。当然我也可以谈谈这件事，不过同样地，此处我想说的重点是，我们从三月开始搭档，然后在九月的今天，做了最后一次配合。我想说，今天是历史性的一天。人类语境中"历史性的一天"虽然有时候会用来指开始做一件事的日子，但更多的时候是指奇迹发生的那一天。是的，奇迹。今天就是我短暂一生里第二次出现奇迹的日子。

我听到了惊叫声。看来这一次漫长的坠马终于要尘埃落定。延宰说等比赛结束就给我重新刷漆，因为我原来的油漆早已剥落得斑斑驳驳。她问我喜欢什么颜色。照理说，还是按原样漆成绿色和我的名字最相称，但当时我坐在二楼的房间看着窗外说，我喜欢蓝色。延宰回答好。

延宰姓于，所以叫"于延宰"。这个名字像阿今一样，对我至关重要。她是我的救世主，是她选择了我，给了我一个新的世界。延宰如果知道我这样说她，多半会把眉毛和鼻子都皱成一团地看着我，表情带着点儿神秘，带着点儿乖张，但并无厌恶之意。

是延宰让我和阿今重新走上赛场的。她是个非常平凡但又与众不同、勇气十足的人类女孩，也是她创造了我的第二个奇迹。

现在我的腿已经完全脱离了阿今的身体。阿今将以每小时50公里的速度奔跑，不必太快，也不必太慢。它将摆脱外界的压迫，匀速前进，继续它重获的新生。

直到几天前，阿今还是已经确定要接受安乐死的赛马，我则是即将报废的骑手。但现在，阿今重新站上了赛道，而我在坠落。一旦落地，就将粉身碎骨。人类把这样的推测称作"本能的直觉"，我则只会根据精确的数值和计算得出结果。我的未来不存在错误的预测。我想讲述的是，走到这一步之前，我短暂的一生都经历了什么。

我叫考利（Coli），因颜色像西蓝花（Broccoli）而得名。

考利

遇到延宰前，考利叫 C-27。

考利的配件生产于美、中、日三个国家，2035 年在韩国大田市组装完成。不过与其他仿人机器人骑手不同的是，考利在最后一道组装工序中被误植了一个软件芯片。芯片是一个为了写报告来生产线实习的研究生遗落的，里面装载了认知和学习能力，是为正在开发中的学习用仿人机器人设计的，本不应该被植入骑手机器人体内。那个研究生已经连续三天没合眼了，到工厂以后一直睡意蒙眬，困得睁不开眼睛。转到最后一道工序时，研究生遇到厂长，一边打招呼，一边从书包里取名片出来，不承想带出了芯片。由于连那张名片都是他在钱包里翻了半天才找到的，他当然不会注意到芯片的遗落。更要命的是，一心想着睡觉的研究生昏头昏脑地离开工厂后，那一区域的清洁工看到了芯片，想也没想就把它扔回了堆着芯片的盒子。

这个过程里发生了两次不可思议的事故，一是研究生遗落芯片，二是清洁工将掉在地上的芯片放进了另一个芯片盒。假如这两个人都是机器，就绝对不会发生这样的事故。所以，考利算是人类的失误造就的产物。

考利是在工人检查它的安全扣是否扣好时睁开眼睛的。当时那个工人多少有些粗暴地摇晃它的身体，害它后脑勺撞到了固定台。和其他骑手机器人不同的是，这一下撞击激活了考利体内预设的开机信号，打开了它的电源开关。工人从考利身旁走开，关上了货厢的门，没注意到它的眼睛亮起了灯。

载着考利的货车和另外几辆货车一起组成车队，从大田开往首尔。开启了自动驾驶功能的货车每次丝滑转弯，考利被固定在座位上的身体都要随之颠簸一下。货车车厢有一条狭长的窗户，供人从外面往里看，考利只能通过这扇窗看外面的世界。货车一刻不停地在凌晨的高速公路上奔驰，时不时穿过一条条有蓝光跳跃的隧道。离到达目的地还有一小时左右的时候，考利欣赏到了日出的景象。一线阳光透过窄窄的窗投射在货厢的墙壁上。考利追随着那道光，吃力地转动被固定的头，迎面看到一长排没开电源的骑手机器人。

"喂！"

考利这时才知道原来自己可以发出声音。它又叫了几声，但是没有一个机器人回应它。它盯着那些机器人随着货车前行摇晃来摇晃去，看了一会儿，就又转头去看前面。太阳升起，世界明亮起来。

"灿烂。"

世界竟然如此多彩！这让考利非常吃惊。而自己竟然知道这个词！这个事实又一次让考利感到惊讶。紧接着，它又开始好奇自己到底知道多少个词语。到达目的地前，考利就一直望着窗外，随口说出自己想到的所有词汇：华美、漂亮、美丽、黄、红、蓝、快、可怕、恐怖、森然、冷、热、炙热、疼痛、累、苦……还有一些词是不能用作动词或形容词的。

考利念诵不停。就在它快用单词把货厢塞满的时候，货车到达了目的地，考利念完了自己知道的所有词汇。一千个。考利想起的词语有一千个，用这些词语能组成的句子一定更多。考利也很好奇自己能造出多少个句子。但这时车门开了，职员看到考利的电源竟然是开着的，大吃一惊，马上关掉了电源，考利也就没机会造句了。

再睁开眼睛时，它已经被搬进了一个三面都是水泥墙的房间里。这里没有窗，有一个铁栅栏门，空间很小，可站立和蹲坐，但不能横躺，也不能伸直腿坐。墙上用于补充能源的充电线连接在考利的后颈上。考利拔掉电线站起身。铁栅栏的栏杆间距很密，考利的头探不出去，就抓着栏杆朝蜷坐在对面房间里的骑手机器人说：

"喂！"

那机器人抬起头。它的面部涂着红漆，胸口写着"F-16"。

"你在干吗？"

考利问。F-16 不回答，只是看着考利。

考利又问：

"你知道这是哪里吗？"

F-16 的脖子上亮着灯，但没有发出任何声音。考利放弃了努力，面对着 F-16 坐下。骑手房的墙上有挂钟，看秒针移动，考利能感觉到时间在流逝，却估量不出流逝的时间是多久。在时针转了一圈后又转了半圈的时间里，考利只能和F-16面对面枯坐。

第二天，考利终于知道为什么F-16不答话了。一个穿黑外套的男子和两个穿着厚飞行夹克的女人来看F-16。黑外套男子一边吞云吐雾，一边说道：

"它发不出声音。肯定是发生故障了。啧啧。你们把这家伙带走，再另外送一个来。送之前务必检查一下有没有问题。"

F-16被装进小箱子里带走了。考利站起身想再看看F-16，可因为没法从铁栅栏之间探头出去，只能听着脚步声渐渐远去。看着那个空荡荡的房间，考利又有了一个奇怪的体验：骑手房的挂钟并没有出毛病，时间却走得更慢了。考利不知该怎样解释这个现象，只是暗自觉得奇怪。

从那之后，又过了52个小时，才有人打开房门。是上次那个穿黑外套的男人又穿着同样的衣服来了，这次他带来了四个男人。

"出来。"

男子叼着烟卷，声音含混不清，考利却也听懂并照做了。考利跟着那群人来到室外，又沿着围了栅栏的路一直往前走。路两旁分别种着一排大树，树叶都掉光了，一行人每次踩到落叶时，都发出沙啦沙啦的声响。

"沙啦沙啦。"

考利嘴里模仿着那声音。跟在旁边的男子不知是不是听到了它的喃喃自语，瞟了它一眼，但没说什么。他们到达的地方是一个巨大的赛场。进入赛场时，考利环顾了一周空旷的观众席。十九个骑手机器人排成整齐的队列站在草坪上，考利站到了队尾。那天，它第一次见到马。分配给考利的是一匹黑马——阿今。

黑外套男子拿了一把椅子，放到赛马场的中央，坐下。所有骑手机器人依次上马，缓缓地绕着赛道跑圈。马儿们先是慢慢地走，走着走着就开始奔跑起来。有的骑手机器人姿势稳健，有的骑手则无法保持平衡。那男人只是看着，不置一词。逐个做记录的是站在他身旁的另一个职员。

轮到考利时，戴着"都敏周"名牌的男人牵着阿今的缰绳，把它带到赛道上，然后用力捋了几下阿今的脖子。考利站在一旁静静地看着。接着，敏周命考利抓鞍、认镫、上马。考利却先照着敏周的样子捋了捋马的脖颈。敏周不由得失笑，问考利在做什么。

"你为什么这样做？"考利问。

敏周想了一会儿，答道：

"是一种感应交流。我在告诉它，现在我要骑到你背上了。"

"你只是捋了它几下，它怎么知道你在说什么？"

"就是一种暗号，是我们之间的约定。"

"约定。"

考利轻轻地重复了一遍这个词。约定太方便了。事先约定好了，能省下许多口舌。骑手一句话也不用说，只需要抚摩马的脖颈、拉紧缰绳、用马镫踢马腰、适当呼喝，就能和马儿一起驰骋赛道。

考利又将了将马的头颈，踩着马镫坐上了马鞍。起初，它保持着基本姿势，慢慢地在赛道上转了一圈。这个姿势要求腰板挺直，头、肩、腰、脚跟与地面垂直，这样腰部可以吸收马的反作用力。骑手的腰部是特别定制的，可以随着马的动作柔软屈伸，所以考利不需要特别努力就能做到腰部松弛。它凝视了一会儿正前方，又去看自己握着缰绳的手和悬在半空的脚。

"别分神，注视前方。"

一直配合着马的步幅走在它们旁边的敏周说道。考利听话地收回视线，凝视正前方。

"这和坐卡车时的感觉又不一样。"

敏周斜了一眼考利，命令它跑起来。考利听从敏周的指令，把脚伸进高马镫里，从马鞍上抬起臀部，两腿紧紧夹住马的腰部，向前俯低身体，使身体和马鞍平行。敏周解释说，这叫"前倾姿势"。他向马发出奔跑信号，马开始逐渐提速。由于下半身从关节到脚踝是一个联动结构[1]，所以考利能够毫不费力

---

1 一种经过特殊设计的结构，只用一个动力装置即可保证多个关节运动，使用这种装置能够最大限度地实现轻量化，而且因为不使用马达，不会出现间隔。——译者注（以下如无特殊说明，均为译者注）

地吸收反作用力，随着马的身体上下起伏。它的臀部还装有油压器，能够减轻对马鞍的撞击。考利的身体是经过精心设计的，能最大限度地让阿今感觉不到它的存在。

阿今的奔跑速度越快，风就越猛烈。考利是看到马鬃飞扬才认知到有风的。那些鬃毛明明是一根一根的，怎么能做到像一个有机体一样如水般流动呢？考利忽然很想摸摸马的鬃毛，于是放开缰绳，伸手去抚摩鬃毛。考利什么都感觉不到，却认为在它指缝间"流动"的鬃毛是美的。

就在那一瞬间，考利的身体失去平衡，猛烈地摇晃起来。敏周看到后大声喊着让考利用力拉紧缰绳。考利连忙照做，阿今随即停下了脚步。敏周横穿赛场冲到它们身边，气喘吁吁地说：

"不可以放开缰绳！你干吗撒手?！"

敏周的最后一句话不像是疑问，更近似训斥，但考利听不出语气的不同，只是坦然自若地说道：

"我想摸一摸它的鬃毛。"

敏周的眉毛一拧，在眉间攒出三条皱纹，右边的眉毛比左边的更扭曲了几分。从他面部肌肉的运动来看，他感到的并不是喜悦、悲伤或者愤怒，而是一种更加复杂的情感。敏周似乎没理解考利在说什么，但也没有再问，只是一边平复着急促的喘息，一边简单地命令："下来。"考利虽觉遗憾，也只得照做，但没忘记拍拍阿今的脖颈。

短暂的训练过后，考利又回到小屋。它看着敏周掏出工卡锁门，问道：

"不锁门不行吗？"

敏周在机器上刷了一下工卡，门随即落锁。敏周看了考利
一眼。

"你锁门是怕我开门出去吗？你不信任我吗？"

"这是规定。我也没办法。"

听了敏周的回答，考利点点头，退后一步。它没有求敏周
打开门。遵守规定是很重要的。它知道，必须所有人都不违反
共同的规定，才能维持良好的社会秩序。考利也有几条必须遵
守的规定。其一是不得攻击人类，其二是必须服从人类的命令。
敏周正要走开，考利对他说：

"如果规定有变化，请你告诉我。"

敏周没作声，自顾自离开了骑手房。

那天以后，考利每天都会训练五个小时——不是整整五个
小时都在训练，大部分时间它其实都在等候。考利总是兀立在
赛马场上，花上很长时间专心致志地观察天空和赛马场墙外的
大树。天空的颜色和形态每天、每小时都在变化。天空虽然是
蓝色的，但时常会混入紫色或粉红色、黄色和灰色。像那样融
合在一起的颜色，考利不知道该如何表达，就造出了"粉蓝"
或"灰黄"之类的词语。在考利看来，这个世界需要的词汇是
一千个的一千倍。另一方面，它也在想，也许世界上已经有了
足够多的词汇，只是自己不知道而已。如果真的是这样，那它

该去哪里学习那许多词汇呢。

天空的形态有很多种，其中考利最喜欢的还是云彩鲜明的天空。所谓"喜欢"，是说它会更频繁、更长久地仰望天空。所有的云朵形态、厚度各不相同，提醒着人们天空是个广阔的空间，并不是平面。有时，云还会随风流动。世界上竟然存在着可以在空中流动而不坠落的事物！自身有重量的考利就不可能做到。有一天，考利跟敏周说想摸一摸云朵，可敏周根本就没理会它。

这期间，考利和阿今的关系日渐亲近。考利时常会揽着阿今的脖颈，对它说"拜托了"。敏周看到以后，也从来没问过它为什么要那么做。

考利渐渐发现，和它一起工作的其他骑手机器人并不会像它那样仰望天空、抚摩马的脖颈，也不会跟敏周聊天。一定是运行错误。它的电源会自行开启，想必也是内部哪个配件引发的问题。不过考利没再多想。对于自己为什么会有这些念头、为什么想知道更多词汇、为什么在这个狭窄的房间里估算时间，考利倒并不觉得好奇。它的反应总是即时性的，只针对自己刚刚看到的事物。坐在骑手房里，它不曾想到天空；在赛马场上，它没有估算过时间；骑马的时候，它也不会想学新的词语。

可是，它时常会忽然在完全没有预料的地方想到一个新奇的句子。考利觉得自己的体内有个存储词句的空间，那些句子就是从那里冒出来的。考利在骑手房门口停下脚步，问道：

"为什么要举行这样骑着马跑的比赛？"

敏周被问了个措手不及。之前考利问的都是诸如这东西是做什么用的、天为什么是蓝的、为什么下雨、地上为什么有土之类的问题。敏周本没打算认真思考，却也花了不少时间选择合适的答案。对于考利来说，敏周是个友好的人类，问他问题时，从来没有不答的，至少也会说一句不知道。而黑外套男子或偶尔到这里来的那些男人在考利打招呼时连眼皮都不会抬一下。

"因为有意思呗。"

敏周说完后又自觉这个答案太平常了，可也想不出更合适的回答。也许这就是正确答案。如果没意思，赛马运动应该早就消失了。赛马能延续几千年的原因绝对是——有趣。

"谁？马吗？"

"不，人。"

"人觉得有趣，为什么让马跑？不是应该人自己赛跑吗？"

敏周好不容易才忍住没笑出声来：

"是觉得看赛马有意思吧。还可以赌哪匹马能跑第一名……而且，人亲自下场跑的比赛也是有的，只是和赛马的目的有些不同罢了。"

"那马为什么要赛跑呢？"

"马应该也觉得赛跑很有意思吧。"

敏周随口说道，声音里透着不耐烦，大约是想尽快结束对话。考利当然无法理解敏周的心情，依旧操着单调的声音问道：

"你怎么知道马是不是觉得有意思？"

"停！别再问了。"

"请你告诉我。"

"告诉你什么？"

"我也想知道阿今是不是觉得有意思。看哪里能知道呢？"

如果敏周不想回答，考利应该也不会有异议。但敏周并没有忽略不理，而是带着考利去了马舍。

敏周在阿今的门前停下来。阿今把嘴巴从铁栅栏的中间探了出来。敏周抚摩着阿今的鼻梁，跟阿今打招呼。

"你为什么抚摩它那里？"

"这和抚摩它的脖颈差不多，也是一种'我会很珍惜你'的约定。"

考利也伸手想要照做，但它只有150厘米高，没法像敏周那样抚摩马的鼻子，只能揽着马的头颈，勉强用手掌包住它的鼻子。敏周想问考利为什么那么看重和马之间的感应交流，却问不出口。他无法想象自己问考利问题，光是想想都有种难以忍受的怪异感。

敏周从马舍的箱子里取出一根带泥的胡萝卜。这种胡萝卜比人吃的那种细长一些，形状也歪七扭八的。品相不好、无法当作商品出售的胡萝卜都被送到这里来。因为数量并不充足，通常只当作训练新来的马或是马儿不肯吃饲料和干草时才特别喂的加餐。不知是不是因为闻到了胡萝卜的味道，阿今的呼吸急促起来。敏周用掌心捂住阿今的鼻子，让它再等等。

"骑到它背上去，我来帮你。"

敏周扶着考利两侧的腋窝，把它举起来，考利抱着阿今的腰背，翻身坐上了没戴马鞍的马背。考利觉得这种体验也很不错。虽然它感受不到触碰马的皮毛和肌肉时的感觉，但只就屈曲程度而言，阿今的背还比较平滑，坐着很稳——也可能是长期佩戴马鞍而留下的进化痕迹。

"你有哪些感觉？"

"我感知不到由皮肤传导的细腻触觉，也分辨不出滚烫和冰冷，但能通过振动传感器捕捉到振动。"

"那好吧，你现在趴下来，抱住阿今的背。"

考利照敏周说的，用双臂抱住阿今的背。敏周把胡萝卜喂给阿今。考利感知到了阿今咀嚼胡萝卜时的振动，接着传来的是阿今去接食物时细微的动作和加快的脉搏，还有变粗的喘息声。所有这些变化虽然微弱，但非常明显。

"它现在很高兴吗？"

"对，因为它吃到喜欢的食物了。"

敏周虽然不能确定，但相信阿今是高兴的，同时又觉得考利似乎也对他的回答非常满意，不过他马上就抹去了这个念头。考利虽然特别，但并不能因此就觉得它是有感情的。考利的好奇心从何而来？这种现象只出现在少数骑手机器人身上，还是说，世界上只有考利这一台机器人如此？敏周十分疑惑，却恐怕很难找到答案。他是因为机缘巧合才接触到骑手机器人的，除此之外获取相关信息的机会实在不多。

考利闭上眼睛感受着阿今的振动。是敏周太无知、太傲慢了，才会期待和幻想考利能够有所领悟吗？

敏周把考利抱下马，发出命令："可以了，回屋去吧！"考利毫无怨言地走向骑手房。

考利蜷坐在房间里，回味着在阿今的背上感知到的振动，并将之存储为"喜悦"。

第二天，考利明白了敏周说的是真的。阿今飞奔起来的时候，考利又一次放开缰绳，把掌心贴在阿今的背上。它感觉到了比阿今吃胡萝卜时更强烈、更快的振动。就像考利被造出来就是为了骑在马背上赛马一样，这个生物显然也是为奔跑而生的。从知道阿今幸福的那一刻起，考利就得出了结论：如果阿今幸福，它自己就是幸福的。马鬃如水，喜悦的振动传遍了它的全身。考利完完全全地感知到了阿今急促有力的脉搏。阿今，你幸福吗？如果你幸福，我就幸福。

从某一个瞬间开始，比赛前后，考利都会代替敏周抚摩阿今的脖颈。它们的成绩越来越好，阿今的身价也水涨船高。一天，比赛开始前，考利听到保安看的赛马节目里一个解说员说：

"可以说这是阿今和骑手同呼吸、共命运的结果。"

呼吸——考利知道这个词的意义，所以也知道自己是不能呼吸的。呼吸是身体与空气发生化学反应，吸入某种成分，再进行分解、排出的过程，是生命体独有的特权。考利的身体不能吸收、分解、排出任何东西。它反复进行的是在体内积蓄能量，然后将其转换为其他形式并消耗掉的过程。那么，为什么说它和阿今"同呼吸"呢？

"就是个比喻，是说你们配合默契。"

敏周这样回答。考利虽然觉得敏周说的应该是正确答案，却不知为什么总想否认。考利相信自己也在呼吸。敏周的呼吸是无意识的，每次呼吸，他的身体都会发生细微的膨胀收缩运动。那是考利见过的所有人类和动物的共同点。呼吸的时候，身体自己会动。考利的身体也有不由自主运动的时候。尽管和膨胀收缩的运动有所不同，但当考利坐在阿今背上奔驰的时候，至少在那一刻，它不需要任何指令，身体就会随着阿今的运动上下起伏。

"至少在和阿今一起奔跑的时候，我也在呼吸。配合着阿今的呼吸……是不是也可以这样比喻？"

"当然可以。"

每次坐在阿今背上奔跑的时候，考利都在呼吸。如果说呼吸是生命体的特权，那么，至少在那一刻，考利是一个生命。生命是"活着的"存在，也就是说，考利是活着的。

考利这样想。至少在阿今奔跑的时候它是活着的。那么，活着究竟意味着什么？

　　但这个问题它没再去问敏周。阿今的身价开始超过5000万韩元[1]以后，它们有了专属管理员，就很少能再见到敏周了。如果它跟新来的管理员说自己是活着的，那个管理员的反应通常是：

　　"这个机器人疯了。"

　　考利盼了又盼，希望再见到敏周，却很久很久都没得到机会和敏周好好聊上一会儿。身价高的马和骑手时常要乘坐卡车到外地去参加远征比赛，阿今的进食和排便就只能在狭窄的卡车上解决，既不能洗澡，也无法休息。考利能为阿今做的只有反复抚摩它的脖颈。阿今心脏剧烈跳动的时间越来越短，两只眼睛也没了神采。

　　至少在赛场上的时候，阿今是不一样的。考利觉得，阿今可能是因为和自己在一起的时间久了，才越来越像它。阿今也只有在奔跑的时候是活着的。为了活着，阿今只能奔跑。

　　两个月以后，考利得到了一条马鞭。管理员命令考利在阿今奔跑时用鞭子抽打它的臀部。考利照命令做了。阿今每次受到鞭打时都努力跑得更快一些。但奇怪的是，跑得越快，阿今的内在越平静。考利不能理解，阿今竟然不幸福？阿今只有在奔跑时才能感觉到自己活着，可是它在活着的时候却不再感到幸福了。考利把这件事也放进了要问敏周的问题清单里。

　　阿今的时速达到100公里，创造了韩国新纪录，它的身价

---

1 约合人民币26万元。

也开始以亿计了。可情况并没有因此发生太大变化。阿今现在能更经常吃到它喜欢的胡萝卜，却再也不像从前那样兴奋了。比赛途中，考利一直在对阿今轻声说："加油！马上就到终点了！"而每当这种时候，阿今都好像在说："疼！疼！疼！"

如果敏周一直在考利身边，也许就能阻止意外发生了吧？因为敏周从来不会对考利的话听而不闻。它们那个新的管理员就不一样，每次考利说阿今病了，他要么装作没听见，要么嫌考利聒噪，让它闭嘴。考利遵从管理员的命令，关闭了声音，然而阿今在刷新纪录的三个月后就出了状况。

到后期，阿今的速度渐渐慢了下来，一向跑在第一位的阿今开始退居第二、第五位，甚至落到了第九名。随着嘘声四起，阿今的身价暴跌，人们不再瞩目于它。考利当然不在乎那些名利，却不能眼看着阿今在关节疼痛到无法走动的情况下仍然得不到治疗。考利对每一个自己见到的人说阿今需要适当的治疗和休息，但没人听它的。阿今只能拖着病腿，咀嚼着胡萝卜当作镇痛剂，强撑着参加比赛。

再这样下去，阿今会死掉的，考利想。

于是，就在那天，夏末的那场比赛中，在满场的观众面前，考利自己跌下了马。因为它知道阿今驮着它非常吃力。考利认为，阿今既已站到了赛道上就不能停下，可在如此状态下跑完全程，恐怕就再也站不起来了，那么，最好的办法就是让阿今失去比赛资格。"在尽可能短的时间内完成比赛"是它存在的理由，而"必须救阿今"是它需要遵守的原则，考利在二者之间迟疑片刻，马上就选择了后者。它必须保护阿今。

望着模拟蓝天的幕布，考利找到了从缝隙中挤进来的阳光——就和它坐卡车时第一次看到的那缕阳光一样，也像是挨挨擦擦、争先恐后地从那狭窄的间隙强行闯入的一般。假如没有天幕就更好了。假如不是在这赛道上，而是和阿今一起驰骋在广袤的大草原上，它们一定更快乐……

考利看到后面有马，却还是主动坠下马来。那些马匹如卡车一般轰然碾过，把考利的骨盆和下肢踩得粉碎。阿今还活着，考利却完全失去了存在的价值。

到这里为止，是考利一生的上半场。

考利实现了最后一个愿望，它可以不回骑手房，而是躺在马房旁边的干草垛上仰望天空。过不了几天就会有回收机构的人来带走它。它的身体将被分解，部分可重复利用的零件将用在其他机械上，也可能作为一个曾与王牌名马阿今配合过的机器人骑手，被关闭全部驱动装置，送到赛马博物馆当作标本展示。考利猜想着自己最终的去处，却并没有特别的感觉。它只是希望有更多时间像这样单单仰望夜空。它甚至都没意识到，那种心情就叫作遗憾。

这时，一个女孩探头进来。女孩穿着牛仔裤和黑色 T 恤，发型和敏周差不多，但发质似乎不大好，看上去更加凌乱一些。阳光洒在女孩身上，考利看得到空气中浮游的微尘落在她蓬乱的发梢上。

"你好！"

考利跟女孩打招呼。也许听到女孩的呼吸声之后，它就已经知道了，女孩盯着它看的那双专注、好奇的眼睛将会救下它。

"您找我有何贵干？"

女孩踌躇了一下，还是踩着干草走过来查看考利下半身碎裂的情况。

"没关系的，我反正已经坏掉了。我在比赛中摔下马，又被后面的赛马踩踏。是我的失误。我不该走神的，但那一刻我忽然想到，天可真蓝啊！我想象着自己奔驰在天晴气爽的大草原上。我是指真正的草原，而不是幕布上的假草原。你在真正的草原上奔跑过吗？"

它想听女孩回答，敏周却在这时走进来，害它失去了机会。女孩离开马房前一直都在偷瞟着考利。

次日，考利被关闭了电源。

考利最后的记忆是看到敏周在电话里说服和乞求对方。敏周一边在马房里踱来踱去，一边对着电话说："反正也没几个零件是能用的了，卖也卖不到80万，您卖给回收厂商也是非法的，在这儿计较卖给哪一边更违法又有什么意义。不，我不是跟您吵……是是，我肯定会好好跟她说，准保不让她举报。她真不是那种人！"

考利还是头一回看到敏周在那么短的时间里表现出如此富有层次的情绪。最后，敏周终于挂断电话笑着走到考利身边。"到那儿以后，一定要好好活下去啊。"敏周说完，关掉了考利的电源。敏周让它"活下去"，考利把这件事存进记忆卡里以免忘记。

再睁开眼睛时，考利看到的是之前见过的那个女孩。它也不在那个干草垛上了。现在它住进了一户人家二楼一个有屋顶的房间。女孩坐在考利的对面，说道：

"于延宰。"

这是女孩的名字。

"你叫布洛考利[1]。"

"……"

"简称考利。"

这是考利的名字。

就这样，考利成了考利。现在该讲讲这个女孩的故事了。就是这个伟大的女孩，开启了考利"人"生的下半场。

---

1 Broccoli（西蓝花）的音译。

延宰

在延宰的记忆里，她的第一次叛逆行为发生在十一岁的时候。

那段时间，每天放学以后，延宰都要留校训练，因为几天后她得参加学校运动会的接力比赛。一共有六个班，前三个班和后三个班各为一队，每班派两个代表出战，除了最后一棒，每人跑半圈。延宰是三班的代表之一，另外几个孩子实力接近，只有延宰快得超乎寻常，所以被选中跑最后一棒。前三班接力队的指导老师是延宰的班主任，对延宰的期望值很高。可能是觉得几个小孩速度差不多，但凡中间有谁跌倒或者崴脚，肯定立刻就会被对手超越，所以，老师要求实力高出别人一截的延宰必须跑出最快速度，这样即使她们这一队前几棒落后，延宰也能反超。也许是因为延宰跑得格外轻松，又或者是她的表情给人一种闲庭信步的感觉，每次轮到延宰上场，老师都会连声高喊"快快快快快"。延宰的每一步都踩在一个"快"字上。听着那声嘶力竭的聒噪声，延宰总是觉得头都要炸了。

就在延宰再也无法忍受那声音的刹那，她脱离了跑道。只是延宰也很遗憾，那个刹那碰巧发生在运动会当天。延宰在弯道处没有转弯，而是直冲了出去。周围一下子变得安静了。究竟是因为她跑得太远，才听不到热烈的加油声，还是她的突发举动让大家都愣住了，延宰无从分辨。她只是受够了那个催促她快跑的声音，才脱离赛道的。她出了校门，一路跑了下去，直到前面无路可走。

第二天，当着全班同学，班主任把延宰叫起来，问她昨天为什么那样跑掉。延宰当然感到很抱歉，因为她的举动，害得同学们这些日子的训练全都白费了。可是能怎么办呢？时间又不能倒流。不过，延宰却回答说，因为老师一直让她快跑，所以她就使劲跑，结果跑得实在太快了，快得无法控制自己的速度。跑出学校以后，她一路跑进了赛马场，甚至能和赛道上的那些赛马并驾齐驱，就说她跑得有多快吧！班主任脸上青一阵红一阵地离开教室后，同学们蜂拥着挤到延宰的课桌旁边。虽然没有人真的相信她说的话，却都争着抢着告诉她后来发生的趣事：昨天你跑得真的像马一样快！你跑出操场以后，校长不知所措，舌头跟打结了似的，拿着话筒，话都说不清楚了。

延宰听着，笑而不语。她没有说，自己的话虽然不都是真的，却也不全是假的。延宰昨天真的一路跑到了赛马场，看到了正在那里训练的马，只不过没有进去和它们一起赛跑而已。

那些奔腾驰骋的快马，那些手握缰绳、稳稳地骑在马上的骑手机器人，让人觉得它们就算绕着地球跑一圈也不在话下。领先的赛马闯过了终点线，电光板上打出时速80公里的字样。因为是在训练，所以赛场里并不喧嚣，而每到周末，这里都会传出欢呼的声浪，延宰就是听着那声音长大的。现在这一刻，赛马场里的人们大概又要兴奋得满面通红、高声喊叫了。要想让他们欢呼，赛马的速度最低也要达到每小时 80 公里。速度越快，人们就越狂热、越艳羡。那是人类靠双腿绝不可能达到的速度。

延宰常常回想起当年脱离赛道奔跑的那个十一岁的自己。她想，当时应该跑得更远一些，远到不能再回到这里。她应该跑到朝鲜半岛的尽头，而不只是赛马场。机不可失，时不再来。从那次以后，延宰就再也没得到过参加赛跑的机会。也许是因为她曾经脱离赛道，成了要警惕的对象。延宰现在觉得，当年她那样拼命狂奔，想逃离的显然不是操场，而是这个地方 —— 虽然离开了这里，她也没有合适的去处。不过她也知道，这样的想法对现实生活毫无益处。只不过是一时的借口罢了。她如果真有那么强烈的渴望，早就该出走，而不该等到现在在心里转这样的念头。

延宰目不转睛地盯着手机上显示的月薪明细，带着一丝侥幸，又数了一遍 "0" 的个数。的确是 80 万韩元[1]。这个月的薪水比往月多了 5 万韩元。这 5 万韩元大概算是离职补偿，可是作为离职补偿，又实在少得可怜，所以只能叫奖金，要不就叫安抚费。反正无论怎么盯着看钱数也不会增加，延宰把手机放回口袋。店主带着询问的眼神看向她，意思是 "薪水没问题吧"，延宰也只是点了点头，代替回答。

---

1 约合人民币 4200 元。

"下个月政府又要提高最低时薪，像我这样的小店主哪还有活路！开这个便利店也就只够糊口的，不请人不行。请人呢，现在人工费都占了一半，一半啊！一半收益都发了工资！最低时薪再涨，那可不就是让人别做生意了吗？你说是不是？"

延宰没回答，因为觉得店主说这些话也不是想得到她的认同。那大概类似于"只能辞退你，我也很难过"式的自我辩解。现在到底是谁跟谁诉苦呢？就算生意难做，可一个是便利店老板，另一个是下个月就没生活费的学生，谁的情况更糟糕呢？然而，延宰把所有的话都吞下了肚。不管怎样，一直以来店主算很仗义了。

刚开始，他并没有马上同意雇用只有十七岁的延宰。当穿着校服的延宰厚着脸皮把简历递过来的时候，店主哑然失笑，看都没看就把简历还给了她。至少把校服脱了再来啊！店主似乎觉得，这么一说延宰应该就能明白，他这里是不接受学生打工的。延宰也确实听懂了。其实，店主投放在网站上的招聘广告上写明了要求必须是成年人，延宰也看到了，却还是穿着校服就来应聘，可知她绝不是个好相与的女孩，自然也没那么容易被劝退。第二天，延宰换了私服又来应聘，店主还是看都没看就把简历退还给了她。"我需要化个妆再来吗？"延宰气道。店主却不以为然："现在中学生不都化妆吗？"然后又跟延宰说，无论如何都不会用她。

次日，延宰又上门来了。她觉得对方并不是真的让她化妆再来，所以也就省去了麻烦。那天，店主说已经找到人了，彻底断了延宰的念想。不过，绝望很快就变成了机会。新招的那个人发短信说已经找到了别的工作，不能来上班了。店主坐在给客人用的茶几旁抱头烦恼的时候，延宰看准机会，又把简历递了过去。

"以后您只要不炒鱿鱼，我绝对不会辞职。未成年人工作申请表我都填好了，家长和校长也签完字提交给地方劳动厅了，现在还没审核完，但应该很快就能得到许可。您雇用我不是违法的，这您不用担心。只要您跟我签订正式的用工合同，我自然不会去劳动厅举报您。我没有周五、周六敞开了玩的习惯，所以周末绝对不会因为宿醉迟到或旷工。那些香烟的牌子我都背下来了。要不要我背给您听？"

没等延宰把香烟牌子背完，店主就收下了她的简历，并问她可不可以第二天开始工作。延宰说，她现在就可以上班。

店主年近四十，还没结婚，以后也不打算结婚。人们总是说什么时候要干什么时候的事，他却对那样的人生不感兴趣。无论是他人规定的所谓"正常"生活，还是他人的生活，他都很少关注。从他迄今为止一次也没问过延宰家里的情况就可见一斑。他从未给延宰发过奖金，可也从未拖欠过工资。延宰觉得和店主很投脾气，本以为如果没有特殊情况，自己至少会在这里干到成年，却做梦也没想到，才干了七个月，情况就起了变化。

"我这么折腾都是为了生存。你再过几个月也要上高二啦，该用功了。好好学习吧，孩子！别的学生一到周末就忙着上这补习班那补习班的，你现在赚钱也没用，以后赚钱才叫真的赚钱呢。"

反正以后再也不会见面，说这些有的没的，又有什么意思呢。不过，延宰还是什么都没说，只是转头去看发出动静的方向，却见一个仿人机器人店员"贝蒂"打开仓库门，抱着货品箱子从里面走出来。贝蒂看到延宰，可能把她也当成客人了，面板上显示出微笑的标志。

"欢迎光临！有需要请找贝蒂！"

"哈！"

延宰冷笑了一声，店主也惭愧地笑了。你从前不是说绝不和机器人共事吗？你不是总说，同事之间的感情纽带最重要吗？延宰又气又恼，一时竟不知该说什么好。店主大约是看出了她的心思，自顾自地辩白起来：

"用它比请一个打工的学生便宜多了。而且你不知道贝蒂功能有多强大，它记得所有陈列商品的保质期，能核对身份证照片和本人是否相符，还有二十四小时录像功能……"

店主瞟了一眼延宰的表情，又嘟囔着找补道：

"我就是那么一说。"

可能是不甘心自己表现得这么怯懦，店主又提高声音说道：

"为什么大家都用贝蒂？还不是因为人工费太贵了，大家也都是为了讨生活嘛。这东西虽然售价不菲，但长期算下来，还是很值的。我可跟你说啊，为了和你一起工作，我也坚持得够久了！我从来没拖欠过你工资吧？也没在你休息的日子喊你过来干活吧？"

"……"

"这些仿人机器人什么的，我也不习惯，可人生在世，不就得一直面对陌生事物的挑战吗？"

"我说什么了吗？"

店主像个罪人一样耷拉着脑袋。当然，延宰也觉得自己表现得有些过分。这几个月来，店主对她照顾有加，她感激还来不及，而且，事已至此，发脾气又有什么用呢？可她现在无论如何也说不出"谢谢"二字。

"你不会又把钱都拿去赌马了吧？"

"怎么可能，你把我当成什么人了！"

"谁让你总把赚的钱都拿去赌马。好了，我知道啦。"

延宰看看店主，又看看贝蒂，转身往外走去。店主没有挽留她，但在她身后大声说道："什么时候想来玩，就过来！我请你吃碗面！"延宰推门出了便利店，心想，当我是叫花子吗？不过她转念又想，不管怎样，店主也一直坚持用了她这么久，是不是应该跟人家道声谢啊。山不转水转，以后说不定在哪里又碰上呢。延宰心里有些功利地盘算着，在便利店门口踌躇了片刻，终究还是没再进去。店主不会放在心上的。就算下次她厚着脸皮再去找店主，问他和贝蒂过得如何，他也不会说什么的——他就是这样的人。

　　延宰其实早就知道他们这家便利店要不了多久也会引入贝蒂。2004 年 K 大学就研发出了韩国第一代双足步行高仿人机器人"秀宝"，贝蒂是进化版，也是普及版。它的外观很像秀宝，但功能更多，行动起来关节也像人类的一样柔软。这个世界的运行始终是由利益驱动的。店主说得对，现在购买一台机器人的费用比雇用一个大活人要便宜得多。如果便利店的客人都不习惯跟贝蒂打交道，贝蒂也就不可能挤走便利店的临时工。但现实是，就算遇到没礼貌的客人，比如那种一进门就喊"烟！"的中年男人，贝蒂也不会觉得被冒犯，它只会从记忆卡里搜索该客人每次买的是哪种牌子的香烟，然后找出来放在收银台上；看到有客人吃完方便面不收拾桌子，她也不会皱一下眉头。从任何一个方面看，用贝蒂都比雇用人类要方便得多。

　　从下月起，最低时薪就要涨到 15000 韩元[1] 了。从延宰的立场来看，这当然是值得开心的事，但那些店主免不了会觉得难以承受。没有任何跟进的举措，直接提高最低时薪的结果就是，所有的商家都开始辞退临时工，购进贝蒂。贝蒂的初始费用虽然比较高，但长期看来还是要划算得多。这是没办法的事。别的不说，首先延宰就没有贝蒂那个本事，可以背下所有客人的

---

1 约合人民币 78 元。

信息。延宰东想西想，还在努力为店主找借口，但随后就觉得最惨的还是自己，也就不再想着替店主开脱了。她心想，自己真是咸吃萝卜淡操心，该生气就生气，她为什么要替人家着想，管人家初始费用贵不贵呢？

夏天的最后一场梅雨整整下了两天，刚进九月，秋天就来了。去年夏天热得让人怀疑秋天永远都不会来，今年夏天却一直十分凉爽，好像暑天根本没来过一样。延宰从上幼儿园开始就主张"地球火刑说"，相信不到 2100 年，地球就将在大火中灭亡，她的这个假说似乎越来越缺乏依据了。遗憾的是，延宰活在这个世界上这段时间，地球是不会灭亡的，烦归烦，她只能继续努力生活。

延宰跟宝琼说了被辞退的事，不过就像当初她说要去工作的时候一样，宝琼的反应依然温温暾暾。对于延宰的选择，宝琼从来没有强烈反对过——倒不是说她作为妈妈太不上心。如果她真的不上心，延宰在软体机器人研究计划的最后一次面试中落选时，她也不会带着延宰去江原道旅行了。当时延宰烦得几乎要落泪，不明白为什么午夜时分妈妈非要忽然叫醒她和恩惠，说要去旅行，也不告诉她们目的地。她很想跟妈妈大喊大叫：你就不能给我一点时间，让我自己委屈地大哭一场吗？可她连喊叫的气力也没有，只是坐在后座上，一路都紧闭着嘴巴不肯说话。

那天凌晨三点左右，宝琼停下了车。那地方一片黑暗，没有一丝光亮，但打开车窗就能听到远处传来的涛声。她知道这是海边，可还是不知道妈妈要做什么，所以仍然闭着嘴巴不讲话，然后就糊里糊涂地睡过去了。大约两个小时以后，恩惠叫醒了她。凌晨五点刚过，只见周围已变成了一片翠绿，刀刻斧凿般的石山和大海好似照片一般。延宰下了车。宝琼在汽车的引擎盖上铺好席子，招呼延宰坐在上面。延宰也不多话，坐到了宝琼旁边。很快，火红的太阳就从海面上露出头来，比延宰看过的任何一次都更大、更鲜明。

红日缓缓升起。

"日出可真美，延宰。"

宝琼只是说了这么一句话，却让延宰模模糊糊地理解了为什么每年元旦都有那么多人跑去看日出。延宰久久地凝望着太阳，随后才开口说话。不知为什么，她觉得这些话如果此时不说，可能永远都不会再说了。

"最后一个问题是什么来着？'你觉得技术的发展给人类带来了什么？'还是'应该给人类带来什么？'反正是类似的问题，可是我答不出。"

"为什么？"

"和我一起面试的另外几个学生都留过学。他们提到的技术和我生活的世界的技术不在同一个次元，他们的眼睛好像能看到未来。不知道。我没听懂，也记不得了。我怯场到不敢开口，怕惹人家嘲笑。"

　　后来宝琼是怎么回答的，延宰已经忘了，她只记得看完大海回来后，心情舒畅多了。不管怎样，这一次宝琼也不会当回事的。宝琼从来没要求过延宰赚钱，没准她心里还希望女儿能把精力都花在学习上呢。

　　延宰原想坐公交车，但马上就改了主意，决定沿着莫溪川走回去。这条路虽然有一点儿绕远，但她想一边走一边想想以后要怎么生活。

　　如店主所说，再考两次试，延宰就满十八岁了。到了那个年纪，基本上就前途已定，要么上大学，要么早早决定去做研究员，再不然就上生产流水线、创业，或者从事专门性、技术性的工作。随着千军万马过独木桥的高考时代式微，大家决定未来方向的时间更加提前了。直到去年，延宰的梦想还是做软体机器人研究员，现在连这个希望也变得渺茫了。她也说不清自己为什么想做机器人研究员，希望达成什么目标。"喜欢机器人，又能赚很多钱"应该是最接近的答案了，可是她又觉得，如果真这么回答，估计自己就得上黑名单，连资料审核这一关都过不了。

　　看到一台"斯特林"像个宿醉未醒的中年大叔一样扶着电线杆干呕，延宰的思绪和脚步一起停了下来。因为几分钟前从便利店里出来时，延宰刚刚暗下决心再也不要管别人的闲事了，所以她心想，无论斯特林是呕吐还是跳舞，她都不要管。但她到底狠不下心，没走出几步，又退了回去。"只要我动一动手，就能停止它的痛苦……"延宰甚至考虑到了斯特林并不会感到的痛苦。如果不管它，它就得一直重复这个动作，直到维修人员赶来。延宰重重地叹了一口气，在斯特林背部光滑的铝合金表面上摸索着找到了暂停键，按下按键，打开了盖子。擅自拆卸、操作斯特林有可能会以毁损公共财物罪被判处有期徒刑或课以罚金，但像这样修理出了故障的斯特林是例外。其实真要追究起来，这样做本来也是不行的，但也许是因为运气好，延宰还从来没有因为修理斯特林被警方约谈过。

等斯特林彻底停下以后，延宰才开始仔细查看机器人内部的情况。除废纸以外的其他垃圾都经压缩后排入内置的桶内，废纸则要先过一遍碎纸机，而现在碎纸机上缠着一条长丝巾。她知道生拉硬拽反而可能造成更大的故障，但这台机器人本身就是老款，再出故障大概就只能直接报废了，所以延宰也没有特别小心，伸手进去抓住丝巾用力一扯，然而丝巾可能缠死在碎纸滚筒上了，怎么也拉不动。延宰只得用脚使劲蹬住机器人的屁股，机器发出咯噔、咯噔的声响，吃力地转了几下后，长丝巾一下子被拽了出来。延宰险些摔倒，好不容易才保持住平衡。她重新打开机器人的电源，无声地跟着学说那一句她不知听了多少遍的开机提示：

"您好！我是街道守护神斯特林。街道清洁交给我，垃圾请您带回家！您随手扔掉的垃圾有可能伤及无辜的野猫！"

"好啦，辛苦你了！"

延宰用力拍了拍斯特林的肩膀。斯特林像成年男子一样庞大的躯体开始移动起来。它的腰比腿长，比例不怎么样。但这是没办法的事，因为它的用途就是装路上垃圾的。延宰把扯出来的那条长丝巾团成一团夹在腋下，眼神不安地追随着斯特林的背影，很怕它又在哪里吃到乱七八糟的东西。不过她很快就想到，这不是自己该操心的事。

　专做各种鸡肉料理　参鸡汤　辣酱炒鸡块　鸡肉汤面　夏季必食单品醋鸡汤　醋鸡面　冷面

令人眼花缭乱的一行广告词闪着光从霓虹灯广告牌上划过。午饭时间刚过，后厨十分忙碌。塞满餐具的洗碗机吃力地运转着，显得有些不堪重负，户外的餐桌还没来得及清理，食物残渣已经粘在了桌子上，许多苍蝇聚集在餐桌旁正要举行第二场派对。延宰直接走到大平台的炕桌旁边，拿起抹布，用力擦拭着，带得整张桌子都跟着晃动起来。桌子上的斑斑点点大多是因为长期没有清理而粘在桌面上的食物残渣。延宰擦到第三张桌子时，宝琼气喘吁吁地跑过来。

"什么时候回来的？"

宝琼看到延宰，心里很是高兴。

"你今天不是要很晚才能回来吗？"

"中午又有团体客人啊？"

"那边的科学馆里可能在举行什么研讨会。过来吃饭的客人也不知是科学家还是研究员，个个都西装革履的。"

平时没有赛马的日子，餐厅生意惨淡，跟关门也没什么两样。虽然靠着周日一天生意的进账也能勉强维持生计，可像这样周中或是周六有团体客人预约时，宝琼还是觉得像白捡到钱一样开心。延宰当然也觉得这样总比周中一直都没客人强些，但除了有赛马的周日，店里没有雇用别的员工，全靠宝琼自己招呼客人可不是一般的辛苦。宝琼虽说表现出好像只要能赚到钱就很开心的样子，却难掩满脸的疲惫之色。

"有团体客人怎么也不跟我说一声。"

"你也要工作，哪能叫你帮忙呢。"

延宰这个时间怎么会在这里？宝琼马上就发现不对劲，于是问延宰发生了什么。延宰边擦桌子边说道：

"被炒了。"

"可惜。"

宝琼的反应更平静。

恩惠的指定座位是大梧桐树荫底下的那张桌子。每天午餐时间过后，她都会悄无声息地溜到梧桐树底下用平板电脑看电影或看书。今天梧桐树下却没有恩惠。

"于恩惠呢？"

宝琼不答，却责备地说道：

"都跟你说了要叫姐姐！"

"干吗非要"一句话说了一半,延宰把"姐姐"二字又咽了回去。不必宝琼告诉,延宰也知道恩惠会去哪里。她匆忙擦完最后一张桌子,就横穿院子往外走去。

"妈,你要是忙不过来,也买一台机器人吧。"

她看妈妈一等到客人离开就匆忙过去擦桌子,不免觉得心疼。宝琼却斩钉截铁一口回绝:

"我才不要呢。"

延宰早料到妈妈会是这个反应。反正她也没指望妈妈同意。延宰想,自己刚刚也因为机器人丢了工作,确实不该说这话,于是不再说什么,急匆匆出门去了。

这一带毗邻莫溪川,又与首尔大公园相连,原本是一到夏天就野草茂盛的地方,如今却一年四季都灰土尘沙不断。都说沙漠化的问题越来越严重,延宰觉得韩国最先变成沙漠的一定是她家周围这片地方。一阵微风吹来,延宰用手挡住口鼻。灰蒙蒙的沙尘迎面扑来,又悄然退去。延宰朝赛马公园走去。

几年前新修了正门的赛马公园每到周末都会闪耀起霓虹灯光。门前有不少人吆喝着拉客,希望能网罗到 VIP 顾客。电视台派来现场直播的车辆更让这里堵得水泄不通。坐落在大公园附近的赛马公园不知何时得了一个"第二梦幻国度"的称谓。这是一个完全为成人打造的世界。赛马场能从一度无人问津到重新焕发生机,完全得益于新骑手的出现。这些新骑手厉害极了,即使坠马也不会出现伤亡,当然,如果毁损严重,也只能报废，但无论如何，赛马比赛从此不必再顾虑骑手的生死问题，马速越来越快。人们沉溺于赛车般的速度快感当中，彩池里积累了巨额的电子货币，又吸引更多的人进场下注，指望着靠赌马赚到比中乐透还要多的钱。口口相传之下，越来越多的人走进赛马公园，梦想着人生精彩的第二幕。

这一带的商圈全都倚靠赛马场存活。比如延宰家的餐厅，原本已经濒临倒闭了，但自从赛马场重焕生机，每到有赛马的周日，一天就能赚够一周的流水。只是即便如此，她们的境况也还像先前一样，只够勉强糊口，并没有发生戏剧性的改变。周日挣的那点钱刚好只够一个星期的开销。

延宰又想起自己丢了工作的事实。她但凡勤恳踏实少一点、胆子大一点，肯定也把钱拿去赌马了。但她是在赛马场旁边长大的，眼看着从赛马场出来的人里，中大奖变成百万富翁的少之又少，赔光了手里仅有的一点钱、灰头土脸地被撵出来的却是数不胜数。

北门售票处如同一座饱受岁月侵蚀、只剩下个空架子的遗迹，在这个瞬息万变的赛马场里，像个孤守着岁月的土地爷。这个售票处早就不卖票了，现在成了保安的非正式休息点。延宰摇了几下紧闭的铁门，随后掉转方向来到售票处，用力推开布满铁锈的窗户。在售票处里面铺着被子睡得正酣的多荣猛地坐了起来。一头天生的羊毛鬈发从扎得紧紧的橡皮筋底下钻出几缕，仿佛把多荣脸上的惊讶表情也放大了几倍。多荣瞪着两只茫然的大眼睛，还没完全从睡梦中清醒过来。定了定神后，多荣发现推开窗户的是延宰，这才憨笑起来。

多荣从售票处里出来，一边扎着头发，一边问道：

"怎么这个时候来了，有事吗？"

延宰看多荣厚着脸皮做出一副毫不知情的样子，有些气恼，可又不想提自己丢了工作的事儿，就直奔主题，说她知道恩惠就在这里。多荣把两只手插进臀部的口袋里。

"不知道你在说什么。"

"地上还有轮子印儿呢！"

多荣慌忙查看地面，却并没看到延宰说的什么轮子印。发现自己上当了之后，多荣刚要咕哝延宰几句，延宰就抢先开口催道：

"快开门，不然我直接打电话给你们经理。"

"等等，谁说不给你开门了，你这丫头性子怎么这么急。"

多荣说去取钥匙，回身进了售票处。

多荣是去年找到这份工作的。延宰听宝琼讲过，多荣来面试这个工作是因为觉得游乐场保安的服装很像野生动物园的员工制服。宝琼之所以知道，是因为多荣听说延宰家的辣酱炒鸡块好吃，就一个人过来点了两人份的炒鸡块，喝了三瓶烧酒，然后把自己的一切——除了身份证号的最后四位——讲了一遍。多荣本来的梦想是当消防员或警察，当然也是因为制服好看。她在游乐园干过一段时间临时工，但随着年纪渐长，再一直打零工就说不过去了。几次求职的笔试都以落榜告终后，多荣看出了家里有想和自己断绝关系的苗头，就急匆匆地在求职网站上左查右找，一看到"发放制服"几个字，连条件待遇也不问就马上跑来面试。以上就是多荣来到此地工作的简单经过。

"姐，你为什么那么喜欢制服？"延宰问起这个问题的时候，多荣正坐在室外的餐桌旁独自就着鸡肉面喝烧酒。当时春色虽深，夜风尚凉，多荣的鼻子冻得红红的，嘻嘻一笑，回答说："有归属感啊！"延宰觉得多荣像漫画里的女主人公，但没想出具体像哪个角色，大概就是那种大大咧咧、有点淘气，但不讨厌的人物……据多荣说，算命的说她那一年有求职运，结果还挺准的。8.5∶1 的竞争率放到哪里都不算低了，多荣却能杀出重围，得到这份工作。赛马场的生意日益兴隆，延宰觉得多荣也像自己一样委屈地丢掉工作的可能性不大。不过，已经有二十多名保安被裁掉了，取而代之的是警卫机器人"保利"，售票处的职位大概也岌岌可危。多荣的竞争对手是自助服务机。不过，值得庆幸的是，到目前为止，她和两台自动服务机一起卖票，而且来找多荣买票的客人一直都比去自动服务机买票的多，她似乎暂时并没有被裁员的危险。当然，前提是她私自放人进场的事不被发现。

北边的铁门旁边装有监控摄像头，但大概率不能工作。赛马场里各种设备更新换代非常快，但在这些最基本的地方反而被忽略了。多荣之所以敢大摇大摆地搞这些小动作，也是因为她熟悉情况，知道不会被发现。多荣开了铁门的锁，打开一条仅够延宰通过的小缝。

"她应该在马舍，你小心点儿，别叫'保利'发现了。"

多荣悄声提醒。但延宰早知道恩惠会在什么地方，也知道从北门到赛马场另一边的朱岩马舍要走好长一段路。如果能抄近路当然好，可惜偏偏中间隔着个赛马场，延宰只能围着赛马场兜个大圈子过去。幸好天气不错，如果下雨或者热得像蒸笼，她准会一看到恩惠就横眉立目。不，如果天气那么糟，她根本就不会来。

恩惠从四年前开始出入这个地方。那时候赛马场正值引入新骑手之际，所以整天在电视和广播上宣传要重建系统、重新开业。所谓重建系统，就是在赛场的天棚上安装一个全息投影天幕，然后每次比赛开始前都在天幕上投影草原或海边的景观，以期让观众和赛马获得更强烈的视觉刺激。另一项改变是进口纯种的赛马交配后生出的马匹。

只与战绩出众的赛马交配，就可以生出速度更快的马。这句话，延宰无论如何也无法理解。如果这个计划可行，那么，以这种方式交配出来的马在几代以后会跑得多快？如果那些马提高了速度之后，最终也只能在赛马场里奔跑，延宰觉得这对于它们的潜力和才能来说，无疑是一种极大的浪费。

延宰记得，进口马是在她刚上小学一年级时来到这里的。

不知是因为不适应陌生环境，还是因为它们知道这个地方是赛马场，刚来的头几天，那些马一直在哀伤地嘶鸣。延宰家离赛马场很近，所以直到凌晨都能听到马的悲鸣。宝琼对无法成眠的恩惠和延宰说，那是马儿们在怀念故乡，她们要理解。几天后，延宰看到恩惠偷偷溜进马舍跟马说话。恩惠说她只是想陪那些孤单的马说说话。"要是被人看见，你就麻烦了！"延宰严词指出，但没用。办成任何事，都需要天时地利人和，恩惠也是因为北门有保安多荣愿意没时没晌地为她留门，马房里有管理员敏周愿意预留成堆的饲料等她来，才能顺利出入马房。

马房正门半开半掩，延宰环顾四周，确认没人才走进去。马房的管理比其他地方都重要。对于原本该在草原上自由奔腾的马儿来讲，这个地方就像监狱，所以被打造成了赛马公园里采光和排水最好的地方，而且紧邻牧草地。只看泥土地面每天都翻整得平平坦坦，丝毫闻不出马便溺的味道，就可以知道管理马房需要多少人力物力。但在延宰看来，无论管理得多么精心，监狱终究是监狱。和监狱里的牢房一样，长长的通道两旁是一间挨着一间的马房，这些马房四面都是水泥墙，只能供一匹马容身，左右也只能各走五步。

"这里的马都像被关在牢里似的。"

听延宰这样说，敏周极力辩解：

"这里的设计还是非常科学的。墙壁防风、防水，而且都贴了缓冲材料，马蹄踢到也没事儿。屋顶有防晒功能，能阻隔室外的冷气和热浪，窗户比我家的窗户都大，采光和通风都很好。这个地方完全是专门为马打造的空间，马才是这里的主人。你不知道为了最大限度地不让马感到精神压力，我做了多少努力！"

敏周刚一口气说完这一席话，延宰马上不以为然地反驳道："你再怎么说，那些马也还是跟坐牢一样。"

敏周无法再辩驳了。再怎么为了帮马儿减压而把环境装饰得像草原一样，这里终归不是真正的草原。延宰每次从马房中间走过都感到喘不过气来，因为总觉得那些马儿看着她的眼神里充满了忧伤。恩惠说马的眼睛里含着思念，但延宰觉得她说得不对。有明确的对象才能感觉到思念，可马能记住具体的事物吗？一次也没踏上过草原的马大约只能感觉到一股莫名的憋闷吧。它们被关着，但并不知道自己想要的是什么。文明社会以来，在马所积累的基因记忆里，关于马房的一定比关于草原的要多得多。

延宰看到了坐在轮椅上的恩惠。恩惠正在把堆在膝盖上的藜麦秸秆一捆一捆地递给阿今。阿今是这间马房的女主人，直到去年都还是头号王牌，但从今年开始因为关节病情急剧恶化，现在连比赛一场都很难了。它已经休息好几个月了，一直在接受药物治疗，但是否能重返赛场还是个未知数。延宰刚一走近，恩惠头也没回，就直接问道：

"你被炒鱿鱼了？"

延宰瞪大了眼睛：

"你怎么知道的？"

"你这个时间到这里来找我，还能是什么事儿？那家店也要用贝蒂吗？"

"最低时薪上调了嘛，店主也没办法。我再找别的工作好了。"

"他没说让你不要找工作，要好好学习吗？"

听了恩惠的话，延宰又吃了一惊。

"你怎么知道的？"

"你一个十七岁的女孩，同龄人都忙着学习，只有你到处找工作，除了让你好好学习，他还能说什么？"

听她这么一说，延宰感到似乎很有道理……论斗嘴，延宰不是恩惠的对手，只得泄气地点了点头，倚着马房坐下。阿今把鼻子从栅栏之间探出来碰了碰她的肩膀，似乎是想跟延宰打个招呼。延宰用手抚摩着阿今的鼻梁。

延宰愣愣地抚摩着阿今的鼻梁，回想起和店主之间的对话。她如果有梦想，就不会如此蹉跎时光了。毕竟她至少也曾有过比任何人都更加努力地追逐梦想的时候。

为了能够入选软体机器人研究计划，延宰做了大量的准备。那段日子也是她人生当中油门踩得最猛的一段时间。这个计划是在全国范围内选拔十名在机器人领域有突出才能的十三岁以上、十九岁以下的学生，入选者可获得假期前往德国进修机器人开发课程的机会。延宰的科学老师很早就发现延宰在机器人方面有超常的天分，特意拿了一份招生启事给她，让她好好考虑一下，如果感兴趣，就照招生说明的要求填写自我介绍。还说延宰如果不会填，可以先只写关键词，剩下的老师帮她填。那天晚上，延宰坐在电脑前熬了一夜，填写了所有该填的内容，直到剩余可写字符数全部为"0"。她的自我介绍无可挑剔，顺利通过了第一阶段的资料审核。

第二轮考试也难度不大，就是通过做实验，考察申请人对软体机器人的熟悉程度，具体要求就是操作现有的灾难救援软体机器人达帕（Darpa），在规定时间内从重达10吨、状况复杂的建材废墟里取出玩偶。所有这些题目都像是为延宰量身定制的。可惜的是，延宰在决定性瞬间的一丝犹豫，让她彻底失去了入选的机会。延宰倒宁可自己犯下的是无可挽回的重大失误，那样她反倒可以愿赌服输，心里尽快放下这回事。可她只有一个问题没能作答！这尤其让她有苦难言。

延宰站起身，拍了拍裤子，从恩惠膝盖上拿起一把藜麦秸秆送到阿今嘴边。许是刚才吃太多了，阿今闻了闻味道，不感兴趣地转开了头。

"讨厌鬼。"

延宰把藜麦轻轻抛进马房里，拍了拍手。

"走吧。你肯定也还没吃午饭吧。"

恩惠听了，也跟阿今道别。她用手抚摩着阿今的鼻梁和下巴，把自己的额头贴在马的脸上，闭上眼睛，轻轻说道："你的病很快就会好的，再忍忍就好了。"阿今像是听懂了似的，轻轻摇了摇尾巴，突突突地打了几个响鼻。

延宰倚着墙等待恩惠，却在不经意间看到通道尽头有一只脚伸在外边，看恩惠一时半晌也不会结束的样子，延宰就朝通道尽头走过去。然后，她看到了平静地仰卧在那里的"它"。

它是停在这儿的呢，还是被谁丢弃在这儿的？看它纹丝不动的样子，想必是因为出了故障被人丢弃在这里的。这个像牧场主一样闲适地躺在藜麦秸秆堆上的"它"竟然是个骑手机器人。延宰的脑袋伸进最末端那间马房时，绿头盔已经漆色斑驳的骑手举手问候延宰：

"你好！"

延宰习惯性地缩身藏到了马房后面。是个骑手！可它为什么躺在干草堆上？延宰记得骑手都在旁边那栋建筑里。

延宰又探头去看绿头盔骑手。那骑手看了一会儿自己的脚趾，转过头来，两只眼睛刚好对上延宰的。骑手疑惑地歪了歪头。它的面板上只有两个眼洞，看不出是什么表情，但延宰能感觉到它并没有敌意。延宰悄悄地观察着骑手，这才注意到它的骨盆已经彻底碎裂了。

它脊柱和骨盆部分的所有零件都已成了碎片，只剩下像神经一样的几根电线连着。可能是因为坠马时臀部先着的地，也可能是因为落地后又被马蹄踩踏过。虽然骑手并没有痛感，但延宰还是不由得替它感到痛苦，忍不住皱起了眉头。也没准儿这骑手只是临时被放在这里等待维修的。

"您找我有何贵干?"

骑手每次说话,脖子上的感应器都会闪烁起绿色的光。延宰踟蹰片刻,还是走近了骑手,这才发现骑手头盔上有"C-27"的字样。她踩着干草堆走到骑手旁边,屈膝跪坐下来。这样她可以更清楚地看到它碎裂的脊柱和骨盆。毁损如此严重,可能重做一个下半身还更便宜一些。延宰用手指拨了拨长骨,碳纤维材料的骨头立刻像块饼干一样掉在了地上。延宰吓了一跳,想再拼回去却已经晚了。

"没关系的,反正已经坏了。"

继续动手只会让这些碎裂的配件毁坏得更加厉害。延宰只得放开手,一脸抱歉地抿起嘴唇。

骑手波澜不惊地解释了自己受伤的经过:

"我在比赛中摔下马,又被跟在后面的马踩了一下。都是我的错。我不该分神的。我就是忽然觉得天可真蓝啊。"

不知怎么,延宰觉得这个骑手说的话非常独特。她听过很多骑手机器人说话,它们使用的语言和这个骑手完全不同。C-27——后来将会被称为考利的机器人两手交叉叠放在胸前。

"我一直都在想象,我们在晴朗明媚的天气里奔驰在大草原上。我是说真正的草原,不是天幕上的假风景。你在真正的草原上奔跑过吗?"

考利话音刚落,只有员工才能出入的后门就被人打开了。

延宰大惊失色，猛地站起身来。如果看到的是生面孔，她肯定头也不回就拉着恩惠逃跑了。不过还好，开门进来的是敏周。他两手各提了一个铁皮桶，桶里装着冒尖的马饲料。因为没想到会有人无端闯入，敏周受到的惊吓比延宰还要大。他长出了一口气，抚平颤抖的胸口，拦住姐妹两个，叫她们不要逃。

听到饲料落入马槽的声音，各马房的马儿都从角落里走来进食。延宰用带手柄的蓝色塑料瓢盛了满满一瓢饲料倒进马槽里。敏周没问姐妹俩为什么在这里，可能是因为早就习惯了，不用问也知道。不过，他倒没忘记问延宰是不是丢了工作，自然也免不了要听延宰阴阳怪气的回答：

"你们都太关注我了。要是这些关注都能换成钱给我就好了。"

"为什么喂饲料还要亲自动手，多麻烦！"

延宰咕哝着表示不满，敏周马上回击：

"这你都嫌烦，以后真的会被淘汰哦。"

"我就是这么一说。"

"或者你给我做一个自动投喂饲料的机器也行。"

延宰不放过这个机会，立刻问道：

"500万，成交？"

"你怎么不直接用抢的啊？"

"你知道原材料就要多少钱吗？你不会连人工费都不想给吧？"

延宰眉头拧成了一团，嘴巴也噘得老高，做出难以置信的惊讶表情。敏周早就在一次次的实践中学到，跟延宰打嘴仗他是没有胜算的，于是直接举起了白旗。延宰刚要给第五匹马倒饲料，就被敏周拦住了。

"那匹马刚喂过了，不用再给了。"

但马闻到饲料的味道，却是一副很想吃的样子，不像是刚刚喂过的啊。"再少给它点儿，好不好？"延宰问。敏周斩钉截铁地摇摇头。延宰觉得他眼神躲闪的样子有些奇怪，但也只能听他的。毕竟他才是马舍管理员。

直到把最后一匹马的马槽也倒满饲料以后，他们的工作才结束。敏周让姐妹俩从马舍正门出去，延宰虽然没有反驳，眼睛却总忍不住看向后门的干草堆。敏周亲眼看到了延宰和考利在一起的样子，却什么也没说。延宰以为喂马时敏周会主动提起，不料对方仍然绝口不提，这不免让她大为疑惑。敏周虽然不算话痨，但相处时，大事小情都会讲给她们听，比如，"红火"昨天在比赛中如何一鸣惊人，如何实现惊天大逆转，等等。所以，延宰以为只要耐心等待，最后他一定会说的。

但敏周只是送她们到马舍门前，就挥手告别道：

"路上小心。"

延宰本来已经和恩惠一起走出一段距离了，到底还是忍不住好奇，回身叫住了正要回马舍的敏周。延宰拢了拢自己的短发，问道：

"刚才在那儿的那个骑手……"

不等延宰说完，敏周就打断了她，仿佛就等着她提起这个话茬似的，弄得延宰反而有些不知所措了。

"那是个报废的骑手，很快就会被处理掉，不劳你操心。"

一直都有骑手因落马而摔得粉碎。甚至可以说，这些骑手打从一开始被造出来就是用来摔的。

赛马的最大问题在于骑手都是人，这是妨碍赛马跑出最快速度的主要原因之一。这项比赛需要比人类更小、更轻，即使坠马也不会闹出人命的新骑手。仿人机器人骑手平均身高只有150厘米，且都由碳纤维制成，比人类轻盈得多。它们的关节柔韧性极好，能够大大缓解赛马奔跑时产生的冲击力；手臂设计得比上半身长，便于骑手抚摩马的脖颈；特制头盔漆着不同颜色，有助于观众辨识骑手。因为它们就是被造来骑马的，坠马毁损后可直接作为垃圾处理，而且用不了多久就会有新的骑手来填补空缺。敏周只是因为考利说话跟其他骑手有些不同，才把它从骑手房弄出来。它说想看看天空——哪怕只是一小会儿。

问它天空如何，它会说，好像雨后初晴，湛蓝而又苍白。

"你骑着马，干吗要去看天空？"

"天空就在那里，那样美丽耀眼，怎么能不看呢？"

延宰一定也觉察到了它的特别。其实那时敏周已经模模糊糊地预感到，延宰不可能在听过考利说话以后，还能对它视若无睹。她必定倾尽所有也要把它买下来。

不管心里是怎么想的，延宰当下都无法做出任何决断。所以听了敏周的话之后，她只是点点头，仿佛对于报废骑手并无异议。

第二天，延宰像头小犟驴一样站到了敏周面前。

"我只有 60 万韩元[1]。"

延宰的固执让敏周焦躁起来。他狠狠地把头发往脑后拢了拢，说道：

"都跟你说不行了呀。"

"你怎么这么烦人。好吧，65 万！"

当然，一个仿人机器人骑手原价怎么也要几百万韩元，不过那是新品的价格，回收价自然不一样。与其他仿人机器人不同，机器人骑手是消耗品，骑过马、参加过比赛的骑手基本上状态都不太好，所以骑手机器人的回收价格非常便宜，一般都不到原价的四分之一。只不过机器人二手交易是违法的，按照规定，废弃机器人必须退还给相关机构，但那些机构也不愿接收没有什么零件可以回收再利用的骑手机器人，所以赛马场大多谎称骑手机器人已经"碎成了一万片"，然后暗中卖给回收公司。延宰之所以敢如此理直气壮地跟敏周报价，也是因为她早就知道有这些暗箱操作。而她知道的原因很简单，她搜索过仿人机器人的黑市交易网站。可是，就算这种事见多不怪，敏周也不能跟还是学生的延宰搞这样的非法交易啊。

---

1 约合人民币 3150 元。

敏周想吓住延宰，于是疾言厉色地喝道：

"于延宰！"

可延宰根本不在乎，继续出价：

"70万！"

"……"

"该死，80万！"

"……你等一下。"

敏周到底还是走去打电话了。延宰露出了胜利的笑容，却还不能完全放心。就算敏周同意了，他的上司里要是有人不批准，也还是一场空欢喜。延宰不敢放松，依旧挺直腰板不肯离开。她很了解自己，就算遭到拒绝，她也绝不会退缩。当初那份便利店的工作，最后还不是被她拿下了？延宰心意已决，不管用什么法子，总归一定要把那台半身粉碎、等着报废的骑手机器人弄到手。

那个"它"令她夜不成寐，占据了她的全部心思，她怎么能轻言放弃呢？当然，整个过程中，她并没有征求宝琼的同意或意见。因为如果告诉宝琼，今天她肯定就来不成了。虽然离开家时意外地被恩惠察觉，但恩惠向妈妈揭穿她的可能性接近于零。倒不是说她俩如何姐妹情深，主要还是因为她们的关系并没有亲密到会把对方的秘密和计划告知给别人的地步——即便那个"别人"是宝琼。

敏周很快挂断电话，又走出来。

"延宰！"

"干吗？"

"你打算怎么把它弄回去？"

宝琼

宝琼做菜的手艺得自母亲的真传。她并没特意学过做菜的秘诀，只是因为从小到大吃惯了，所以刚一上手，就能炮制出舌尖上自幼熟悉的味道。她母亲是那种有米一锅、有柴一灶的主妇，又做得一手好菜，所以每次下厨，左邻右舍、楼上楼下的都少不得要送一份过去。也得益于此，其他邻里之间互相都是人生面不熟，也不知名知姓，唯独宝琼一上电梯，总有好多邻居跟她打招呼，她也笑着一一回应。"谁谁家的闺女"是个极繁难的标签。鞠躬行礼不可以太敷衍，表情也不可以心不甘情不愿，要时刻挺胸抬头，满面含笑，又不能太过头——只有这样，才能换来大家对她母亲的赞许。宝琼觉得事事都要和母亲捆绑在一起十分心累，常暗自下决心，假如有一天自己有了儿女，一定要放手让他们独立，给他们自由。

不过，宝琼常常觉得，也许就是那个时期的邻里关系把她引上演艺道路的。这样的推测不无道理。因为当时她满脑子都是这样的念头：现在已经有这么多人喜欢我，以后一定能受到更多人的欢迎！她觉得不该再回避内心的声音，于是在二十岁那年，没有选择念大学，而是进了一个表演训练班。

通过镜头演技测试以后，她开始正式接受发声和表演训练。训练班的学费不是一笔小数目，母亲独自负担想必很吃力，但是宝琼了解母亲，在钱的问题上，母亲绝不会诉苦抱怨，所以更加理直气壮地把训练班的缴费收据放到了餐桌上。

母亲原本是个银行职员，仿人机器人的普及给了她一记迎头痛击。母亲有个口头禅，每次看新闻都要说："科学技术再怎么发展，真要应用到现实生活中还得好多年呢！"也正因如此，大潮来袭时，她没有任何防备就直接出局了。仿人机器人业务能力完美，从不出错，以母亲的脑力是不可能赶得上的。不过她倒也没有直接掉下悬崖。银行把所有失去岗位的职员集中在一起，在角落里新设了窗口，让她们推销银行保险。可惜厨艺一百分的母亲却全无诱惑他人掏钱的本领。也许她应该另辟蹊径，顾客每买一份保险就赠送一份菜肴，靠食物抓住顾客的胃。总而言之，母亲最后还是用离职补偿金再加上部分银行贷款，在家附近开了一家主打鸡肉菜品的餐厅。

母亲说，人生的第二幕往往来得这样突然。不过在宝琼看来，母亲只是没能跟上时代潮流，她的落魄完全可以预见。眼见着大街上开始出现机器人的身影，她竟然还太平无事地觉得和自己没啥关系的时候，就已经埋下了日后惨遭淘汰的种子。当然，宝琼自己不在其列。因为机器人再怎么无所不能，也不会有人要看这些铁家伙演的影视剧。但与时代飓风完全不同的另一阵风，却把宝琼推下了悬崖。

宝琼上的表演训练班以隔音更佳为由，将排练厅设置在了地下。那是栋已过百年的老楼，第一次带她参观地下排练厅的学长一边对她说水泥建筑的寿命有 200 年——很久以后她才知道学长说的根本就不对——一边咚咚咚地敲了敲水泥渣扑簌簌直往下掉的墙柱，然后又对宝琼窃窃私语道，有不少成功的演员都是从这里走出去的。"你知道排练厅为什么要在地下吗？因为植物的根都是在地下嘛，你得在这儿扎下根，才能在地上开出花来。"啊，这多像一句甜蜜的台词啊！虽然母亲从银行职员一下子变成了背负贷款的餐厅老板，但宝琼觉得，这样曲折的经历只是把她变成了一个有故事的人，最终都将成为她之后演艺人生的背景板，她需要做的就是在这里苦练演技，然后成功走上舞台。三年后的冬天，就在圣诞节那天，排练室发生了火灾。

那三年当中，宝琼正式踏进了演艺圈，虽然成绩算不上亮眼，但也拍了两三部女性导演执导的电影短片，电影在电影节上获奖后，还有杂志把她评为最值得期待的新人。那段时间，她变得有些眼高于顶。也有男导演找她出演自己的作品，她因为对剧本不满意，一口回绝了。她不愿意自己的作品列表里出现任何不伦不类的片子，希望自己走过的人生之路放眼望去皆是美好。

排练室失火的那个圣诞节并没有任何不祥的征兆。再过几天是她的二十四岁生日，转过年的一月她将在一部系列片——不是电影短片——里扮演刑警。当时她刚跟剧组谈完合同，打算一拿到合同定金就摆脱这个她早就受够了的地下排练室，搬到可以看到汉江景色的地方去。

　　排练室里有太多的"根"，那天，宝琼尤其觉得喘不过气来，即使什么都不做，也感到头晕目眩。她甚至怀疑自己是不是被成功冲昏了头脑。直到爆炸发生之后，她才醒悟到自己的眩晕感其实是煤气泄漏造成的。太迟了。使用寿命只有百年的水泥建筑像饼干渣一样在爆炸中塌毁，宝琼被直接埋在了地下二层。她没能避开爆炸的热浪，面部严重烧伤。假如立刻进行皮肤移植手术，也许能够不留疤痕，重新获得崭新而健康的皮肤，可惜的是，宝琼三天以后才得到就医的机会。那三天，她一直被埋在地下室里动弹不得。

　　事发后的第二天，水蛭形状的达帕才进入地下二层。达帕在现场搜救幸存者时感知到了宝琼的体温，并将她所在的位置传送给了地面的救援人员。电脑记录下了宝琼当时的危险状态：体温只有35摄氏度，右腿有严重擦伤，右侧第七、第八根肋骨骨折。崩塌后的老楼摇摇欲坠，就像积木搭的一样，稍有风吹草动就会发生二次垮塌；那天晚上又下起了暴雪，导致救援工作一再延迟，宝琼的生命指数在不断下降，她母亲也临时关闭了餐厅。

　　救援人员终于将碳纤维气囊放置到了底部的钢筋下面，并开始注入空气。这时距事故发生已经三天了。宝琼的存活概率降到了3%，人也陷入昏迷状态，甚至都不知道压在她右腿上的钢筋已经被移开了。一名消防员试图吊着绳索进入地下二层，天上却再次下起了暴雪，大雪成了润滑剂，刚被气囊顶开的钢筋眼看着就要再次滑落。达帕阻止了消防员。

"存活概率仅为 3%，且将在 20 秒内降至 0。钢筋从气囊上再次滑落的概率为 88%，如果现在进入现场，您本人也将有生命危险！"

达帕的计算是准确的。然而，消防员并没有听从警告，仍然毫不犹豫地直降下去，抱出了宝琼。正如达帕的计算，宝琼 20 秒内就停止了呼吸，消防员身上的绳索被向上拉起的同时，钢筋从气囊上滑落，他险些跟宝琼一起丧命。一回到地面，救援人员立刻对宝琼进行心肺复苏，存活概率从 0 提高到了 10%，很快又恢复到了 90%。达帕没有预估到的是，人类在呼吸停止后还能再抢救回来。

宝琼的右脸上留下了连手术也不能完美清除的烧伤疤痕，出演系列电视剧的合同被撕毁了。因为就算可以通过整容手术把容貌恢复到原来的 98%，耗费的时间也太长，剧组等不起。她不和任何人说话，也不想见任何人。母亲每天早上都现做了饭菜带给她，但她连饭盒盖都没打开过。她白天一直躺在被窝里，晚上则两眼无神地看着窗外，然而她并没有思考自己的人生为何如此跌宕起伏。那些日子里，她全靠着每次呼吸时肋间的疼痛，才能勉强感觉到自己还活着，满脑子只在转一个念头，那就是出院以后要以怎样的方式结束自己的生命。

宝琼见到那位消防员是在住院一周以后。宝琼没有先去找他。

消防员来探病的时候，宝琼不愿见人，本想请他回去，但到底是救命恩人，总不好冷冰冰地拒绝人家。于是，她对镜简单整理了一下毛躁的碎发，涂了无色唇膏，就请消防员进来。看到一进病房先躬身行礼的消防员，宝琼忍不住暗叫一声"该死"，直后悔没有好好打扮一番。就这么简单和出人意料地，宝琼又有了活下去的理由。

共过生死的青年男女坠入爱河几乎是顺理成章的事。消防员一有时间就来看望宝琼，而之前只肯躲在被窝里的宝琼，自从消防员来访之后每天都早早醒来，把头发清洗梳理整齐。等人的日子，每一天都过得飞快。时间过得快，自然而然地，宝琼的身体似乎也恢复得格外快。

腿骨和肋骨差不多愈合后，宝琼又接受了整容术，也就是从大腿内侧剥取比较细嫩的皮肤移植到面部的手术。术后基本靠化妆就能掩盖疤痕了，不过宝琼倒也并没有刻意遮瑕。伤疤既已落下，总不能隐藏一辈子，更重要的是，她觉得将会陪伴她度过一生的消防员已经目睹了全部的治疗过程，她也就没什么可介意的了。他是她在人生的最低点遇到的良人，在他面前，她很自在、很放松。事实上，他们也确实是在最低点的地底下遇到彼此的，不是吗？

消防员求婚的那天，宝琼把戒指戴在左手无名指上，问道："当时那么危险，你为什么还要救我？"

"有3%的概率呀！"

"只有3%而已啊！"

"人和机器不同，不会一关电源，就再也不能启动。3%的意义是'还有生存的可能'。"

自从和消防员各自在无名指戴上对戒以后，宝琼的生活走向了与她曾经梦想的完全不同的方向。她还没有放弃演员梦，却不再心急。即便得不到大众的关注，只要唯一的那个人眼里有她，她就足以感到幸福。

宝琼凭借曾经拍过几部电影短片的工作背景，进了一家网络小说出版社负责挖掘素材的部门。她的工作是寻找适合拍成电影或电视剧的故事，再写成企划书。宝琼自己也不知道演过电影和寻找素材的工作之间有什么联系，但在就业形势如此糟糕的情况下，能找到一份工作就已经谢天谢地了。事情虽然多，但公司气氛不错，也不会强迫员工加夜班和聚餐，所以她在那里一干就是好几年。在工作过程中，她渐渐对写作产生了兴趣，下班后常常坐到电脑前，最终却一个字也没写出来。她总觉得自己写下的那些词句太没有现实感了。

宝琼以前从来没算过命，结婚以后却特意去请了一张符。据说把符放在消防员的枕头底下就能驱除厄运。她从来不信怪力乱神，但和丈夫一起生活的日子越久，她就越觉得，为了维持这样平静的生活她什么都愿意做。还有，那3%一直令宝琼感到不安。她明明可以活得这样好，当年却险些因为"存活概率只有3%"而被放弃，所以她总是担心有一天她的消防员也将面对那样的3%。

　　婚后第四年，夫妻俩有了大女儿恩惠，两年后，又生下了二女儿延宰。恩惠七岁那年，脊髓灰质炎病毒侵袭中枢神经系统，引发了手足麻痹症状，他们到处求医问药，最后还是没能阻止孩子因脊髓性小儿麻痹而双腿瘫痪。医生说，只要恩惠做好准备，随时都可以为她置换完美再现人类骨骼和关节的、用生物体适合性极好的材料制作的新腿。因为医生说得十分轻松，而且只字未提费用问题，宝琼便以为那是很便宜的手术，任何人想做都能做。

　　宝琼要照顾恩惠，只好辞去了工作。消防员提出由他辞职，宝琼却说不喜欢自己的工作，想休息一段时间。她跟同事开玩笑说，以后如果再回来，请她们务必收留。同事把各自准备的礼物送给她，纷纷说道："宝琼，希望以后在电视剧里看到你！""说实在的，你做事不行，还是去演戏吧。"宝琼也不知道她们说的是真心话，还是在开玩笑，却得以忍住了眼泪。

　　给恩惠买第一辆轮椅的那天，消防员也给延宰买了辆三轮自行车。两个孩子听消防员讲了一个多小时的安全注意事项，然后在汉江公园里一刻不停地全速飞驰了一整天。

　　母亲是在那前后过世的。三年前，母亲检查出早期乳腺癌，做了手术，三年后癌症复发，癌细胞转移到大脑，且已扩散到全身，已是无药可医的状态了。医生倒是提到了可以用纳米机器人做手术切除癌细胞，但同时强调宝琼母亲所患的癌症已经是晚期，就连大脑的褶皱里都布满了癌细胞，很难治愈，而且手术费用也比较高。母亲不等医生说完就连连摆手拒绝。她觉得自己来日苦短，不值得再抗一次癌。宝琼也没有坚持。

母亲关掉经营了十多年的餐厅，还清贷款后，剩下的钱刚好够支付自己的葬礼费用，一生算得上清清爽爽。常言道，母女心连心，但宝琼和母亲之间并没有那种情感纽带。母亲去世时，宝琼的心情也没有太大起伏。然而，当母亲握着她的手说"当年你被埋在地下的时候幸好没死，否则我怕是要死不瞑目了"的时候，她心头一阵酸楚，强忍着才没流下眼泪。

消防员没有放弃的那3%，对宝琼来讲，意味着太多太多。曾经有一次，宝琼望着汉江的晚霞对消防员说，希望孩子们可以这样用力转动车轮，永不停歇，一直向前。就算人生常常不征求我们的同意就擅自改变方向，就算我们因此常常碰壁、受伤，只要能够重新振作起来，找到方向继续前行就没有关系。哪怕只有1%的希望，就足以成为我们逆风翻盘的能量。

消防员那天的存活概率是80%。

一栋60层的五星级酒店发生了燃气爆炸，同时引发了火灾和坍塌事故，而持续数月的干旱天气令大火迅速蔓延到了建筑外部，连带着附近几栋建筑也起了火。不到十分钟，救护车、消防车和消防用直升机就都赶到了现场。

达帕首先进入建筑内部开始灭火，并将生存者的位置通报给了消防员。然而泄漏的煤气继续引发连锁爆炸，火舌已经吞噬了位于58层的西餐厅的厨房。火魔的下一个目标是地上五楼另一个厨房的锅炉房。消防人员必须赶在大火烧到五楼之前，把楼里的员工和顾客转移到安全地带。虽然灭火工作一直都在进行，但火势仍然很凶猛。宝琼在远离现场的地方和消防队一起盯着消防员的存活概率。那道蓝光一直在 80% ～ 90% 摇摆。她多少放下心来，但仍然焦急地盼望着火灾能尽快结束。然而，存活概率从 80% 跌到 0 只用了不到 10 秒的时间。她眼睁睁地看着那数值诡异地飞速跌落，仿佛亲眼看到丈夫从建筑物上坠落。

宝琼以为是仪表故障，但她很快就见到了窒息而亡、全身的皮肤都已和防火服粘连在一起的丈夫。事故竟是防火服的老化造成的。

十年前，消防当局以消防改革为名，投入巨额资金，购置了 210 台灾难救援用机器人达帕，却断然否决了防火服更新换代的必要性。消防员之间有传闻说是因为政府的预算全都投入到了仿人机器人的制作上面，才没钱更换其他装备。"再坚持一下，马上就换新装备"之类的安抚之词，他们也都信了。然而，一晃就是十年，他们始终没见到新装备的影子。

消防员的手套粘连在皮肤上，已经无法剥除了。宝琼拿着消防员焦黑的手贴在自己脸上，仿佛又回到了多年前，他那时也是这样抚摩着她被烧伤的脸。

"3% 都能活下来，80% 为什么不能活？你怎么会变成这个样子？"

消防员尽管穿着防火服，却还是全身烧伤，肺部吸满了烟尘。宝琼用尽全力为他做心肺复苏，甚至把他的肋骨都压断了，也没能救回他的性命。

宝琼领到了一笔消防员死亡保险金。她需要工作，但找不到合适的职位。她也想过联系以前上班的公司，却鼓不起勇气。她现在无依无靠，还要抚养恩惠和延宰。靠着 3% 的存活概率幸存下来的宝琼，以后将不得不背负起 300% 的生活重担了。

宝琼顾不上许多，直接跑去银行，咨询靠消防员的死亡保险有没有可能维持她们母女三人的生计。夺走了母亲工作岗位的仿人机器人建议宝琼开个餐厅，理由是，对宝琼人生的各项数据进行综合分析后，它发现宝琼的母亲曾经开过餐厅，而且餐厅客流一直相当稳定，没有太大起伏，说明这应该是一个不错的选择。

宝琼的人生从母亲的厨艺出发，绕着漫长的轨道兜兜转转，又回归到了母亲的厨艺上。宝琼听房地产中介说果川赛马场很快就能复苏，就盘下了那附近一家濒临倒闭的餐厅，花了些钱把餐厅重新装修了一遍，又在餐厅后面盖了房子自住。厨艺方面，她不用如何钻研，按照舌尖的指引，很快就做出了母亲的味道。就这样，她成了一家专做鸡肉菜品的餐厅老板。她的餐厅虽然没上过电视，也没什么名气，却有了不少老顾客。

宝琼觉得这就是她人生的终点站了。她并不奢求更多。人人都在说机器人引领了新时代的变革，但宝琼不喜欢。她只希望它们再也不要打扰她的人生。

延宰渐渐长大，在机器人领域表现出浓厚的兴趣和极高的天赋，宝琼早有察觉，却一直佯作不知。延宰读初中时没能通过软体机器人研究计划的最终选拔，她反倒觉得庆幸。如果问她：明明机器人能让人类的生活更加丰富多彩，你为什么不喜欢？她也说不出个所以然。尽管日子过得拮据，宝琼却对自己的生活很满足。像这样不必计算存活概率、不必担心死亡的平静生活，她希望可以一直过下去。

——直到延宰把一个像堆垃圾一样的骑手机器人弄回家。

"奇怪……"

宝琼用掌心按着额头。上周快递送来的红糖不在餐厅的食材架上。她明知道 15 公斤的红糖不可能藏在夹缝里，却还是脱了围裙，跪在地板上连抽屉和地板之间的缝隙都找了一遍。

宝琼拍拍手站起身，疑惑地取出账本确认。上周购买食材的清单上是有红糖的。倘若不是有小偷来单单偷走了红糖，在那么多的食材里怎么可能唯独红糖不见了呢？宝琼在厨房的角落里坐下，回忆上周二快递送来时的情形。上午订购的食材是在下午三点左右送来的，她签收后就随手把箱子放在了厨房，然后她有没有马上就拆箱整理呢？搁在平时，她应该会马上整理，但宝琼记起来，那会儿她凑巧接了一通电话。她重又翻开账本。周二下午有预约参鸡汤的团体客人，人数是十位，预约时间是当天下午五点，所以宝琼一放下电话就开始准备十人份的参鸡汤。对了，快递箱子在厨房放了好久，还是延宰放学回来后整理的。记忆的闸门一打开，很快就有了新的线索。她又想起客人都走了以后，她正忙着收拾桌子的时候，延宰对她说："抽屉都满了，这个放在外面了哦！"宝琼高兴起来，离开餐厅朝仓库走去。

　　仓库是个大约能放三辆自行车的小木屋，层高很低，成年人要低头才能进去。宝琼觉得仓库是木制的，状态看起来还可以，只要刷一遍外墙漆就能用，所以搬进来的时候就没有拆。后来太忙，她也没顾上粉刷油漆，不过用来放孩子们不玩的踏板车和轮滑鞋之类的东西刚刚好，搁板上还可以保管一些不需要冷藏的食材。当然，宝琼一向计算好用量才下订单，很少需要把食材放到仓库里。多半是延宰没有好好整理抽屉，才腾不出放一袋红糖的空间。

　　宝琼好久没到这边来了，仓库倒还和往常一样好端端地坐落在原地。宝琼注意到手推车的手柄把门挤开了一道缝，却并未多想，伸手打开了仓库门。

　　幸好红糖就在仓库里。问题是，宝琼还没来得及过去查看，就被吓得连连倒退。这时候，她忽然意识到自己是赤手空拳，于是赶紧抄起一把铁锹，瞪大了眼睛盯着手推车里的机器人。

　　宝琼也知道机器人没开电源就等于一块废铁，却还是紧紧握着铁锹不敢放松。她小心翼翼地走过去，用铁锹轻轻碰了碰机器人，只见那机器人的手臂软弱无力地从手推车里垂落下来，晃动了几下。这么一个不知哪里来的机器人怎么会出现在她家的仓库里？疑团很快就解开了。因为刚放学回来的延宰飞奔过来关上了仓库门。

"啊！"

"你看到了？"

门没有完全关上，延宰显然知道宝琼已经看到机器人了，所以这个问题根本就不用回答。知道把机器人放在仓库里的罪魁祸首是延宰后，宝琼先是松了口气，随即又有种不安的感觉袭来，于是瞪起眼睛说道：

"你那是什么东西？马上给我扔了！"

"我不。"

"必须扔了！"

"就不！"

"于延宰！"

"又不关妈妈的事！"

面对母亲的连番紧逼，延宰毫不服软，转身就要走开，宝琼一把拦住了她。延宰两次甩开母亲的手，到第三次的时候，大约自己也于心不忍，只好一脸不耐烦地停下来回头看着宝琼。

"那东西你是从哪儿弄来的？你想拿它干吗？"

宝琼努力想说得和颜悦色，但声音里已经带了刺。延宰闭起了嘴巴，意思是宁可沉默，也不愿再翻来覆去回答同样一句话，仿佛她知道对于宝琼，自己的沉默比语言还要尖锐、沉重。

既然延宰不想说，宝琼也不能再问。她希望延宰能给自己一个交代，让她能理解和接受，但延宰只是紧闭双唇看着宝琼。宝琼知道再逼问她也无济于事。她非常清楚，这孩子是绝对不会说出心里话的。

"最迟明天，你必须把它扔掉或者弄走。这东西那么不安全……"

"我自己知道该怎么做。"

延宰甩开母亲的手走了。这回她根本没给宝琼说话的机会，因为她预感到，两人一吵起来就会没完没了。

宝琼把用水稀释过的蜡倒进喷雾器，再喷到室外的餐桌上，十张桌子都喷完后，又拿着瓢舀水泼了一遍，然后用干抹布使劲擦拭桌面，脑子里始终在回想延宰刚刚的表情。

最后还是恩惠过来安抚宝琼的情绪。她大概是听到了延宰和宝琼的对话。

"为了买这个机器人，她把最后一次领到的工资全给人家了，一分钱都没剩。她绝对不会退回去的。你别白费力气跟她吵了。"

这些话当然安慰不了宝琼。

"你怎么也不拦着她？"

宝琼知道这事怪不得恩惠，可是她心里焦躁，忍不住责问了一句。恩惠沉浸在思绪当中，手指把下巴揉捏成了核桃的形状，良久才开口说道：

"我就是觉得，还从没看到过她那么想得到一样东西。"

听了这话，宝琼沉默下来，似乎也认输了。恩惠说得对。也许是因为家里人的关注焦点都在长女身上，延宰很少表达自己的想法。问她想要什么生日礼物，她总是考虑半晌之后回答说没有。从前是机器人突然出现在银行，把干得好好的人赶走，现在好了，自己的女儿竟然把一个坏得不成样子的机器人弄到家里来了！宝琼觉得有种睁着眼睛却两眼一抹黑的茫然。虽然并没有人夺走她什么，她却有种丧失感，并没有人抛弃她，她却有被遗弃的感觉。每次看到机器人，她都这么觉得。

宝琼用力擦拭着桌面，心里一直在胡思乱想：延宰想拿那个破烂的机器人做什么呢？是不是得去哪里举报啊？举报以后要是影响到延宰的前途怎么办？那东西她到底是从哪儿弄来的？宝琼一边思来想去，一边暗下决心，这次无论和延宰争执多久，她都不能认输。

恩惠

"你到底为什么非要买它？"

"我想修好它。怎么买东西还非要逐条列出理由？又不是不给钱！难道我还能把它改装成杀伤性武器不成？要我说啊，你完全可以说是捐赠给高中生做实验用了。"

延宰一张嘴好似机关枪一般，说得敏周哑口无言，恩惠则在一旁观战不语。她觉得延宰是动了真章了，拦也拦不住。争执良久，最后敏周只得让步，说要跟上司请示，然后就进去打电话了，延宰抱着胳膊等敏周出来。

不过，恩惠也想听听，延宰到底为什么非要买这么个已经摔烂的机器人。延宰焦虑地抖着腿，那样子和她平时凡事漠不关心的样子反差很大。中间恩惠喊过一声延宰的名字，但延宰啃着指甲，并不看她，随口问道："干吗？"恩惠只说了句"没什么"，把要问的话又吞了回去。然而延宰根本就没注意到她的欲言又止。从这一刻起，恩惠便决心不再追问延宰原因了。一个人有时候就是会受到强烈的吸引，对象可以是某个人，可以是爱，可以是音乐，也可以是某个物品。面对那种吸引时，没有任何事物能够阻挡她或他。昨天延宰看到损毁严重的机器人考利时，想必就是感受到了那种强烈的吸引，才义无反顾地把最后一次领到的薪水全部砸了进去。

敏周过了好一阵子才再度出来。可能是在电话里跟上司颇费了一番口舌，面色疲惫的他把一张写有账号的纸递给延宰，问她打算怎么把机器人弄回家去，接着又补充道：

"私自交易机器人可是违法的，要是被发现了，买卖双方都得罚款。你可别出去跟人乱说。你往这个账号转 80 万吧。我也想再往下砍砍价，可是老头子咬死了，非要这么多。"

"明白，我都明白。"

敏周似乎还在为收她的钱感到过意不去，延宰却只怕敏周改变主意，立马就把钱打了过去。

敏周指着手推车问：

"你要把它装在这里面？"

延宰点头。敏周目测了一下手推车的大小。

"不知道装不装得进去……先拉进来吧。"

延宰拖着跟自己身体差不多大的手推车走进马房。锈迹斑斑的把手和车轮吱扭作响，延宰却高兴得合不拢嘴。恩惠不由得查看了一下四周，因为凭空生出一股责任感，好像自己就该为这次走私行动把风放哨。

如敏周所说，私下交易机器人是违法的，不过国人最喜欢干的不就是非法交易吗？二手机器人通常被拿去翻新或用作汽车和摩托车的装饰。虽然政府也查，但实际上很少有非法交易的买方或卖方受到处罚。市面上流通的机器人越来越多，等到机器人交易遍地开花、人们也都习以为常之后，大家就开始觉得这种事是禁也禁不住的了。有时，有些事情的蔓延并不会导致法律约束的强化，反倒常常发展成整个社会放手不管、任其自生自灭的情形。

这样的事情，恩惠看过太多了。比如轮椅使用者的出行环境，有太多不便之处，到最后索性没人管了。片刻过后，延宰把关闭了电源的考利装在手推车里，像收获满满的矿工一样出现在门口，带着一脸胜利的笑容。恩惠还是第一次看到延宰这么幸福的样子。延宰肯定还有很多幸福的瞬间是恩惠所不知道的。恩惠不是延宰，不知道延宰感到幸福的那些瞬间是理所当然的，延宰不告诉她，她就不可能知道。

"这事儿你打算怎么跟妈妈说？"

恩惠紧紧跟在延宰后面，问道。手推车吱吱嘎嘎的，不是很听使唤，不过因为考利没有多重，延宰看起来脚步十分轻快。

"边走边想好了。"

延宰并不觉得这是个难题。

恩惠是从四年前开始来赛马场看马的。因为这个地方每到周末都会被赛马场的游客挤得水泄不通，所以恩惠周末一向只能留在家里，远远地眺望像马戏院一样辉煌灿烂的赛马场。她想过很多次要去那里看看，但每个周末餐厅都客满，宝琼忙不过来，延宰周末又经常整天都不在家，恩惠自己去赛马场太难了。没有人不让恩惠去，但也没有什么东西能轻轻松松把她送到目的地。恩惠不知道坐着轮椅去赛马场的那条路会是多么漫长的冒险，也不知道她将遇到什么样的危险，遭到怎样的羞辱，所以，在踏上"征程"之前，她需要时间给自己做心理建设。对恩惠而言，家以外的世界就像是一场地图随时可变的生存游戏，主要攻击来自人们的冷眼，她无法进入的店铺是一闪而过的背景，她的书包里装的是用来恢复生命值（HP）的粮食和水。

电动轮椅价格昂贵，但性能并不优越，没能克服车轮本身的局限。而且电动轮椅要走车道，不能走人行道这一点，宝琼也不满意。最让宝琼感到愤怒的是，竟然直到现在都没有轮椅专用道路——有些地方声称有，其实不过是在车道上画一条线，隔出部分道路而已。

恩惠很自然地以为自己会得到机械腿。曾经有一阵子，一想到自己将来一半身体都是机械，她就觉得一定会像赛博格一样神气。但恩惠八岁——离到十六岁还有好多年的时候，爸爸就离开了人世，而宝琼买下濒临倒闭的餐厅后，一直拼尽全力，想把生活的沟壑填平。次年恩惠生日时，餐桌上多了一个巧克力蛋糕，宝琼送了她一件冬天穿的漂亮毛衣作礼物。看到恩惠并没有开心大笑，宝琼问她还想要什么，恩惠犹豫了一下，只说还想再要一个蛋糕。用不着别人告诉，恩惠也明白，自己只能在这条道路上继续这危机四伏的冒险。

恩惠常想，假如世界能像对待他人一样对她，她才不要做

什么赛博格。比起大几千万韩元 [1] 的机械腿安装手术和推轮椅的
机器人，她更需要的其实是能自由上下人行道的无障碍通道、
能方便出入餐厅的升降机、人行横道上时间更宽裕的步行信号
灯、不需要任何人帮助就能搭乘公共汽车和地铁。然而要实现
她的愿望，世界要做出很多改变，而从多数人的立场来看，把
这一切都转嫁给个人可以省去很多麻烦。恩惠还承担不起多数
人转嫁给"个人"的那份责任。也许应该说，她还不是一整个
人，只能算是"半个"人，就好像婴幼儿如果没有大人保护，
独自出门会有危险一样，恩惠也总是需要一个能够把她的另一
半补充完整的保护人。但就连这一点，也是恩惠周围人的主张，
并不是恩惠自己的判断。

　　然而四年前的一天，一向只在家里远远眺望的恩惠突然转
动着轮椅出门了。那天延宰说好会提早收工回家陪恩惠一起去
赛马场，但可能是因为餐厅客人太多了，约好的时间已过，延
宰还没有回来。恩惠便觉得，她总不能永远等下去。对，就是
这句话！她总不能永远等着。不管是什么事，人都不能只是被
动地等吧。

　　恩惠没跟宝琼说就离开了家。她能找到赛马场，不会迷路。
因为只要在赛马场附近，无论从哪个方向都能看到天空中奔马
的全息影像。平日里这段路空空荡荡，一到周末就被挤得水泄

---

1 约合人民币几十万元。

不通，人行道和车道已经没有了明确的分野。恩惠没有多想，只是跟着人流前行，却听到汽车喇叭声在耳边响起。她的右耳开始耳鸣，人顿时有些恍惚。再这样磨蹭下去，这一带肯定会因为她变得更加拥堵。恩惠想到人行道上去，偏偏车轮卡在了斜坡的石头上，她心里焦急，最后还是靠着蛮力硬是把轮椅开上了人行道，不过把自己累得气喘吁吁。很多头戴发带、手腕上套着荧光手环的人飞快地从她身边走过。恩惠觉得他们简直比汽车还要快。

看着密密匝匝、成群结队走过的人，恩惠感到头晕目眩，于是就掉转方向，打算回家去。就在那一瞬间，赛马场传来比赛开始的发令枪声。那声音仿佛在召唤恩惠：都来到这里了！再加把劲儿！恩惠最后还是调转轮椅，继续朝赛马场进发。一旦下定决心非去不可，她的身上就忽然有了力气，上坡路也没要人帮忙，全靠自己爬了上去。她不能买票从正门进去，因为没有监护人同行，青少年是不可以独自进场的。恩惠没放弃，硬是绕着偌大的公园转了一圈。天底下没有无缝的墙，恩惠相信一定能找到某个空隙看到精彩绝伦的比赛。没多久，她的信念就变成了现实。

尽管距离很远，恩惠还是可以从流苏树的枝叶之间看到赛马场内部。她还看到了在草场上奔腾的赛马。虽然转瞬即逝，但她真的看到了那些戴着各色面罩和眼罩奋力奔跑的马儿。彼时恩惠并没注意到赛马背上的骑手机器人，她的眼里只有马。

她彻底被马的魅力征服了。短短的一秒钟却仿佛有一百张图画在面前展开。赛马奔跑时如波涛般起伏的鬃毛和强劲的肌肉，风中飘舞的白色流苏花瓣，观众朝马儿大声呼喝的声音，所有的一切都像印象派油画一样强烈地刻印在了她的心里。从那天以后，她只要一合上眼睛就会梦到那些赛马。

考利被宝琼发现的第二天，延宰大约是觉得不必再隐藏了，索性背着考利进了家门。恩惠本想跟着延宰，但延宰并没有回一楼自己的房间，而是去了二楼的仓库。恩惠的视线追着延宰上楼的背影，看了一会儿之后转身离开了家门。餐厅已经打烊，宝琼正坐在餐桌旁的椅子上吹着风，休息肿胀的双脚。她是在努力装作没看到延宰。之前宝琼虽然大发脾气说坚决不许延宰把机器人留在家里，但听恩惠说延宰为了买它花光了所有的薪水，尤其是听说这还是延宰第一次如此渴望拥有什么东西之后，气已经消了不少，她开始注意观察延宰的举动。她这是在"侦察敌情"呢，目的还是战胜对方。

天气预报说晚上有大雨，果然雨就开始像喷雾器喷洒的水一般落下来。雨打在遮阳伞上，发出清晰可闻的声音。宝琼大约是听到了恩惠过来的动静，把吃了几口的哈密瓜冰棍递给她，恩惠咬了一口又还了回来。

"真不知道你妹妹买那么个东西回来是想干什么。"

宝琼说话时，嘴里散发出哈密瓜的香味。两个家庭成员凑在一起免不了要讲另外一个家人的坏话，她们的对话也有这个趋势。恩惠耸了耸肩。宝琼把剩下的冰一口送进嘴里，冰棍杆则夹在手指之间来回转着玩儿，似乎是在思索延宰的事，又似乎什么也没在想。

等嘴里的冰都融化、落肚以后，宝琼又开口说话了——家人之间的对话总是这样，没头没脑，没主题，也没前因后果。

"下个月又到爸爸的祭日了。时间过得可真快，一年就像一天，快得叫人心慌。"

宝琼沉默半晌，又忽地盯着恩惠问道：

"你怎么老往赛马场跑？难不成你们两个都瞒着妈妈在那儿藏着钱呢？"

"妈妈你在说什么呀。"

"你们不是去赌马吧？"

"妈，怎么可能嘛！"

宝琼大约也觉得自己是捕风捉影，就没再说下去。

我去看马。阿今——原来的王牌，如今软骨磨损严重，再也不能上赛场了。

恩惠原本在心里组织了一个完整的句子，嘴上却只是闷声闷气地说道：

"不去赛马场，又能去哪儿？"

"你这话说的，怎么没地方可去？再过去一点就是科学馆、大公园，你们老往那赌博的地方跑，我怎么放心得下？"

恩惠忽然灵光一闪，向宝琼提议道：

"妈，您不如也去赛马场赌一把，听说最近有不少人靠赌马发了大财呢！"

"妈可不懂这些。你们不会真的是去赌马了吧？"

"现在赛马场都会公布胜率，就算只看胜率下注至少都能保本。"

宝琼一向耳根子软，容易听信别人说的话，恩惠以为这次也一定能打动母亲。其实她只是盘算着想跟着监护人宝琼去看一次比赛。宝琼却毫不犹豫地摇头，说道：

"我不相信那些概率。"

宝琼猛地站起身。

"希望明年春天没有雾霾，咱们也去赏一回樱花。"

宝琼大大地伸了个懒腰，围裙也没脱，转身进厨房去熬高汤。院子里只剩下恩惠了。她把宝琼掉落的冰棍杆捡起来，又坐了很久，感受着季节从夏日迈向秋天的微妙变化。

恩惠之所以坐了那么久，倒不是因为多喜欢，只是这个空间最适合她长久停留罢了。

延宰

陀螺仪 [1] 没问题。延宰之前猜想是陀螺仪故障才导致骑手失去重心坠马，但她错了。延宰苦思不得其解，不由得自言自语道：

"它到底为什么会摔下马呢？"

直到这时，她才伸直了腰。

从昨天晚上开始，延宰除和衣胡乱睡了几个小时以外，一直都在埋头研究考利，腰不疼才怪。她熬了一夜，照理说现在该合一会儿眼才对，但今天是星期一，几个小时以后她就得上学去了，所以想尽可能把考利拆完再走。她没有考利的安装图纸，只能靠一双手把一个个配件拆开查看，再手绘下来，这项工作她已经做了九个小时。画完整张图纸后，她做的第一件事就是检查考利内部的陀螺仪和控制功能。

延宰两眼酸涩，几乎无法睁开。眼睛要是也能涂润滑油就好了。既然不能往眼睛里滴油，延宰只好用力搓搓手，把搓热了的手捂在眼眶上。身体在催她快点儿躺下来，她不想投降，但终究无法战胜身体的渴望，还是抱着无印良品线圈笔记本仰面躺在了考利的身边。

---

1 陀螺仪（Gyroscope），保障精确测量或维持物体的方向，主要用于导航、稳定平台或控制系统中。

　　她看着记得密密麻麻的笔记。控制器和内存正常，说明负责判断和平衡的所有仪器都没问题，这也意味着坠马不是由机械问题造成的。延宰转过头看着考利。它的头盔剐蹭、磕碰出了很多划痕。

　　"你可真奇怪！"

　　关着电源的考利当然不会有任何反应。

　　"竟然会因为仰望天空摔下马。"

　　延宰静静地想象着机器人仰望蓝天时落马的情景。这个机器人也有表情吗？它没有眉毛和面部肌肉，应该做不出可称为表情的面部活动吧？可不知怎么，延宰总觉得这个机器人仰望天空的时候眼神里一定充满了震惊——那种眉毛上挑起的表情。

　　她很想立刻打开考利的电源，问它问题，恼人的闹钟却先响了起来。延宰一跃而起，用带上来的被子把考利盖起来，关上了门，却忍不住又开门确认了一遍考利是否还在。

　　延宰淋浴、洗脸、刷牙三件事同时完成，早饭略过，随后匆忙穿上事先叠好的校服，又义正词严地跟正在吃早饭的宝琼和恩惠说，在她放学回家之前，谁都不许上楼去碰她的东西，然后才离开家门。那天她的脚步尤其轻快，不是因为她多喜欢上学，而是因为只要熬过在学校的时间，回家以后她就又能研究考利了。她想，考利的盆骨和双腿都已经坏得不成样子了，肯定需要重新制作。如果能弄到碳纤维当然好，实在弄不到，用铝合金也完全可以实现类似的效果。铝合金的重量当然和碳纤维不能比，毕竟后者比塑料还要轻，不过反正它现在也不需要那么轻了。

延宰第一次看到仿人机器人是在一个雨天。当时她十一还是十二岁来着？那天她以为自己带雨伞了，兴趣班下课后才发现书包里并没有伞。别的同学都走了，只剩延宰独自站在校门口。如果打电话回家，宝琼肯定很快就会带雨伞过来接她，但那天晚上有预约的团体客人，延宰觉得就算打电话，妈妈大概也没时间接。

最后，延宰只好把书包顶在头上冲进大雨里。然后，她在小巷里遇到了一个四脚机器人。那个小家伙像只流浪狗一样东张西望了一番后停在了延宰面前。延宰觉得这机器人淋得这样湿，恐怕会出故障，就脱下外套盖在了它的头上。"流浪狗"面板上一个小绿灯闪了几下后，它忽然趴到了延宰面前，似乎在示意她坐到自己的背上。延宰迟疑了片刻，感觉自己如果不坐，它多半不肯走开，于是就坐到了它坚实的碳纤维外壳上，两手紧紧地抓住类似"流浪狗"骨架的外部结构。"流浪狗"在雨中奔跑起来，动作不大温柔，却很稳。这时候，延宰透过掌心和大腿感受到了机器人的引擎，还有油压机酷似人心脏搏动的活塞运动。这个"流浪狗"是有生命的。虽然它不呼吸，却和世界上任何一个生命没有任何不同。"流浪狗"跑了好一阵子，最后停在了离延宰家不远的一块空地上。它又趴到地上，似乎是在告诉延宰已经到达目的地了。延宰从它身上下来，拿回衣服后，看到"流浪狗"的骨架在动，很想把那骨架掀开，看看里面都有什么。但她终究没有那么做，因为担心自己会伤害到它。

延宰至今也不知道那时候她遇到的那只"流浪狗"是做什么用的机器人，只是从外观上猜测，那大概是一个达帕。听说那天的暴雨造成莫溪川涨水，很多东西都被大水冲到了下游。

延宰到教室后刚坐到椅子上，就取出从家里带来的笔记本开始画图纸。重新组装需要的配件家里基本上都没有，所以延宰接受了自己最近一段时间都得辗转于五金店和废品站的命运。好在赛马场附近的废品站里可以搞到不少东西。延宰满脑子都在想着考利的事，根本没注意智秀就站在自己的课桌前。最后还是智秀忍不住用脚踢了她桌腿几下，延宰这才把笔记本放下，抬头看智秀。智秀掐头去尾直奔主题：

"上周跟你说的那件事，你考虑过了没有？"

"没……没有。"

智秀的眉头拧成了一团。延宰把智秀上周五的提议忘了个干净，直到这会儿看到智秀才想起来。当然，她本来是打算好好考虑的，只是她周六丢了工作，后来又发现了考利，也就把智秀的事搁下了。智秀两只手撑在延宰的课桌上，气哼哼地问道：

"你周末都忙着打工，根本不学习，对不对？"

"我上周末被兼职的那家店的老板炒了。"

延宰其实也不是故意要堵对方的嘴，但她每次回答问题的方式都让智秀恨得眼睛里直冒火。而看着智秀明明气得要命，却还极力保持温文尔雅的样子，延宰觉得十分好笑，所以常常故意跟智秀这样说话。这次也一样，智秀的怒气显然已经上来了，却是一副下定决心不被延宰牵着鼻子走的神气样子。她走到前排，从那里拖了一把椅子坐到延宰面前。

"既然周末没考虑，那你就现在好好想想吧！你到底要不要参加？"

她每说一个词，就敲一下桌子。

"不要。"

但这次回答并不是在逗智秀。延宰是真心的。

"为什么？"

"因为我不想和你一起参加。"

智秀咬住了嘴唇。延宰有些后悔没有说得更婉转一些，但话已出口，已经无法挽回了。她看智秀握紧拳头，心想，搞不好要挨她一记了。不过，智秀很快就找回了自己最擅长的冷静，瞪着延宰说：

"你说话时的嘴脸可真讨厌。"

延宰觉得智秀自己也好不到哪儿去。智秀本来气哼哼地盯着延宰，一低头看到了延宰在画的图纸，就劈手抢了过去。她速度太快，延宰竟没拦住。智秀不知道延宰画的是考利的模型，露出一副又不可思议又气愤的表情，冷笑了一声，问延宰：

"你该不会那么小气，准备自己单独参加吧？"

"才不是呢！"

延宰伸手想夺回笔记本，但智秀手更快，一下子就把笔记本藏到了身后。

"那这是什么？你不是在准备参赛用的图纸吗？"

"大赛要求的是达帕啊！我笔记本上画的是两足的。"

"达帕？"

智秀疑惑地重复了一遍，马上想起达帕是四脚机器人。延宰又向智秀伸出了手，示意要拿回笔记本，而智秀也意识到自己错怪延宰了，就装作拗不过的样子，把笔记本放回到了书桌上。

智秀上周五提议要一起参加的大赛是一个达帕机器人主题竞赛，面向全国的高中生，要求学生参照灾难救援用软体机器人，或日常生活用的达帕，建模制作一台机器人。智秀对大赛感兴趣，原因只有一个：就算拿不到冠军，只要能拿到一个小奖，考大学时就能加很多分；如果能得到更高的奖项，在韩国就等于踏上了通往首尔大学、浦项工大、韩国科学技术院的黄金大道。智秀从一开始就没打算隐藏自己的小算盘，开口便对延宰说："只要能拿奖，考大学就有加分哦！"延宰好奇的是，全校那么多学生，为什么智秀偏偏找上她。自从没能入选软体机器人研究计划，她至少明面上已经不再搞机器人了呀。机器人这个领域并不是她想学就能学的。每次上编程课，延宰都从头睡到尾，真搞不懂智秀到底是怎么想的，竟然找自己去参加那么重要的比赛。当然，智秀一看就是那种家庭条件非常优越的小孩，以她那样的家庭，暗地里调查一个高中生的背景还不是小菜一碟。不过，话又说回来，延宰也很难想象那样的家庭竟然会背地里调查她这样一个普通高中生。再说她好像都没跟智秀说过话，两人的关系绝对没有好到可以让对方跟她提出合作的程度。

在一个有二十一个学生的班级里，学生之间也是有等级之分的。智秀从小念的就是英语幼儿园，初中没在韩国就读，而是去加拿大还是澳大利亚留学了三年，算得上优等生。相比之下，延宰就……不提也罢。

当然，延宰非常厌烦像这样按成长环境把人划分成三六九等，可智秀是那种会关注别人等级的小孩。这种不可逾越的差距是难以隐藏的。延宰很了解智秀这样的人。不是了解她的兴趣、爱好、性格等，而是清楚她如果一直受到这种对待将会做出怎样的选择。十有八九她会认同延宰果然和自己不属于同一个等级，然后去找自己的"同类"。延宰也不觉得这样有什么不好。不管智秀是通过什么途径知道的，总之延宰的确在机器人领域有天赋，而智秀只是想利用延宰抓住这次机会而已。甲等学生厉害就厉害在他们从不错过任何机会。

"为什么不参加？我都跟你说了啊，材料费我出。"

"我和你又不熟。"

"哎！"

智秀提高了嗓门，看看周围同学的眼色后，人中用力，咬牙切齿地压低声音说：

"熟不熟很重要吗？一起参个赛而已。做这种事难道要很熟的人才能一起吗？我是邀请你一起去郊游吗？"

"那个大赛不是还有团队合作分吗？我们这样子怎么可能拿到合作分？咱俩肯定没戏。"

在延宰滴水不漏的防守面前，智秀长长地吐出一口气。她的拳头在微微颤抖。一分钟后上课铃就要响起，到这个份儿上，智秀大约也只能放弃了。然而，只见智秀深吸一口气，拢了拢头发，下唇向前努起，把垂落到额前的几缕头发"呼"的一下吹了起来。

"你说我和你不熟，对不对？"

"你想说什么……"

"好，从今天开始，我就让你见识见识，你我能有多熟！"

智秀从口袋里掏出手机打电话：

"妈，今天我不去上补习班了。就那个大赛的事，我想约来一起参加的女生一直拿糖作醋的，好烦！放学以后我还得继续做她的工作。"

智秀也不给延宰说话阻拦的机会，马上就把电话挂了。

"你！"

"怎么了？"

不等延宰再说什么，上课铃就响了。

"放学以后一起走吧！"

智秀回到了自己的座位上。延宰又多了一个烦恼。她的左右脑现在要各负责一个烦恼，一个是她一直都在冥思苦想的考利，另一个就是智秀了。她可一点儿也不想带智秀回家。

延宰其实也知道自己用不着这样和智秀划清界限。智秀也许比延宰想象的要善良得多，也许和延宰接触过的那几个富家女并不一样。但延宰不想把精力和感情浪费在那微乎其微的一点反转的可能上。延宰相信，能够认识到每个人的人生各不相同，并且能够接受和适应现实，是一种成长。而承认别人可以有不同人生的过程往往充满了暴力。现在延宰只剩下一个办法——一下课就尽可能快地溜掉。

曾经有一个时期，延宰不能理解阶层的差异是从哪个缝隙里生出来的。大家都是一样上学，穿一样的衣服学习，可不知从什么时候起，她和有些同学之间开始出现了无法逾越的鸿沟。她的父母也赚钱，也爱她，可为什么她和同龄的孩子之间竟存在着如此大的差异？当这些疑问开始一点点咬啮延宰的心灵之后，延宰就多了一个习惯，她常数着手指头计算自己没有的东西。然后不知从什么时候起，她连这个习惯也放弃了。她没有的东西太多了，就是把手指、脚趾全用上也数不过来。

延宰没有的东西里包括电子产品、书、衣服等，其中手机、平板电脑和智能手表之类的东西尤为突出。倒不是说她多想要，最让她难受的是，同学问她为什么没有的时候，她不知该怎样回答。她以前会撒谎称买过但是弄丢了，后来有一天她梦到床下出现一个大洞，把所有的东西都吸了进去，自那以后她就再没说过类似的谎话。她索性闭上了嘴。世界上源源不断地出现许多价值各异的新鲜事物，延宰也无从分辨这些东西是应需而生，还是因为出现才变得必要的。

不管延宰怎么想，世界还是在继续飞速地制造出更多事物。延宰也开始明白阶层的差异究竟是从哪个缝隙开始出现的了。那些龟裂不是从延宰这一代开始的，而是从她父母，甚至从比她父母更久远的时代就已经悄悄地开始发生了。那裂痕之大是延宰自己绝对无法弥合的。

智秀每个课间都跑来找延宰说话，延宰则一下课就带着笔记本和铅笔逃到卫生间的隔间里。第三节课下课后的休息时间，智秀用脚踢着卫生间的隔门，大声嚷道："你还有完没完！"延宰不肯屈服，连午饭时间都硬生生在卫生间里躲了过去。午饭是用她下午上课前飞奔到小卖店买来的面包解决的。

她也是到那时候才突然意识到，原来智秀也没什么要好的朋友。延宰嘴里咬着面包的时候，发现智秀也留在座位上，没有去食堂。智秀腰背挺直，高昂着头，可背影看起来十分孤单。

但延宰觉得自己管不了那么多。刚上完课，她就立刻起身冲出了教室。可惜人类的原始力量在文明面前最终还是只能拱手称臣。当智秀骑着电动踏板车悠悠然停在她身边的时候，延宰真恨不得朝这不公平的世界啐上一口口水。

"谁叫你不跟我一起走，傻乎乎地白费力气！"

智秀把电动踏板车的速度调到最慢，配合着延宰的步行速度。延宰也放弃了抵抗，和智秀并排走在了一起。反正不管怎么折腾，到最后悲惨的还是她自己。

"不过你跑得可真够快的！"智秀说。

延宰只当作没听见。

"没想到你除了学习不行，别的很多方面都挺厉害呢！"

"……你这话好像是在骂我。"

"没错，就是在骂你。现在这个时代，光是学习好都还嫌不够呢。你除了学习不好，别的都好又怎么样？你以后要怎么养活自己？"

智秀说得句句在理，延宰无可辩驳。她曾经梦想做一个机器人开发工程师。她以为只要了解机器人又懂得相关技术就够了。当然，本来是够的，但是要和在国外名师手下学习过或者写过论文的同学竞争，她就很难取得好名次了。智秀看延宰偃旗息鼓，赶紧抓住机会打蛇随棍上：

"所以我劝你和我一起参赛嘛！我真的一点儿都不能理解，你到底为什么坚持不同意。机会都递到你手上了，你还不肯把握。我就说嘛，现在的小孩都太软弱了，一点儿也不懂得积极进取。"

延宰没做任何反应，心想：你愿意说，就随便你说。她也同样无法理解智秀，所以她们是说不到一起去的，说了也等于各自在对着墙喊话。

智秀在便利店门前停下了电动踏板车。她请延宰帮忙看一下车，自己走进便利店里，很快又提着一只果篮出来了。她把装着济州岛产的香蕉和杜果的果篮塞到延宰怀里。

"我总不能空手去你家呀。"

"弄这些虚礼干吗？"

"这叫登门不空手，礼轻情意重。你懂什么。"

延宰一直在思忖要不要把家里的情况——诸如她家和餐厅是连在一起的，还有现在多半在家的恩惠需要坐轮椅等等——提前告诉智秀，以防她说出什么没礼貌的话来。但在她犹豫来犹豫去的时候，她们就已经到家了。结果是，两件事她一件也没说。一方面她觉得，就算预先提醒，也改变不了一个人，所以说不说都一样；另一方面假如智秀真有失礼之处，她也正好有借口疏远她。

智秀把电动踏板车停在了户外餐桌旁。延宰先进了餐厅。餐厅的厨房里，从昨晚开始熬制的高汤散发出浓烈的香味。宝琼昨天洗的头发用发卡简单地盘在头顶上，也许是昨晚没睡好，满面都是疲惫之色。延宰喊了一声妈妈，因为觉得应该告诉妈妈有朋友到家里来了。宝琼头也没回，仍然走来走去忙着做事，口中问道："晚饭还没吃吧？"

"阿姨，您好！"

不知什么时候，智秀已经跨过了厨房的门槛，对着宝琼的背影鞠了个躬。宝琼没听过这个稚嫩的声音，十分惊讶地转过身来。智秀抢过延宰手里的果篮，放到厨房台面上。

"这是送给您的。"

宝琼呆呆地看着智秀，心想，这孩子微笑着说话还能保持字正腔圆，说是职业艺人她都信！延宰只在很小的时候带朋友回家过几次，那之后长到十七八岁，就几乎没有再带朋友回来过。宝琼也想过问孩子学校里的事，但她顾虑，就算知道了，她也不能像别的家长一样积极参与班里的活动，也只能睁一只眼闭一只眼。因此有一瞬间她甚至怀疑延宰带回家的朋友是她自己的幻想，更何况延宰这个朋友不但不是那种在鼻子、耳朵上打一堆洞，手里攥着香烟盒的女孩，竟然还穿着宽松透气的校服，没有化妆，但生气勃勃、满面笑容！宝琼看看延宰，又看看那女孩，愣在了那里。女孩可能以为宝琼没有反应是因为自己的自我介绍还不够充分，于是又口齿清晰地说道：

"我叫智秀，徐智秀，是延宰的同班同学。"

宝琼这才回过神来，慌忙把手上的水在衣襟上擦了几下。

延宰看着宝琼东拉西扯地和智秀聊起来，忙打断她说她们要进屋去了，否则宝琼恐怕会站在那里把延宰的儿时故事都一股脑地讲给人家听。亏得延宰在适当的时机打断了她，宝琼才回过神儿来，忙说要把智秀带来的水果切一盘送到房间里。延宰本想说不用了，又不想破坏母亲的兴奋心情。她多少能理解宝琼，毕竟她比谁都清楚，这都是因为自己回家从来不讲学校发生的事情。延宰虽没做过父母，却也觉得，作为一个母亲，宝琼那样的兴奋完全情有可原。带朋友回家来，延宰是第一次，宝琼也是第一次。再说，延宰也不想在朋友面前给宝琼难堪。

两个女孩离开餐厅，朝院子另外一边的延宰家走去。智秀落后几步走在延宰身后，有些不满地问道：

"你为什么没告诉我？怪不得你不肯带我到家里来！"

一听智秀这么说，延宰登时一股怒气涌上心头。不用再听，她也猜得出智秀想说什么。她现在一心只想让智秀马上就走，就算会让宝琼失望也在所不惜。但还没等延宰说什么，智秀又接着说了一句大大出乎延宰意料的话：

"你妈妈叫荷娜……啊，不对，这是角色的名字。你妈妈叫金宝琼，对不对？她演过那个什么电影。我特别喜欢那个片子。等我一下！"

智秀的声音充满了兴奋。她把原本梳得整整齐齐的头发抓得乱七八糟，就为了回忆起那部电影的名字。延宰却是一头雾水，因为她从未听说过宝琼还演过电影。

"妈妈演过电影？"

延宰觉得不可能，断定智秀是把同名并且相貌相似的演员认成她妈妈了。

但智秀很快就用手机检索出来给她看。在延宰从没听说过的电影主创名单上，赫然有一张宝琼年轻时候的照片。照片中人虽然有些陌生，但显然不是相貌相似的人，也不是宝琼没告诉过她们的姨妈。那个女演员和现在的延宰年龄相仿，或者稍长几岁，最多二十出头。延宰目不转睛地盯着那张陌生的照片看，智秀在旁边兴奋得又蹦又跳，笑着在延宰的肩膀上拍了又拍，延宰都毫无反应——大白天的她突然直面母亲的过去，正处在一种很蒙的状态。智秀还一直在旁边说，她妈妈很喜欢这部电影，她自己也是从小看着这部片子长大的，接着又非常多余地补充了一句，因为从小养成了习惯，直到现在，她每次脑子乱的时候还会看这部电影。当然，她这些话延宰一句也没听进去。

恩惠不知怎么居然没在家。就算白天都待在赛马场，延宰放学回家的时间她总是在家里的。延宰跑到里屋、恩惠和她自己的房间都找了一遍后才意识到，恩惠还没回来。智秀因为没人叫她进屋，只好傻乎乎地站在玄关等着。被晾了一会儿后，她很快就自己脱鞋进屋，坐到了沙发上，又环顾四周找出遥控器，问延宰可不可以打开电视。延宰觉得这样也挺好，就点了点头。

"你家还在用壁挂电视啊。"

延宰刚要说画面和声音都没问题，想想还是算了。

"等一下我妈拿水果来，你就边吃边看吧。"

"你去哪儿？"

"到楼上去一下。"

智秀以为延宰只是去楼上换件衣服就下来，也没多想，转头接着看电视。她如果知道之后一个小时延宰都没有下来，大概绝对不会那么轻易就让她上楼去的。

智秀接过放着香蕉、枇果和两杯清凉红醋的托盘时，又仔细地看了一眼宝琼的脸，确定就是那位演员后，她自己的脸倒红了。宝琼不知道其中内情，更坚信智秀是个害羞的、懂礼貌的女孩。

"延宰去哪儿了？"

宝琼发现延宰没在客厅，问了一句。

"刚刚上楼去了。"

准确地讲，是已经上楼十五分钟了。宝琼知道延宰只要一上楼就会弄到天亮也不下来，觉得有些奇怪，但转念一想，觉得延宰总不至于把同学晾在这里那么久。

她们俩如此低估延宰的结果相当惨烈。智秀吃光了水果，喝完了两杯红醋后，躺在沙发上，不停地换着台，可都没什么可看的。她想过要不要到楼上去看看，却又不愿就此服输让步，只是她的倔强也慢慢到了极限。她想给延宰打电话，却发现自己没有对方的手机号，只得放弃。智秀忍无可忍，站起身来。马上就八点了，这个时间还留在别人家里是不合适的。她今天无论如何都要和延宰把协议搞定。

智秀踏上通往二楼的楼梯。房子周围几乎是荒野，本来就没有噪声，二楼的起居室又没开灯，智秀不由得紧张起来，紧紧握住楼梯的栏杆。不知怎么，她觉得似乎不该发出声音，所以上楼时都踮着脚尖儿。到二楼以后，她的眼睛在周围巡视了一番，发现一个房间从门缝里透出光线，里面还传出轻微的、有人活动的响动。智秀基本确定了那就是延宰的房间，不过她一面走过去，一面也在担心，万一延宰的兄弟姐妹或是父亲在里面可怎么办。然而除了那个房间，整个二楼都是漆黑一片，实在看不出延宰能在哪里。万幸的是，智秀握住门把手时，听到房间里传出了延宰的声音。智秀信心倍增，一把打开了门。

"您好！"

"啊！"

智秀的父亲经营着一家专门生产仿人机器人零部件的中小企业，智秀虽然没这方面的天赋，却从小到大都有很多机会接触智能机器人。家用机器人商用化之前，为了测试性能，预先供应了三十台给部分家庭，智秀家就是其中之一。所以她不算是新科技的门外汉，看到机器人并不会惊得下巴快要掉下来，更不会吓得落荒而逃。但在这个没有任何机器人痕迹，甚至连一台扫地机器人都没有的家庭，突然看到一台戴着头盔、像古董一样破旧的机器人对着自己开口说话，任何人都会像智秀一样尖叫起来。当然，不是任何人都会像她一样，袜子在门槛上打滑，摔个四仰八叉，后腰直接撞到地上。智秀揉着腰椎，连声呼痛：

"该死，疼死我了！"

延宰走出房间，关上门，慌忙打开二楼起居室的灯。她看到摔倒的智秀，表情十分惊讶。

"怎么搞的，你怎么上来了？"

智秀一边揉着骨头一边站起身，也不去整理乱蓬蓬的头发，立刻对延宰说：

"把门打开！"

"凭什么？"

"你不肯开？那我来开！"

智秀飞快起身，手伸向了门把手。这一次延宰也没有任由智秀行动。她抱住智秀的腰，想把她从房门口拖开。她以为智秀和自己身材差不多，应该很容易就可以把她拉走的，却想得太简单了，最后到底没能拦住全力冲刺的智秀。智秀的身体也在突然产生的惯性作用下失去控制，打开房门后跟跟跄跄直接冲了进去，膝盖重重地撞在了地上。不过，这一次智秀虽然痛，却没骂人，因为她看到了一台只剩下上半身的机器人。智秀眨巴着眼睛，僵在了原地，戴着头盔的机器人一对纽扣一样的眼睛对准了她的方向。

考利感知到了智秀擦伤的膝盖上散发出的热量。

"你的膝盖在发烫，应该喷双氧水给它降温。"

当然它给出的处理方法并不准确。智秀发现机器人没有下半身，动弹不得，声音也不像电影里感染了病毒的坏机器人那样怪腔怪调，也就放下心来。不过她还没有完全放松警惕。智秀不那么紧张了以后立刻想起来，这个机器人和今天在延宰的笔记本上看到的图画一模一样。

延宰一进屋，马上关上房门，直奔考利，就跟没看见倒在地上的智秀一样，更没想到自己的行为把智秀的自尊心伤得千疮百孔。延宰慌忙打开考利的背板，关掉电源，把眼睛不再发光的考利放平，用被子蒙住。

她以为智秀会大惊小怪，但出乎她意料的是，智秀非常平静地坐在地板上等着听她解释。延宰觉得，无论如何智秀是因为她才受到惊吓的，所以有必要跟智秀说明一下情况，便急忙告诉智秀，自己在一个十分偶然的机遇下，以一个很便宜的价格买下了这台报废的骑手机器人，觉得可以修好它，就从昨天开始修理。智秀也许不知道私自买卖机器人是违法行为。她似乎也不是那种会到处跟别人讲的性格。延宰生出一线希望，觉得没准儿可以把这件事就此揭过。她心头一宽，这才注意到智秀擦伤红肿的膝盖。这种程度的伤口需要涂药膏吗？要不要贴创可贴？延宰的大脑飞快地转着。如果是机械故障，她打眼一看就能知道要花多少钱，可人的伤口就不一样了。在延宰看来似乎需要涂一点药，可智秀本人一副不以为意的样子，让她很难判断。

"就是说，是你唤醒它的？"

智秀琢磨了很久才开口说道，不知为何声音里充满了期待。虽然"唤醒"这个词用在这里并不合适，但差不多是这个意思，延宰便点了点头。

"现在需要给它做一双腿……"

"你真是个该死的天才！"

智秀开怀大笑，又啪啪啪地打了延宰的胳膊好几下。延宰之前没感觉到疼，但现在觉得疼了。延宰也不敢说让她别打了，只好用手抱住自己的胳膊。

"太棒了！是你修好它的？我能好好看看它吗？"

延宰万万没想到智秀的反应这么友善，踌躇半晌，最终还是掀开了被子。智秀膝行了几步，可能是碰到了伤处，又改用青蛙跳的姿势跳到了考利身边。

"我可以摸摸它吗？"

延宰点点头。征得延宰同意后，智秀在考利的额头上轻轻弹了一下，发出一声钝响。

"骑手是什么？"

智秀问。

"赛马时骑在马上的运动员。你不知道吗？"

听到延宰的回答，智秀点了点头。她竟然不知道骑手！延宰感到有些诧异。智秀却没心没肺地说道：

"啊啊，horseman……"

智秀一脸新奇地看着考利，这时，延宰摊开在一旁的笔记本吸引了她的视线。智秀忽然想到了一个可以诱惑延宰的法子——当然，她不确定这是否能让延宰动心，只是觉得没准儿有戏。

智秀清了清嗓子，换了个端正的姿势坐好，恢复到了平时的状态。

"你打算怎么修它？"

她半低垂的眼睛里透着一股自信，仿佛她手里握着一把能够解决任何问题的钥匙。延宰不知该从何说起，也不知哪些是能说的、能说到什么程度，所以只是浮皮潦草地说了几句。她也不明白自己为什么要把这些事都报告给智秀，只是觉得眼下还是先顺着智秀的意思比较好。

"它的下半身都要重做，关节也得用联动结构重新连接起来……"

"联、联什么？"

"联动结构。"

智秀显然还是没有听懂，不过她没再追问，示意延宰接着说。

"还需要缓冲装置。"

"缓……什么的材料，你都有办法弄到吗？"

这句话显然戳到了延宰的痛处。见延宰答不上来，智秀马上乘虚而入。现在要做的就是投饵下钩了。智秀两手抱住肩。她听父亲讲过生意经，要想赢得对方的欢心，自己就要表现出足够的魅力。

"这些东西我都可以帮你弄到。"

智秀也许觉得这个提议对延宰是个诱惑，延宰却只觉得她说话一点儿也不靠谱。这也难怪，她并不知道智秀的父亲是做什么工作的。除非认识从业人员，否则这种事就等于走私。延宰想当然地以为智秀是在吹牛，不过还是做出被智秀的气势压倒了的样子，问道："你有什么办法？"

智秀就等着她这一问，马上滔滔不绝地回答了一大篇话。

虽然她的话真真假假，多有夸张，但简单总结一下就是说，她父亲是专门供应机器人配件的企业老总，要搞到大批配件当然不可能，但父亲已经承诺要为智秀想参加的那个大赛赞助产品，所以在为大赛生产配件的时候，肯定可以匀出一小部分来给考利。看到延宰还在犹豫，智秀祭出了最后一记撒手锏：

"你知道你那样买下它是违法的吧？虽说这种事是民不举官不究，但如果通过我父亲直接举报，官方恐怕就不能睁一只眼闭一只眼了。"

一言以蔽之，智秀是在恐吓延宰。

两人站在玄关门口交换了电话号码。智秀说了句"明天学校见"后就飘然而去。延宰的手里握着智秀塞给她的大赛申请表。除了学号，还需要写一个简单的自我介绍。延宰又拿出手机看自己在上面签了名的合同。

合同

于延宰如同意一起参加大赛，徐智秀愿提供于延宰所需仿人机器人配件。但，如未能在大赛中获得奖项，则上述机器人配件于延宰须按价支付。

徐智秀
于延宰

　　虽然这笔交易有些可疑，但反正延宰也不亏本。最重要的是，从刚才开始，一想到可以搞到考利的零件，延宰的嘴角就已经控制不住地咧到了耳朵边。直到再也听不到智秀离去的脚步声，延宰才高举起双臂倒在沙发上。她一直觉得自己的人生好像永远都不会有顺遂的一天，没想到也有今天这样的好日子。虽然还有点担心最后不能获奖，但离大赛还有好长时间，而且她现在太开心了，暂时不愿想以后的事。她很确定，只要赶快写完自我介绍，就可以躺到床上美美地睡上一觉，连昨天没睡的觉也一起补回来。

　　延宰看了看时钟，刚过九点。她这才意识到恩惠竟然还没回来。晚归的时候，恩惠一向都会跟家里人打招呼的。盯着黑漆漆的赛马场看了一会儿后，延宰还是穿上衣服走出了家门。

馥兮

经过几千年的变迁，马最后安身在了这间小小的马房里。它们曾经是人类的食物、家畜和交通运输工具，现在也仍然是人类的食物、家畜和交通运输工具，但它们最终成了赛马，为了人类的体育运动，在没有出口的赛道上奔跑。对于这些生活在当代的动物而言，被关在狭窄的围栏里是无法避免的，这同时也是它们唯一的生存手段——这些馥兮都明白，但她始终不忍心细看被关在马房里的那些马儿的眼睛。

她觉得那是因为相较其他动物，马曾经处于一种不上不下的尴尬地位。上天没有赋予它们生而能和主人同处一室、交流情感的命运，但如果只把它们关在狭窄的围栏里，它们的智能又太高了。人们都知道海豚拥有很高的智商，却不了解马的智商其实和海豚相似。马有相当于人类六岁儿童的智商，所以它们知道自己是被关在马厩里，也知道自己将不得不在赛道上奔跑，直到软骨损伤过度再也无法走路。

因此，每次到赛马场给马匹做定期体检时，馥兮都会让管理员把马拉到赛马场的公园放放风，手里也总是准备一些马爱吃的胡萝卜和方糖。她知道马吃太多方糖并不好，但马喜欢甜食，方糖能够在最短时间内缓解它们的精神压力，而精神压力造成的问题比糖大得多。每次馥兮来，马儿们都会靠近栅栏，打着响鼻，和她打招呼。馥兮不是马场的人，一个月才去一次，顶多两次，但对它们来说，馥兮永远都是暂时离开的家人。

馥兮念兽医学院时的学姐在把赛马场的工作交接给她时曾经告诫过她，不要长时间盯着马的眼睛看。馥兮以为盯着马的眼睛看，会刺激它的攻击本能，但学姐给出的理由和她猜想的正相反。

"你觉不觉得它们的眼睛好像黑水晶？"

第一次带馥兮到赛马场的那天，学姐抚摩着马的脖颈说道。馥兮觉得马的眼睛像黑水晶，而学姐的眼睛则像水滴。在那一瞬间，馥兮完全理解了为什么之前学姐一直说不会结婚生子。因为她心里已经有了太多的孩子，光是这些孩子，就足够令她的未来充满悲伤的时刻了。学姐拍了拍马的脖子，让馥兮抚摩，又告诉她，马最喜欢人家抚摩它的脖子。馥兮把手放了上去。她总觉得马的皮肤应该是柔滑的。果不其然，马身上虽然长满绒毛，却像她预期的一样柔软。馥兮缓缓地抚摩着马的颈项，按照学姐的指点，闭上了眼睛，好更加细腻地感受马的体温和呼吸。为了让声音通过皮肤传递给马儿，馥兮压低声音，轻轻地对马说道：

"你好！我叫馥兮，闵馥兮。以后还要请你多多关照。我们都要活得健健康康、长长久久哦！"

学姐把权限移交给馥兮之后就去了济州岛。所有的动物里，学姐最爱的就是马，所以，馥兮觉得她把职业生涯的终点站放在济州岛也在情理之中。但来到这个赛马场才一年，馥兮就明白了，济州岛并不是学姐结束职业旅程的归宿，只是她的一个避难所罢了。

赛马的寿命很短——不是说它们的运动寿命短，是它们本身的寿命就很短。王牌赛马中有不少都身价过亿，但也仅限于它们还能上赛道的时候。不能跑的马就不叫"马"了。馥兮自己也从小到大都被教育"不学习的学生不能算人"，但这两句话里内涵的"剥夺"却有天壤之别。人类当然也时常遭受非人的待遇，但总算还有复原的可能；而马如果不能"为马"，就真的没有了活路。马不能奔跑就失去了在地球上生存的理由。

从前的赛马要和人类骑手配合，无论它们能跑多快，也不能不考虑骑手的安全和体重。骑手改为仿人机器人后，一方面马的负重减轻，另一方面也没有了需要防止骑手坠马死亡的限制。

这样一来，就要求马拿出更快的速度来。从前的赛马比赛中，马能达到的最高时速为 70 ~ 80 公里，而现在的赛马平均时速可达 90 公里。人们开始在动物身上寻找看赛车时的那种快感。问题是，与超高速发展的文明不同，马的关节要经过几千年的基因信息积累才能在进化的道路上往前迈一小步。赛马的运动寿命只有 1 ~ 1.5 年，之后它们关节的软骨往往就会磨损殆尽，甚至连站立都有困难。除了极少数运气好的赛马能够被卖到济州岛或江原道的草原地带，绝大多数马都无处可去，只

能接受安乐死 —— 为它们实施安乐死也是馥兮工作的一部分。

正在接受检查的马在全身麻醉下平静地躺在马厩里。它的眼皮不再颤抖，但应该还没有入睡，只是处在朦胧状态。虽然知道马已经注射过麻醉剂，并不会轻易兴奋或者狂躁，馥兮还是照老习惯抚摩马的脖子。从鼻孔深深插入的内窥镜将马的内脏情况传送到了显示器上。和上个月差不多，马的身体很健康。馥兮在表格上勾选着马的健康状况，对管理员敏周说：

"请多喂它一些饲料。"

"原来马不怕胖啊。怎么我自己一直在发福？"

敏周开了个玩笑。但馥兮看也不看他，不大高兴地回答说：

"那你不妨也试试看，每天只吃米，像马一样跑，一个星期包你瘦下去。我说得没错吧？"

馥兮征求同意的对象不是马，而是恩惠。坐在马房门口的恩惠点了点头。填写完问诊表后，馥兮轻轻地抚摩着刚受了苦的马儿：辛苦你了！好好休息一会儿再起来！

请求国会立法批准将纳米机器人内窥镜用于动物手术的请愿书已经提交了三次，却始终未获通过，表面的借口是以现有的技术和资本力量还不足以将其应用到动物身上，内里其实还是不愿意花钱费心治疗动物的疾病。不过动物权益保护运动一直都在持续不断地推进，总有一天，纳米机器人内窥镜肯定也能惠及动物，只是在馥兮从事兽医工作期间，大概率没有可能实现罢了。

　　馥兮收拾好随身物品出了这间马房，走进了下一间。别的马都在公园里享受自由时光，这个小家伙却仍然只能被关在这儿一动也不能动。

　　"怎么样了？"

　　馥兮看着阿今问道。

　　"还是老样子。"

　　敏周也跟过来，答道。

　　一旁的恩惠则说："昨天吐了。有两回是真的吐了，还有一回是干呕。它也不肯吃东西，有时候还突然就倒在地上。"

　　馥兮瞪了一眼敏周，选择了恩惠的回答。恩惠在这里的日子比馥兮更长。馥兮每次来，也都是靠恩惠告诉她这些马的名字、性别和特征，她才能一一记在心里。在馥兮看来，恩惠是比敏周更出色的马房管理员，甚至每次定期检查，她都会特意选恩惠也在的时间过来。

　　馥兮走进阿今的马房。阿今是赛马场里健康情况最糟糕的一匹马。它是匹母马，今年才三岁，但前腿的关节甚至还不如九十岁老人家的。

　　阿今一看到馥兮，就马上做出亲昵的样子。阿今知道馥兮爱惜自己，也知道她是来帮自己减轻痛苦的。每次阿今过来打招呼，馥兮也都笑着跟它问好，心里却总是很难过。阿今的病是治不好的了。她只能减缓它的病程，却不敢保证这些举措能帮阿今扛过这个月。

"你好吗？咱们来看看关节怎么样了。"

馥兮揽着马脖子窃窃私语。

"你的鬃毛更漂亮啦。"

馥兮今天特地给阿今加了一袋营养剂。注射麻醉剂的时候，阿今一直乖乖地任由馥兮处置。没过几分钟，阿今就开始踉踉跄跄，接着腿一软，卧倒在了干土地上。馥兮先是轻轻地揉搓了一下阿今的关节，阿今发出呻吟声，仿佛在轻声呼痛。它患的病叫退行性关节炎，是短时间内过度使用关节造成的。它的软骨磨损到几近于无，滑膜也有严重的炎症，大概每走一步都会感到骨头在互相撞击的痛苦，再过一段时间，可能就会发展成骨糜烂。但更大的问题不是它关节的炎症，而是时间。阿今已经三周没参赛了，过了包括秋夕节[1]在内的两周以后，如果还是得不到参赛许可，它就会成为没用的马。不能赚取赌注、无法缴纳马房租金的马必须腾出房间，换更年轻、跑得更快的马进来赚钱。

赛马场想放逐阿今，是馥兮百般坚持说阿今的病能够痊愈，才好歹推迟了一个月，但它的关节能恢复到从前状态的可能性几乎为零。可馥兮做不到就这样将阿今赶出马房。除了这里，阿今再也无处可去。至少现在，在韩国，没有一个人能够全心全意地照顾这匹连走上十步都备感艰难的马，也没有一块土地

---

1 韩国的秋夕节是在中国中秋节的影响下，融合韩国本土文化而形成的传统节日，在韩国阴历的八月十五进行庆祝。

容得下它。

做完简单的检查，馥兮将针头插进血管，挂上营养剂，自己离开马房，好让阿今安安静静、舒舒服服地休息。她站到了一直守在门口的恩惠旁边，恩惠却没看她，仍然把全部注意力都集中在半睁着眼、气若游丝的阿今身上。在这个马舍的二十匹马中，恩惠最喜欢阿今。馥兮从没问过她为什么，只记得曾经听恩惠不经意地说起过自己最爱阿今。不知怎的，馥兮觉得现在就是问恩惠的最佳时机。

"恩惠，你说过你最喜欢阿今吧，为什么呢？"

"闵大夫，您从来没看到过阿今奔跑的样子吧？"

馥兮搜寻着记忆——确实没有。馥兮到这儿来是为了检查这些马的健康状况，所以从未在比赛日来过。不，应该说她是有意避开的。她不想亲眼看马儿遭受虐待的情景。

"阿今在奔跑的时候特别幸福。"

"是吗？"

大约是对馥兮的回答不够满意，恩惠又开口说道：

"我不是随口说说。阿今在奔跑的时候会散发出一种特别的魅力，仿佛它每次迈开步并不只是为了跑得更快，它的步伐非常优雅，好似跳芭蕾的黑天鹅。不是像真正的黑天鹅，而是像扮演黑天鹅的芭蕾舞者。"

阿今之所以显得优雅，一方面是因为步法，另一方面则得益于它像黑珍珠一样润泽的黑色皮毛。馥兮想象着阿今驰骋赛场时的神采——它抖动着一身黑色的皮毛，仿如波涛澎湃。一定是那动感四射的光芒俘获了恩惠的心。

"我真希望它能快些好起来，重新站到赛场上，可这显然是不可能的了。所以，最近我心里有点儿……真是一点儿希望也看不到。"

恩惠把手搭在围栏上，喃喃自语道。假如没听到这些话，馥兮心里也许还好受点儿，但遗憾的是，馥兮听到了恩惠的心声。

"它还能再跑的。"

这样的安慰之词毫无意义，她觉得自己好像抽了几张纸巾送给一个需要绳索的人。如果恩惠再小几岁，像那些抱着生病的宠物来诊所的小朋友一样，馥兮还可以信誓旦旦地安慰她说"只要打一针，再好好休息，它就又能活蹦乱跳，陪你一起玩儿了"，但那些像巧克力一样甜蜜的鼓励是骗不过恩惠的。她已经长大，明年就成年了。

"根本就不可能。它如果不能好起来，就只能等着安乐死。明知道会是这样，却只能眼睁睁地看着这一切发生，这太让人悲伤了。像我这样的人能为它做什么呢？我很伤心，可既然什么都不能为它做，又怎么配伤心？我能做的只是这么看着它。"

这孩子只活到平均寿命的五分之一，怎么就已经说出这样的话来了？是谁折断了这棵还没长大的小树？是谁掠走了这个孩子可以做梦的树荫？

馥兮十九岁时的世界比恩惠十九岁时的更幼稚、更狭窄。

作为韩国的高三学生，她从没想过还存在其他形式的人生。当时馥兮唯一的希望和慰藉就是自己的努力能够带来更高的高考分数，收获理想大学的录取通知书。如果说馥兮的十九岁是一条她以为只有一个出口的跑道，她只能竭尽全力向出口疾驰，现在恩惠的十九岁则仿佛站在一片原野上，注视着这个扭曲的世界。馥兮总觉得自己比恩惠渺小得多，所以更加无法轻易开口。她说不出诸如"阿今不会有事""我们还能为它做些什么"之类拙劣的安慰之词。馥兮环顾四周，想换个话题，但她们的周围只有一间间空马房、角落里的干草堆、敞开的后门和夕阳下一个被拉得很长的人影。

　　一开始她以为那人影是敏周，便没有细看，直接转开了头。但是等她环视了马房一圈后，又看向后门时，影子还在那里。馥兮想，也许那个影子不是人的，而是树或是运干草的卡车的，可不管怎么看，那都分明是个人影。况且，如果是敏周，为什么不进马舍，一直在门口逡巡呢？平常这里允许外人出入吗？不对，虽说今天是周末，游客比较多，但导引图上根本就没有标注通往马舍的路径。也有可能是赛马场其他工作人员，但现在已是傍晚时分，别的员工现在都下班了。馥兮是因为要给所有的马匹做检查，才需要在这里逗留一整天。除了敏周，她从未见过有谁会在马舍待到这个时候。馥兮担心对方奇怪她这么晚还留在马舍，正要开口解释，却迎面看到一双眼睛，还有照相机的闪光灯对着马舍内部闪了一下。她的脑海里立刻闪过一个念头：拍照的肯定不是员工！

馥兮朝着后门奔过去。那影子的主人吃了一惊，把之前放在地上的物品胡乱捡起来塞到包里，然后就准备全速逃跑，却被馥兮一把抓住了。总有些讨厌的家伙喜欢拍那种夺人眼球的照片，上传到个人频道赚取点击量。他们还总是提出一些耸人听闻的阴谋论，在社会上制造紧张不安的气氛。馥兮毫不怀疑自己抓到的这个男人也是那些家伙中的一个。从启用机器人骑手到现在的这五年里，人们对这种赛制的批判与日俱增，赛马的生存权问题也成了大众争论的焦点，再加上赛马行业的腐败问题，以及相关大企业的性丑闻等，各种风言风语层出不穷，也是一言难尽。

总而言之，现在有很多人专靠报道这一类小道秘闻谋生，这个男人的手里不就拿着一个看起来很贵重的照相机吗？更何况他是趁着赛马场关门以后偷偷潜入的，还拍摄了正在接受治疗的马。他的目的不言而喻。

馥兮拿出从前骑到疯牛背上打麻醉药的看家本领，不等那男人逃跑，就一把扯住他的背包带，手臂扣住他的脖子，直接将人撂倒在地。那男人虽说体格相当健壮，却也被摔了个头抢地，他十分窘迫地抓住馥兮的手，说道：

"喀、喀……放……放开我！有话好好说！"

男人几乎喘不过气来，但除了抓着馥兮的手，他并没有做出什么反抗，显然并没有攻击的意图。馥兮干脆利落地把初次见面的男子摔在地上后，才开始担心自己会不会因为防卫过当或者暴力行为被抓进派出所去。她松开了男人的脖子，也放开了抓着男人背包的手，有些尴尬地站起身。

男人仍然趴在地上大声地喘着粗气。这人的个头看起来足有一米八，还长着游泳运动员一样的宽肩膀，馥兮觉得他的表现未免太夸张了。男人调匀了气息后站起身，掸去身上的尘土和草末，竟是个身材颀长、面如冠玉的英俊男子。

"我吓到您了吧？"

这话却是出自男人口中。一开始确实是他吓到了馥兮，但不知怎么，馥兮却觉得这话应该自己说才对，只好含糊其词：

"没、没有，我哪里被吓到了……"

她闵馥兮也算是女中豪杰，无论到哪儿都没输过阵仗，偏偏在这个男人面前嗫嗫嚅嚅的。她在心里对自己大吼："闵馥兮！你这是怎么了？清醒一点！"身体却在和脑子唱反调，控制不住眼神的躲闪。

"我不是什么可疑的人，我是记者。"

记者不就是可疑的人吗？——馥兮好不容易才把冲到嘴边的这一句反问咽了回去。男人为了证明自己没说谎，从口袋里掏出一张名片给馥兮看：M电视台时事企划部记者，于瑞真。馥兮把名片翻过来掉过去看了看，有些不解地抬头看向瑞真。是记者又怎样？一张名片就能解释你非法潜入赛马场拍照的事吗？如果你是来采访的，就该预先说明采访的目的！馥兮最讨厌的就是从前那种老掉牙的暗访偷拍。

但瑞真似乎以为一张名片就可以解释一切，对于馥兮这样的反应大感狼狈。他的表情似乎在说：还需要解释什么吗？

瑞真挠了挠后脑勺，开口说道：

"啊，我是记者，正在做调查，我们想搞一个赛马场特别报道……"

"你是怎么进来的？"

馥兮打断了他，问完后又想到自己并不是赛马场的员工，这样似乎有找碴的嫌疑。反倒是她，完全可以告诉对方自己是这里管理马匹健康的兽医，然后就可以脱身了。

"……从那边进来的。"

瑞真指的方向不是正门，也不是北门。顺着他手指的方向走过去，应该会看到一个较矮的墙头。那里的流苏树枝繁叶茂，是监控器拍不到的死角。简而言之，这位先生是偷偷翻墙进来的。馥兮抱着肩膀盯着瑞真。她内心里那个喜欢多管闲事的自己又在蠢蠢欲动。可能是因为此人自称记者，又这样藏着掖着地做调查，想必要做的什么特别报道不是什么好内容，而这个地方算是馥兮的一个职场，所以她才会从员工的角度感知到危险。不过，她这回的"多管闲事"却带着些不一样的味道。其实上述种种都不在馥兮的考虑范围内，她现在最想问的是——瑞真在翻墙时有没有受伤。

"你这记者精神倒是值得嘉许，但您也要有遵纪守法的意识。您跟赛马场的管理员沟通过采访的事吗？"

"哈哈！我试过了，可我刚递上名片，他就把门关上了。因为我们要报道的内容不那么友好……"

也是，哪有人愿意让那些想搞垮自己生意的人接近呢。尤其是记者，不论在哪里，都不会有人欢迎他们。

"总之很对不起，让您受了惊吓。啊！我只拍了马，绝对没有拍到您，所以您不用担心。其实我根本就不知道您也在里面。拍马的照片也只是因为写报道时要用到……"

瑞真低头表示歉意。既然他不是来捣乱的，馥兮觉得自己也没必要再揪着他教训了。顶多再提醒他一句：赛马场往往和黑社会有勾连，所以凡事一定要小心。馥兮半推半就地接受了道歉。现在应该结束这场短暂的邂逅了。演出已经结束，两个偶然相遇的人也该各走各的路了。馥兮觉得有些割舍不下，搜肠刮肚想再说两句，好让这对话可以继续下去，却想不出说什么才好。

然而事情的发展却大大出乎她的意料。整个小插曲中，恩惠都只守在阿今身边，始终未作理会。这时候她却从后门探出头来，说了一句馥兮做梦也想不到的话：

"哥，你怎么在这儿？"

"哥？"

馥兮又惊又喜，朝恩惠问道。

"他是我堂哥呀。"

恩惠没认错人。瑞真本来在收拾地上的包，看到恩惠，也瞪大了眼睛跟她打起招呼来。馥兮这才注意到他们俩都姓"于"。

三个人坐到了赛马场前便利店的室外餐桌旁。

"原来您是位兽医。"

瑞真的眼睛里闪烁着对馥兮的敬意——他刚才看到了馥兮在收拾带到马舍的诊疗工具。

馥兮咕嘟咕嘟一口气灌下一罐汽水，到底还是一边说着"不行，忍不了！"一边拿着钱包又到便利店里抱了三罐啤酒出来。

"你要是想喝就喝吧。"

馥兮随意地把啤酒往瑞真面前一推，自己也打开一罐往嘴里倒。这实在是一个出乎意料的好机会。可馥兮长到二十八岁，除了上大学时和本校的一个学长交往了一年左右，别说恋爱，就连男女间的暧昧都无缘体会，所以完全不知该怎么应对眼前的状况。眼下她能求助的人说来说去只有一个恩惠。因此，要想把和瑞真的这一面之缘发展成进一步的关系就只能靠她自己了，只是她也不知道自己能不能做到。

恩惠和瑞真竟然是堂兄妹！在如此戏剧化的状况下，事情发展到了完全不同的方向上。原本以他们的关系应该在这时候互道珍重、各回各家的，也许最多再说上一句"让我们在各自的岗位上为动物福利继续努力！"之类的勉励之词，现在却演变成了可以坐在一起聊上几句的缘分。

恩惠和这个堂哥显然很久没见了，但凡是个能说会道的，肯定早就嘘寒问暖、家长里短地聊上了，她却只是吃着零食，并不怎么搭话。或者她再机灵些，也会注意到馥兮这副坐立难安的样子和平时大不相同。幸好没等三罐啤酒都喝完，瑞真就说要去打个电话，起身避开了这个尴尬的场面。瑞真刚一走开，恩惠马上开口说道：

"很多年前我们两家曾经来往密切，但没多久就几乎不再联系了。他做了记者我是知道的，但不知道他在做这一类的采访。年龄大概二十六七岁，已经大学毕业，但不知道上的哪个学校、哪个系，服过兵役，不过因伤提前退伍了。据说是参加什么训练时从高处摔下来，伤到了肩膀，只是还不到影响日常生活的程度。他没有兄弟姐妹，是独生子，不知道现在有没有女朋友。你还有什么想知道的吗？"

原来馥兮错怪恩惠了，这女孩其实很会察言观色。馥兮犹豫了一下，说道：

"应该够了。"

她也知道自己表现得太明显，现在再来否认也没意思。恩惠把一根辣味虾条搁进嘴里，接着说道：

"堂哥一直对动物很感兴趣。也可以说他的问题就是太喜欢动物了。我还记得他曾经说过好多奇奇怪怪的话，比如，应用程序更新的速度有多快，动物灭绝的速度就有多快；我们每更新一个应用程序，地球上就会有一种动物灭绝。"

"这些话也不能说是错的。"

"所以我很少更新软件，因为每次更新心里都怪别扭的。"

大约是被秋天的蚊子叮了一口，恩惠使劲挠了挠脸颊。

"别的我就不知道了。"

"你们是亲戚，居然都没有来往。不过也是，我也不知道我那些堂表亲都是干吗的。"

"爸爸过世以后，我们就几乎不和爷爷那边的亲戚来往了。也没什么必须联系的事。我还有一个姑姑，但住得很远，在济州岛呢。"

馥兮还是第一次听说恩惠的父亲已经去世了，犹豫着是不是该说些安慰的话，但想想还是算了。恩惠提起这些往事时的语气已经很淡了，馥兮觉得实在没必要再说那些不痛不痒的话，平白打破人家的平静。恩惠接着又事无巨细地跟她讲了一些瑞真的事，诸如她爷爷那边的亲戚皮肤都特别白，瑞真更是完美复刻了爷爷的遗传基因，从小就生得白白嫩嫩；瑞真人嘛，很善良，就是跟他说话老觉得他有点儿傻里傻气的，不知道现在变了没有。

瑞真打完电话回来的时候，馥兮马上就明白恩惠为什么说他"傻里傻气"了。

"我到前面去打电话，看到一个卖水果的卡车，只剩这两个梨，我就买下来了。您要吃吗？老板说这梨子特别甜。"

瑞真笑着说，把怀里抱着的两个梨放在桌子上。这里没案板也没盘子，馥兮总不能在瑞真面前啃着吃梨，只得婉转拒绝了。

　　贝蒂走来走去整理着露天的餐桌。如果是打工的学生，眼里不免会流露出希望他们快点离开的神色。现在他们不用看人脸色，倒也觉得自在。贝蒂至少不会一看桌子上乱七八糟的易拉罐和零食袋子，就先觉得心烦意乱。瑞真从桌上拿起零食，馥兮这才注意到他的手背刚才在地面上擦破了皮，刚喝下的酒瞬间就醒了。她踌躇片刻后说道：

　　"刚刚对不住了。不好意思，现在才跟您道歉。"

　　瑞真连忙摆手：

　　"没事儿，也没怎么伤到。您做得很对。我觉得您帅呆了。"

　　瑞真竖起两个大拇指。馥兮越发觉得难为情，赶紧拿起一根虾条放进嘴里掩饰。瑞真也不好意思起来，放下大拇指，说道：

　　"秋夜、露天、酒，感觉真不错啊！"

　　馥兮念大学时交往过的那个学长总说露天吃东西有股寒酸气。两人其实不同系，叫他学长未免太抬举他了，还是叫"那个家伙"更合适些。那个家伙当时是机械工学系的在读硕士，隶属于医疗技术研究院，正在做不开腹摘除肿瘤的研究和实验。他没日没夜地埋头工作，时常累得需要输营养液替代三餐，就为了一个目标：十年内誓要实现医疗界的变革。不过，他虽然忙得不可开交，却一直没有放弃和馥兮交往。

　　起初馥兮以为他是真的爱她，才会百忙中也要抽空出来约会。不，应该说最开始的时候是爱的。那个家伙曾说过，假如因为忙于工作错过这么好的姑娘，他会后悔一辈子。她不该听信这种甜言蜜语的。那家伙根本就是个巨婴，甚至连往餐桌上摆副碗筷都不会。他借口忙，每次见面都约馥兮到他在研究室附近租的房子里，起先还叫外卖，没过多久，他就开始说外卖吃腻了，要求在家里做饭吃。那个浑蛋，不，那个家伙是个生活上的白痴，号称在制造只有分子大小的纳米机器人，却不会淘洗比分子大几万倍的大米做一锅米饭。馥兮一边抱怨说和他恋爱不是为了给他做饭，一边又抱着"总不能任由他饿着不管"的心情走进厨房洗手做羹汤，可是每次反观自己，她都觉得一切如此令人厌恶。所以最后分手的那天，她把一袋子二十公斤的大米全都扬在了他的屋子里。

当然做饭问题只是分手原因之一，另一个原因是两人思想上的巨大差距。那个家伙坚称为了医疗技术的发展，动物实验是不可或缺的，把那些动物的惨死包装成崇高的死亡。馥兮愤而反驳：为了人类而死怎么就成了崇高的死亡？她又想起那浑蛋总是说街上的流浪猫全都是传染疾病的病毒载体，让人觉得浑身不适。管他什么一年恋情不恋情的，她只想尽快甩掉这个浑蛋。

分手时，馥兮把大米撒了他一屋子，然后把空米袋摔在地上，诅咒他说："总有一天会出现比我们处于更高文明阶段的外星人，到时候你最好也能谦虚地接受为外星人而崇高死去的命运。"那个浑蛋嘲讽她竟然相信有外星人。馥兮愤怒地大吼大叫道："就凭你，在地球上的人生不过是刚学步的婴儿，也敢胡说八道，藐视宇宙的生命！"随后夺门而出。因为那浑蛋是总学生会的，多亏了他的宣传，馥夕在学校里成了无人不知的外星人崇拜者。不过她并没有放在心上，反而能够更加专注于学习，得以比别的同学提早毕业，之后去了肯尼亚。

拜这段短暂恋爱经历所赐，馥夕相信自己的人生中再也不会有粉红色了。但这是怎么回事呢？在这个秋夜，赛马场附近的便利店灯光本来是唯一的光亮，现在居然凭空升起了粉红色的月亮！她当然还不知道瑞真是怎样一个人，但她身体的探测器正在完美地运转，能够隐约感觉到瑞真肯定是和那个浑蛋完全相反的人。

瑞真只喝了一罐馥夕给的啤酒，颧骨和耳朵就红了。大概是觉得脸上发烫，他一边抚摩着自己的脸颊，一边解释说自己并不是不能喝酒，但只要喝一杯就会面红耳赤。馥夕刚好相反。她就算醉得糊涂了，也面色如常，结果常被同伴说是装醉，所以她倒羡慕瑞真有这样的反应，只觉得他样子可爱。恩惠一直默默地守在一旁，似乎天黑了也没有回家的打算。每有微风拂过，恩惠的头发都会扬起，似乎在表达主人想再享受一会儿这个秋夜的心情，馥夕也就没有刻意催她回家。

瑞真揉搓着自己发红的耳郭，馥夕直愣愣地盯着看了一会儿，忽然问他在做什么采访。她猜想，瑞真既然喜欢动物，大约是在做关于赛马的特别报道。瑞真舔舔嘴唇，犹豫了良久才开口，内容却和馥兮预想的大不相同。

"是关于赛马场不正当交易的。在正式报道之前，不好具体跟你们说。"

"您要是觉得不方便就不必说了。"

"啊，没什么不方便的……就是暗箱操纵比赛结果的问题。"

"不，我是说需要保密。"

"啊啊，对，保密也有问题。"

两人一个要解开对方的误会，另一个坚称自己没误会，一直都在鸡同鸭讲。看着他们两个人分别毫无必要地感叹了一句，最后都闭上了嘴，坐在旁边的恩惠只觉得好笑。

最后还是瑞真打破了漫长的尴尬气氛。

"老师，您在为赛马场医治赛马吗？"

馥兮觉得十分感激，因为要不是瑞真问了她这个问题，她都打算带着遗憾起身离开了。

"可别叫我老师，叫我馥兮就好了。对，这是我的工作。"

说完，为了让对话能够继续下去，馥兮又接着说道：

"听说你对动物很感兴趣。"

"是我说的。"

一直保持安静的恩惠探了探头，画蛇添足地说道。瑞真点头表示理解，然后很不好意思地挠了挠后脑勺。他觉得在一个兽医面前说自己喜欢动物很难为情。

"我也不知道我这算不算'喜欢'……只是看到它们觉得很

可爱。但谁不是如此呢……"

"并不是所有人都对动物有那样的好感。很多养宠物的人也不懂得怎么好好爱护它们。对他们来说，动物不是伙伴，而是消费品，养宠物只是为了赶潮流，或出于某些需求。"

"赛马场的马也有这个问题吗？"

瑞真小心翼翼地问道。馥兮明知道他并没有指责自己的意思，却仍觉得有些苦涩。

"那些不能上赛道的马，运气好的能捡一条命，运气不好的，就只有死路一条。"

瑞真没想到那些赛马竟至于死掉，忍不住发出一声惋惜的长叹。

"为什么运气不好的就只有死路一条？理由很简单。它们一旦离开了那间狭窄的马房，就没别的地方可去了。我反对安乐死，但没有对策的反对只意味着要让它们自生自灭。这个星球的环境是以人类为中心的，任何动物离开了人类的保护都很难生存。现在根本没有一个让动物赖以生存的网络体系。这些问题，已经不是修整修整局部的环境就能解决的了。这个社会必须重新设定程序，一切从头开始。"

她不知有多少次想打开马房的门，让那些马儿离开这个地方，去更好的世界过更自由的生活。看着马儿在那狭窄的马厩里，在定时供食的机器上挨挨蹭蹭，想尽可能多感受一点温度，馥兮真恨不得人类从这个星球上消失。在这个彻彻底底围绕着人类运转的星球上，动物只是环境变化的牺牲品。人类已经把它们驯服成了没有人类的保护就无法生存的生物，现在却来说要给它们自由。馥夕觉得，那也不过是人类的利己之心，追求的只是自己心安。

就在三年零五个月前，馥夕曾去过一趟肯尼亚。她先经由法国去了北非的摩洛哥，又从那里转机到肯尼亚。无论是出发前还是到达后，这趟非洲之行都是说不尽的辛苦。馥夕临行前一周就开始服用抗疟疾药物，注射黄热病疫苗；和家人朋友告别时听到的"要活着回来哦"远比"再见"多。她起先还嘲笑大家太大惊小怪，等到坐上了去肯尼亚马赛马拉的汽车并开始大吐特吐，她才不得不承认他们的担心是有道理的。她原本从不晕车，但是在那个国家第一次感受到的温度和湿度，还有公园入口附近饿死的动物尸体都在刺激着她的肠胃。她觉得这样下去自己要死掉了——不只她，还有生活在这片土地上的一切生物。

就像首尔有首尔森林，纽约有中心公园，地球有亚马孙河，动物们也拥有马赛马拉。这样的地方在肯尼亚叫马赛马拉，在坦桑尼亚则叫塞伦盖蒂大草原。当然，就连这样的标准也完全出自人类的观念。馥夕在那里遇见过一头仅三个月大的小象。它被象群抛弃，躺在那里，似乎只等饥饿的狮子来猎杀。由于营养失调，小象的样子凄惨得看不出本来的面目。侥天之幸，在鬣狗和狮子到来之前，它先遇到了馥夕一行人。小象被他们转移到安全的地方，打上了营养针。直到那时候，馥夕才发现小象没有象牙。她猜想小象可能是遇到盗猎者，在逃跑的过程中脱离了象群，被盗猎者拔掉了象牙。但当地的管理人员摇摇头，告诉她说："现在好多小象一出生就没有象牙，即使有也很短，只剩下一点点痕迹。这小家伙也是一出生就没长象牙。"

"是良性的进化吗？"

馥兮问出口之后才意识到这个问题有多愚蠢。进化都是为了生存而做出的选择，象牙的脱落也只是它们为了从人类的手底下逃生而做出的选择，怎么可能是良性的进化呢？管理人员笑着回答道：

"我们只能希望，到最后它们不至于觉得只有让自己的种族消失才是最好的办法。"

要不是几天后亲眼看见了斑马的集体自杀，馥兮只会觉得管理人员是在开玩笑。

短短一会儿工夫，馥兮的思绪就已经飘回到了在肯尼亚的那段经历。也直到这时她才意识到，自己竟然把内心深藏的念头都说出了口。眼看着气氛变得消沉起来，馥兮想说点儿什么把场子圆回来。但她希望制造的那种气氛无论如何已经没戏了。

"喀，看我扯到哪儿去了！"

瑞真笑了笑，没再说什么。馥兮明白，他的笑既不是肯定，也不是否定。馥兮感觉得到，这样的对话气氛太过紧张，如果就此分手，她恐怕很难再有机会见瑞真了。但她不后悔刚才说的话。恩惠的想法大约和她的一样，四目相对的时候，她轻轻地摇了摇头，眼神里带着同情和惋惜。恩惠还想再帮馥兮一把，正要开口说话，却又被迟来的访客打断了。

这位穿着格子衬衫、趿拉着拖鞋的不速之客拍了拍恩惠的肩膀，叫了一声"姐姐"，紧接着惊讶地叫道：

"于瑞真?！"

表情和今天恩惠刚见到瑞真时一模一样。毫无疑问，这位一定就是恩惠的妹妹了。

宝琼

你说你叫智秀，是吧？徐智秀。

宝琼把智秀的名字保存到手机备忘录里，以免下次智秀再来，她记不得名字，伤了人家的感情。这孩子有礼貌，看起来学习也很好，宝琼很好奇是什么契机让她和延宰变成好朋友的。倒不是说延宰有什么不好，但是看她从不拿成绩单回家，宝琼便猜她除摆弄机器人以外，在学习方面并没有什么天分。现在的小孩不都很精明吗？谁会维护那些不能互惠互利的关系呢？当然，其实宝琼上学的时候情况也差不多。也有人批评说这表明大家习惯了竞争，彼此间的感情越来越淡薄。宝琼却觉得这也没什么不好，总比浪费时间经营毫无意义的关系明智得多。

不管怎样，这是延宰带回来的朋友——宝琼一直以为延宰高中毕业以前一个朋友都不会带回家来。她希望延宰能和这个朋友交往得长长久久。

今天早上，宝琼寻找机会，想和延宰谈谈她的朋友。延宰又像是熬了一整夜，满脸疲惫地下楼来，呆呆地坐在餐桌旁，宝琼则一直小心翼翼地察言观色。延宰拿筷子拨弄着盘子里的西兰花，忽然放下筷子直奔二楼。宝琼连忙叫延宰的名字，话音却没能赶上她飞快的脚步。宝琼怎么也不能理解女儿一大早在忙些什么。几分钟后，延宰飞快地跑下楼梯，宝琼叫她吃饭，她只说要迟到了，照面也不打就出门去了。延宰不爱说话，性子又急，宝琼常忍不住对她这种个性咋舌称奇，但其实她很清楚，延宰的性格基因是从哪里复制粘贴来的。

消防员因为在火灾现场必须争分夺秒，所以在日常生活中，但凡不是性命攸关的事情便总是抱持着不着急的原则。即便是离电影开演只剩五分钟的时候，消防员的脚步也和平常一样慢悠悠的，总是把喜欢提前三十分钟就到达电影院的宝琼气得心里翻江倒海；高速路上发生车祸堵得水泄不通的时候，消防员也不急不躁，反而担心车祸人员的安危（宝琼觉得其中有一半体现了他的职业精神）；有时候两人约会，宝琼没听到闹铃响，时间到了才起床，他也会叫宝琼慢慢准备好了再来，自己到附近的书店一本接一本地看书等她；去餐厅吃饭，因为服务员弄错了点餐顺序，他们的菜过很久才上，也是他安抚生气的宝琼；如果穿鞋的时候电梯来了，他从不会按住电梯，总是等下一部。

起初宝琼以为他只是做样子，毕竟刚开始恋爱，两人都想把最好的一面展示给对方，消防员一定只是特别注意自己的言行举止。但过了一年，消防员仍然一如既往，宝琼才明白他是本性如此。而且就算他是伪装的，演技这么好，似乎上他的当也是应该的。看着消防员仍按着自己本来的性格筹备婚礼，宝琼忍不住问消防员：

"你为什么总是这样不慌不忙？有时候看得人真着急。"

　　她不是看不惯或是不耐烦，只是单纯觉得好奇。那时候的她也已经多多少少被消防员的性格同化了。

　　和消防员交往的过程中，宝琼时常反思自己的性格。她觉得自己的性格应该没急到让旁边人难受的地步。她跑得慢，记台词也慢，虽然可能只是因为她的体力和记忆力不够好，但总的来说，她并不会因为做不到什么事情而不开心、发脾气、放不下。她相信自己总有一天能做到，她会默默地在自己的位置上努力，直到成功。没坐上公交车时，她也不懊恼，觉得反正可以坐下一趟车；她喜欢提前到电影院，但不至于等不及电影开场，就急匆匆地飞奔进去坐下。她只是不喜欢在做一件事之前把自己搞得过于紧张焦虑，所以做任何事，她都喜欢留出充裕的时间，避免遇到错过车或者看电影迟到的麻烦。但消防员却像是从没有焦躁不安过，仿佛是不受世俗时间束缚的人。

　　消防员听了宝琼的问题后，把两人交握的双手改为十指交叉，仰头去看一颗星星也没有的天空。那时候他的脚步也是慢慢悠悠的吗？他的步幅大，但很慢，她总笑他像老太爷走方步……到如今，宝琼就算想学也学不上来。

　　"因为太快了啊。慢一点也不要紧吧？"

　　宝琼想问他是什么太快、什么可以慢一点，但没有问出口。你明明很好奇，为什么没问呢？宝琼常常责怪当时的自己。该问而不问的代价就是，她的问题成了永远的不解之谜。

　　那以后的日子过得飞快，就连消防员也没办法让时间的脚步慢下来。他们举办了婚礼，孩子出生后，消防员也多多少少放弃了自己的"慢"。因为孩子们长得飞快，也跑得飞快。两个人都来不及淋浴的日子越来越多，宝琼结婚时雄心勃勃置办的漂亮睡衣早就没有了上身的机会，餐桌旁的椅子上也开始堆积越来越多的东西。

宝琼开始怀念消防员那种好整以暇的态度。她下决心，等孩子们长大一些、不再需要那么多照顾以后，她也要过那种电影开场前五分钟仍然可以慢条斯理地缓步走向电影院的日子。然而，那个能让她过上那种生活的消防员却先一步离去了。宝琼要肩负起养家糊口的重担，不得不比以前更快了。没有了刹车的宝琼停不下来，现在她连消防员的步态都已想不起来了。因此，那是她的遗传基因。每次看到延宰都会生出那种奇妙的既视感，是因为延宰和她就像一个模子里印出来的。

恩惠比平时起得晚。通常恩惠不管睡得多晚，照例会在早上八点起床并走出房门。八点十分之前宝琼准备好早饭，一边看电视一边等恩惠。三十分钟后，宝琼轻轻推开恩惠的房门。轮椅放在床边，恩惠背朝着门侧卧在床上。宝琼走进房间去叫恩惠。恩惠如果现在不起来，她就打算把准备好的早饭收走了。恩惠可能昨晚临睡前还在学习功课，她学习用的平板电脑就放在枕边。宝琼帮她把电脑放到书桌上。

宝琼不知道别的高三孩子的妈妈是怎么照顾孩子的，宝琼的方式是"放养"。她相信，如果逼得太紧，肯定会给孩子带来创伤。宝琼觉得孩子们无论有什么事——只要她们觉得必要——都能自己想办法解决。在她看来，两个女儿都踏踏实实，对生活都有各自深思熟虑的想法，也在努力探索自己的人生方向。她觉得只要在孩子们迫切地伸手求助时，没有错过她们发来的求救信号，适当提供帮助，就算尽到父母的职责了。心急的判断和过多的干涉只会让孩子喘不过气来。

宝琼坐在床边，手搭在恩惠的肩上问道：

"恩惠，你还要再睡会儿吗？"

看到恩惠在睡梦中呻吟的样子，宝琼才意识到女儿的状态和平时不大一样。虽然恩惠还不到呼吸急促的地步，但紧锁的眉头表明她的身体在抵御病痛。宝琼摸了摸她的额头，感觉很烫，急忙去客厅的抽屉里拿来体温计测温，恩惠确实在发烧。昨晚她在餐厅里看到恩惠和延宰很晚才一起回家，当时就觉得她的衣服太单薄了。现在夜里已经相当冷了。

"恩惠，起来，咱们去医院。"

恩惠闭着眼睛摇了摇头。

"你发着烧呢，还是去趟医院吧？"

"……"

"恩惠！"

"妈，就让我再睡会儿吧，求你了。"

恩惠低声跟妈妈恳求，声音仿佛被热气浸透。宝琼坐在床边盘算起来。如果是延宰生病，她就算强拉硬拖也要把她带去医院，但对恩惠来讲，出门的过程本身就是巨大的精神压力，也许顺着她的意思，感冒反而好得更快些也未可知。决心一下，宝琼马上到客厅找出家里备着的退烧药喂恩惠吃了，又让她躺回去。接着从冷冻室里取出冰袋，拿毛巾裹好分别塞在恩惠的头、颈旁边和两侧腋下。幸好她还保管着这些冰袋，没有扔掉。大约是冰袋太冰了，恩惠皱起了眉头。宝琼嘱咐恩惠先这样待上三十分钟。

因为恩惠生病，宝琼推迟了餐厅的开门时间。反正今天不是周末，客人不多，想来问题不大。她又从常备的药里找出感冒药和退烧药放在搁板上，打算让恩惠喝点儿粥后再吃一次药。宝琼洗好米，加水泡上，然后想了半天接下来该做什么，却忽然毫无理由地坐到了餐桌旁。

干吗非要找事情做呢，暂时休息一下不行吗？你难得有这么一点儿空闲的时间，也要保重自己的身体啊。

如果消防员还在，多半会这样说吧？宝琼伏在桌子上，闭上眼睛。因为看不见，想象和声音全都变得更加生动鲜明。宝琼回忆着总是坐在餐桌对面的消防员那双善良含笑的眼睛。老公，我也老了！什么都没做也会觉得腰疼、膝盖疼。再这么下去，怕是还要得肩周炎。餐厅的活儿我一个人做越来越吃力了。可要是平时也请工人，又负担不起。孩子们马上就要上大学了，咬牙再坚持几年，然后我也要像你一样生活，就是不知道能不能学会像你那样迈着方步走路。

　　不知不觉间，宝琼沉沉睡了过去，忽然感觉到有人在轻拍自己的背。她并不是魇住了，只是一切都像一个特别真切的梦。宝琼刻意不睁开眼睛，连手指也不敢动一下，只怕从梦中醒来，但眼泪无法控制，到底还是流下了一滴。而这一滴泪落下来，她的梦也就醒了。

　　宝琼撑起上身，用手掌捧住脸，笑了出来。自己居然还有气力委屈落泪，她不禁有点儿惊讶。假如能事前预见思念如潮涌般来临的瞬间，她还可以做些心理准备，让自己能够更长久地沉浸在那个时刻里，可惜造化弄人。思念也像当初的离别一样来得如此突然，不给她任何准备的机会。

　　宝琼把泡好的米放进锅里，抬头看了看二楼，心底忽然升腾起窥探他人秘密的欲望。她摇摇头，心想：算了，管她干什么呢。但把锅放到电磁炉上以后，她又停下手想：那也不是秘密吧？延宰把那个坏了的机器人用手推车拉回来的事儿，她不是已经知道了吗？而且延宰也从未说过不让妈妈上楼到她房间去。延宰只是把房门关好了而已，那也不表示拒绝她进去啊。没错，就是这么回事。

　　对于机器人这件事，宝琼除了斩钉截铁地表示反对，并不能做什么。她总不能随便拿去扔掉。毕竟那是延宰的东西。宝琼不得不拧着自己的大腿反复提醒自己，再怎么生气也不能越界。但宝琼和延宰之间却横亘起了冰冷的沉默和回避。延宰显然既不打算丢掉机器人，也没有说服宝琼的意愿。智秀来过之后，她仍然保持着沉默。宝琼想问她朋友的事，却还是把已经到了嘴边的话生生咽了回去。至少这一次，她不想随随便便就这么不了了之。她一定要在不伤害延宰感情的前提下，让她把这机器人卖掉。

宝琼觉得机器人很危险。她也知道，别人肯定惊讶于她有这样的想法，也许还会嘲笑她是个老古董。但她并不是害怕机器人的攻击或者暴动，她担心的是它们的那个世界，那是属于另外一个阶层的世界，当初延宰想跨进去却被挡在了门外。延宰虽然只是轻描淡写地说，自己一句话也回答不出来，但一旁的宝琼却在强忍着心碎的剧痛。假如消防员尚在人世，也许能为延宰的梦想插上翅膀。但是消防员不在了。他为什么离开我们……想到这里，宝琼飞快地擦干手上的水，就要上二楼去，却又忍不住心虚起来，信手拿起一块抹布，才往楼上走去。这是以防延宰突然跑回来，好托词说自己只是在打扫卫生，同时也是为了最后一次说服自己。

宝琼踩着楼梯，来到黑漆漆的二楼。二楼起居室的遮光帘被拉得严严实实，一丝光也透不进来。宝琼在墙上摸索着打开灯。站在紧闭的房门前，她不由自主地咽了一口口水。宝琼觉得自己实在用不着这样紧张，可是从内心传来的莫名的声音并非幻听，她不得不承认自己的确感到了恐惧。

延宰肯定不会做什么奇怪的东西。有什么好怕的呢？这孩子原本就对机器人感兴趣，多半只是把机器人带回家拆拆装装罢了。

　　宝琼在脑海里像唱饶舌似的飞快地整理了一下思绪，握住门把手。碰巧就在这一瞬间，楼下传来开门的声音，接着是轮椅越过门槛的声音，宝琼赶紧下了楼。恩惠发着烧，却挣扎着从房间里出来了。宝琼拦住了要往玄关去的恩惠，问道："你病成这样要去哪里？"一开始她还以为恩惠要出去买药，恩惠的话却让她惊跌了眼镜。

　　"我去一趟赛马场，马上就回来。"

　　宝琼也知道她每天都去赛马场，但有什么迫切的理由让她非拖着病体去不可呢？宝琼断然拒绝：

　　"今天不行。你病成这样，怎么能出去！"

　　"真的去去就回，都用不上半个小时！我现在也不烧了，刚才就是睡觉热的。"

　　恩惠拉着宝琼的手放到自己额头上，果然热度比刚才降下来了，只是不知道是药见效了，还是真像她说的，发热是睡得太沉导致的。不管怎样，恩惠并没有完全恢复，这种状态下还强撑着出门，很可能加重病情。

　　"这不是我同意不同意的问题。恩惠啊，如果你是妈妈，你会愿意自己的女儿拖着生病的身体出门吗？如果你非去不可，那就先和妈妈去趟医院，然后坐车过去看一眼好了。"

　　宝琼以为自己这样说能打消恩惠出门的念头，但恩惠想了想，竟然点了点头，表示愿意先去医院，再一起坐车去赛马场。宝琼其实也可以责备恩惠不懂事，但她只是提了一个条件，要女儿至少吃了早饭再去。恩惠乖乖地同意了宝琼的提议。恩惠去洗漱的当口，宝琼把锅里的菜热上了。恩惠这么坚持，肯定有她的理由。宝琼觉得不能不管三七二十一就一口回绝，先顺了恩惠的心意，回头再发脾气也不迟。毕竟恩惠很少跟妈妈提什么要求。

恩惠被确诊为小儿麻痹并开始接受治疗的时候，宝琼没有哭。她能感觉到那种喘不过气来的憋闷，但那种憋闷并没有化作眼泪。哭解决不了任何问题。她觉得自己必须尽现阶段的一切所能，哪怕要她在皮开肉绽的情况下咬牙坚持，她也一定会挺住。而支撑她的希望之一就是医生提到的生物适配型义肢。

"就算孩子病情恶化，两条腿再也不能走路，您也不用太担心。恩惠妈妈，现在医疗技术很发达，只要装上生物适配型义肢，她就能像正常人一样走路，一点儿也看不出破绽。您看看这个视频，以后您如果有需要，我可以帮您介绍这方面实力最强的医生。目前价格是比较昂贵……但以后肯定会越来越普及的。您不要觉得沮丧。您是监护人，一定要加油。所有的疾病最终都是患者、家属和病魔三者之间的战争。"

漫长的求医过程让家里每个人都负"债"累累。她们互相伤害，不等那伤口愈合，就又添了新伤，于是旧伤自然而然地被压在了下面。每个人都在自我安慰，总有一天能有机会补偿对方。她们习惯性地把"加油"挂在嘴边，却并没有往那句鼓励里注入灵魂；她们常为了不值得生气的小事争吵，也常常在没有什么特别的伤心事时伤心得坐倒在长椅上无法前行。每当那种时候，她们都会想着医生的那一番话，再继续忍耐下去。她们互相宽慰彼此：这一切的苦难终究都会过去。然而，最终让宝琼流下眼泪的同样是医生的话：

"恩惠妈妈，这个手术是不能走医保的。"

她流泪不是因为这个病，也不是因为患者、家人之间的伤害和他人的眼神，而是——只要有钱就能办到的事，她却做不了！这个事实让她泣不成声。她不能把消防员的死亡抚恤金全部拿出来给恩惠做手术，因为那样一来，今后她们母女三人的生活就成问题了。最后宝琼还是用那笔钱买了餐厅，修建了房子，剩下的钱就什么也干不成了。她还是人生当中头一次感到如此悲惨凄凉，消防员出事时她都没痛苦到这种程度。那场事故从一开始就不是宝琼能左右的，她可以归罪于很多东西，她可以喊冤、怒斥、指责的对象很多，然而，这件事她却只能指责自己。那根愤怒地指指点点的手指直戳在了宝琼的心口，像一把利刃深深地刺进她的心里，让那些刻印在她心头的层层伤口更加千疮百孔。那天，宝琼整整哭了一夜，她用尽全力压抑着自己的啜泣声，却不知道凌晨时分，恩惠的轮椅在她房门前静悄悄地徘徊了很久很久。

那天以后，宝琼和恩惠之间就多出了一份无法偿还的债务。因为这结果不是谁的错造成的，她们只能各自背负。

也是从那时候起，恩惠再没提过任何要求，宝琼也再没提过任何反对意见。母女间被画上了一条线。那条线像一个安全阀，让她们可以保持不会轻易伤害彼此的距离。宝琼知道这个关系里并不包含延宰，却希望延宰能够理解。她在一无所有的情况下，突然间成了要抚养两个孩子的单身母亲，只能盼着两个孩子可以理解自己。

恩惠洗完出来以后，宝琼重新给她量了体温——36.9 摄氏度。不是那么危险，但也没到可以完全放心的程度。宝琼又把煮好的粥和之前准备好的药递给恩惠："吃完饭以后，再吃两片这个药，好不好？"恩惠点点头，特意舀了满满一大勺粥放进嘴里。

宝琼又上了一趟二楼，想给恩惠找件厚些的外套。虽然现在穿还为时尚早，但她打算趁这个机会把开春时整理到箱子里的厚衣服都找出来，拿到客厅去。季节变化是很快的，等秋夕节一过，还来不及好好感受一下秋天，西伯利亚的冷风就会席卷而来。她们就生活在这样一个只要稍犯一点懒就会错过一切的时代。厚衣服也要提前准备好，才能预防换季时高发的感冒。

宝琼打开二楼一个房间的门，这是个没人用的空房间。虽然宝琼三五不时进行打扫，但没人住的房间还是很快就会积满灰尘。宝琼用手掩着口鼻，先开窗通风换气。屋子里还放着她结婚时从娘家带来的木制电钢琴、旧餐桌和以前用过的空气净化器。这些都是搬家时就该断舍离的东西，宝琼却没有扔掉。也不是有什么特别的原因，只是看到它们凄凄惶惶地立在老房子的垃圾分类场里，她怎么也忍不下心，只好一起搬了过来。

宝琼连开了五个箱子都没有找到要找的衣服。宝琼拿起一件厚羽绒服，觉得现在穿还太早，又放回了箱子。这里满满当当装的都是冬天穿的厚衣服。宝琼这才想起另一个房间还有几个箱子，大概里面有春秋穿的衣服吧。宝琼把打开的箱子重新盖好，最后伸手去开压在底下的一个箱子，想看看里面是什么。那箱子饱经岁月的洗礼，比其他箱子颜色深一些，因为压在最下面，盒盖都有些变形了。宝琼不记得家里还有这么个箱子，更想不起来里面装着什么东西，所以是在没有任何防备的情况下打开它的。里面的东西就这样趁着她不留意的瞬间暴露在了她的面前。

面对着那件收藏了十多年的消防服，宝琼克制了多年的感情像突如其来的寒风一样席卷而来。当年她生怕衣服沾水后就会溶解掉，甚至没敢擦洗，因此那件被叠放得整整齐齐的消防服仍带着那天的痕迹。开箱的瞬间，宝琼感觉就像是被突然袭来的凛冽狂风割伤了胸口，而伴随着那剧痛的则是本能的告诫：不要碰它。只要一碰它，那天她封锁在这件衣服里的所有情感一定会重新移转到她的身上。宝琼把箱子盖好放回原来的位置。也许等到下次她又忘记箱子里是什么东西的时候，她还会再打开它。但那之前，宝琼决心暂且不去想它。

宝琼被最后一只箱子搅得失魂落魄，想也没想就一把推开了延宰房间的门，完全忘了那房间里有什么东西。所以，在看到那东西朝自己转过头，闪着绿色的光跟自己搭话的时候，宝琼险些吓得打个趔趄。

"您好！我叫布洛考利，您可以叫我考利。哎呀，我吓到您了吗？"

恩惠

恩惠从十六岁开始在家自学。她其实从更小的时候起就不想去上学了，但是遭到了宝琼的反对。宝琼每天早上都像念咒语一样反反复复跟她说：你和别人没有不同，你用不着逃避。但恩惠知道这些话根本就无济于事。她总是表现得像被妈妈说服了一样。她相信，假如一直装作被说服的样子，也许有一天就真的被说服了。

退学前，恩惠每天都要去学校。从她家到学校坐轮椅需要三十分钟左右，如果到大路上坐公共汽车则只要十分钟。但由于各种问题，恩惠坐公共汽车花的时间更长，所以，尽管冬天会冻得脸颊皲裂，夏天会热得衣服被汗湿透，肉体上要辛苦得多，她也还是宁可坐轮椅上学。公共汽车上装有方便轮椅搭乘的升降机，恩惠却总有一种"占便宜"的不适感。上学路上她也不能听歌，因为总有路人时不时提醒她："小心！""前面有东西！""后面来车了！""孩子……"还有时恩惠只是需要从一个小斜坡下到人行道上，就有人不征求意见便来帮她推轮椅。恩惠真不想使用"帮"这个词，但那些人的出发点确实如此。他们也不管恩惠会不会被吓到，总是推着轮椅往前猛冲。尽管他们只是握住了轮椅的把手，恩惠却每次都觉得好像走在路上突然被人抓住手臂一样，吓得心脏一阵剧烈跳动。

人们以为那是善意。面对提醒，假如恩惠冷冷地说"我都知道"，抑或不予作答，就成了不知好歹的讨厌鬼。甚至有人会皱起眉头或者当面咂嘴表示不满。恩惠必须笑。人们总是期待她能笑着面对生活中的任何崎岖坎坷。恩惠知道人们想从自己身上看到积极向上的能量，但她不愿意乖乖就范，成为他们生活里的慰藉和希望。有时她真想拿着麦克风大声说：你们的人生，你们自己想办法！万幸的是，回家的时候她不是一个人，她可以和周远一起。

周远和恩惠的家在同一个方向。说是顺路，其实在岔路口分手后，他们还要各自走上好一段路。不过同级生里，只有周远和恩惠不住在有很多公寓楼的居民小区。

周远没做人工镜片植入手术，是全校唯一戴眼镜的学生。别的同学一般都在十五岁以前就做了镜片植入术。除非有特殊情况，这项手术已经成了中学生必做的手术。这种手术可以根据每个人的眼压和角膜厚度等情况定制镜片，几乎没有副作用。戴眼镜还有伤到眼睛的风险，植入镜片就方便多了，不论近视还是弱视，都能得到矫正，视力发生变化还可以更换镜片。最重要的是，这项手术可以由医保支付，再加上手术时间只有不到十分钟，所以极少有视力不好的学生不做镜片植入术的。虽然眼镜还没有被彻底淘汰，可如果有谁还在戴有度数的眼镜，往往会被当成时代的落伍者。但周远没做——不，是没能做。据说周远患有一种叫角膜内皮营养不良的遗传病，角膜内皮细胞的减少速度比正常人快好几倍，所以不能做这种手术。

恩惠虽然很高兴能和周远一起回家，但她时常会想，也许和周远的家在一个方向也是一种不幸。和周远一起走，当然更有趣、更安全，换句话说，有周远在身边，人们就不会主动为她提供帮助，这让她舒服得多，班上的同学却因此把他们视为一类人。明明是完全不同的两个人，大家却硬要使用那些直来直去的"一次元"词语把他们捆绑在一起。

"咱们是三次元的人，不要因为一次元的语言而难过。"周远说。

恩惠不确定自己能否做到。有时她觉得，反而是自己和周远在三次元，而别的同学在更高的次元里。周远总是用一种与众不同的思考方式来解释和理解这个世界，有时恩惠也无法理解周远说的话。不过，她喜欢周远的表达方式。周远对她的照顾也与众不同。两人说着话的时候，每次需要到人行道上去，周远都会自然而然地停下来等恩惠。他的行为举止里看不出"我得照顾她"的刻意，他似乎只是觉得理当如此。周远的做法让恩惠觉得很舒服。周远可能不觉得有什么，但对恩惠来讲，这就是善意。他的举动极其自然，让恩惠觉得人与人之间本应如此和谐，自己不必特别觉得抱歉或感激。

一想到升入高中以后，自己如果不读工科，就必须和周远分开，恩惠便忍不住感到难过。如果两人的学校离得近，放学后也许还能见面，但他们多半要忙着适应新环境，然后渐行渐远，慢慢失去联系。不知怎么，恩惠非常确定自己以后再也遇不到周远这样的朋友了。但如果她早知道和周远的分别比想象的还要快，她肯定会珍惜和周远在一起的宝贵时间，不会把时间浪费在哀叹以后不能再见的遗憾上。

周远说暑假要搬家。不是搬到隔壁小区或邻市，而是搬去要坐十二小时飞机才能到的地方。听到这个消息后，恩惠一直没什么感觉，直到周远临出发前几个小时来看她，她才开始有了真实感。

"你跑去那么远干什么？"

"可能会继续学英语吧。"

"旁边不就有英语村吗？"

"那能一样吗？本土的英语肯定不一样吧！"

恩惠没去过，所以无法断言是否一样。不管怎样，周远似乎并不讨厌搬家，而且这是已经定好的事情，怎样也无法挽回的了。周远保证会常常跟她联系，然后就回去了。在路上，恩惠几次停下来回头看周远的背影，期待周远也会依依不舍地回头看她，但直到背影变成一个小点儿消失在视线里，周远也没回过一次头。

她喜欢周远吗？直到跟周远道别后，恩惠才开始思索这个问题。周远是个很平凡的小孩。在恩惠眼里，周远比同龄人个头小，同学们又以戴眼镜容易受伤为由，从不拉他参加任何体育比赛。不知道是不是因为这样，周远身体一直比较羸弱。不过，恩惠这样评价周远其实有一些刻意贬低的成分，因为她不愿意承认自己喜欢周远。然而没用多久，恩惠就不得不承认了这一点，因为她更不希望自己仅仅为了不肯承认这份喜欢，就故意看低他。她喜欢过周远，但恩惠马上就陷入了另外一种烦恼。她为什么不愿意承认自己喜欢周远呢？答案非常简单。

我们的爱情肯定和别人的不一样。如周远所说，活在一次元的人不可能理解三次元的人爱情的深度。又或者是他们活在更高次元，以他们那种弯弯曲曲的心肠也不可能公正地看待我们的感情。但为这些事烦恼又有什么意义呢？假如周远不在身边，他也不知道恩惠心意的话，他们的爱情终究是不完整的。

恩惠想在周远起飞之前告诉他：有你陪伴的日子我很快乐，我会等你回来。她觉得自己无论如何也说不出"我喜欢你"这几个字。但这样说周远一定也能听懂。恩惠打电话给周远。电话铃响了很久，对面都没有接听。恩惠想，他可能是太忙了，于是特意每隔一会儿再打。连打了几次，还是没有人接。就这样，周远没接到恩惠的电话就上了飞机。恩惠以为等周远下飞机看到自己的未接来电，就会打电话过来，但也没有。可能是太忙了，可能是时差，也可能是手机坏了……恩惠替他想了很多理由，但全都错了。

暑假过后，恩惠才又听到了周远的消息。

"听说他做手术了。"

"什么手术？"

"镜片植入术。"

"真的吗？医生不是说他做不了吗？"

"据说在美国可以做，他就是为了做那个手术才去美国的。我妈妈说，他甚至是借钱去的。"

恩惠静静地听着同学们闲聊。听说那个手术在韩国很难做，但在美国可以。因为不能走医保，所以在美国做手术比在韩国做要贵得多，但他还是坚持要去做。恩惠呆呆地坐在座位上，心里想，这样挺好的。她真的觉得挺好的，身体却不由她的意志控制，止不住地颤抖起来，下巴也跟着颤抖，最后，在颤抖的反作用力下，她的眼泪流了下来。

周远为什么没有如实告诉她呢？为什么她会觉得是周远丢下了她，一个人去了别的次元，或是去了遥远的未来、进入了主流世界？周远是否真的那么想并不重要，重要的是恩惠的感觉。恩惠仿佛独自跌进深谷。她从太高的地方坠落，所有的感官都出了问题。她的眼泪噼里啪啦地掉落，但并没有感觉到自己在哭。一个人必须像那样想尽一切办法，必须做到那个地步去迎合世界吗？

恩惠自己是因为懒惰才落到这副模样的吗？

回家的路上她一直在哭。她并不想哭，但是控制不住自己。她比平时更加用力地转动着轮椅的轮子。轮椅在低缓的小土坡上也晃动得十分厉害，最后被一个不算陡的坡阻挡住了去路。尽管最后没有翻车，恩惠还是忍不住骂出声。她气这么多年也没人把这个斜坡修平整，也气自己仍然不得不用两手转动轮子。

她觉得自己的身体里仿佛有一团怒火在燃烧，没有缘由也看不出形态。恩惠撕心裂肺地怒吼了一声。至少在那一刻，平时总喜欢施恩给她的那些人谁也没有走近她，仿佛恩惠手持凶器在胡乱挥舞一样。

到家以后，恩惠的眼泪还是没能止住。她不想让别人看到自己哭泣的样子，可是控制不住自己，于是哭得更伤心了。宝琼想问恩惠为什么哭，可是看她哭得停不下来，只好默默地在她房门前徘徊了一阵子就走开了。恩惠饭也没吃，就只是哭，哭着睡去，凌晨醒来后又接着哭。第二天她没去上学。宝琼追着她问了几句后，就悄悄去给班主任打电话替恩惠请病假。之后的一天幸好是周末，宝琼和延宰在餐厅里忙活了一整天都没回家。恩惠还是不吃饭，只是在床上躺着，仿佛完全忘记了该怎么走动。她做了个噩梦，梦见自己永远都不能动了，结果把自己给吓醒了。

直到周日晚上宝琼才有机会和恩惠谈话，当时已经快到午夜了。宝琼一整个周末都在忙着接待客人，累得疲惫不堪，却还是尽可能想法子帮恩惠排解："明天跟妈妈一起去学校，好不好？""是不是有人欺负你了？"宝琼劝也劝了，问也问了，恩惠就是紧闭着嘴巴什么也不肯说。恩惠也希望把前因后果解释给妈妈听并得到相应的安慰，但她也不明白自己究竟是怎么了。她很担心宝琼会马上大发脾气，然后丢下她不理，可她无法用语言描述自己的心情。好在宝琼十分冷静坚持，仿佛早就料到会有这样一天，丝毫没有动摇。她也躺到床上，从背后把恩惠抱在怀里说："你想做什么只管跟妈妈说。"

"我保证只听，不问为什么。你什么都可以跟妈妈说。"

恩惠犹豫了好久才说她不想上学了。宝琼难掩惶惑，但也许是不想违背先前的承诺，她连理由都没问就同意了。如果宝琼问了为什么，恩惠大概会这样回答：妈，回家的路太孤单了。我不是累，就是觉得孤单。我虽然还不知道孤单意味着什么，可是觉得那条路就可以叫作孤单。

宝琼又跑了几趟学校，回来后告诉恩惠："以后你可以不用去上学了，但必须在家学习。我替你申请了家庭学习服务，你要答应我每天都在规定时间起床听课。"恩惠觉得这不难做到，就痛快地答应了下来。到了这会儿她才想到要跟宝琼道歉，"对不起"三个字却始终没能说出口。

所以现在她该平静下来了。哭解决不了任何问题。人心情一团糟的时候就只想哭，可是哭只会让心情变得更糟糕。她痛哭了一场，但什么事情也没有改变。她如果不想哭一辈子，到这时就该适可而止了。从现在开始，她得好好想想将来要做什么、怎么做。反正已经退学了，恩惠有很多时间可以思考。

说吧，你现在打算怎么办？

恩惠没有马上得出答案。她准备了一个日记本。在第一页这样写道：

我很痛苦。

她又自问自答道：

然后呢？痛苦又怎样？你现在打算怎么办？

嗯……不知道。

你怎么可以不知道？

那有谁知道？这个问题真的有答案吗？真的是能解决的问题吗？那你说说看吧。如果你有办法，我都愿意照做。

……

你看！没办法吧！反正现在我一无所知，只能先努力再说。

努力干什么？

干什么都行！吃饭、吃药、锻炼、学习……只要是该做的、能做的，都要努力去做！这样努力过后，不管是什么事，肯定能找到办法吧？我总不能一直这样颓丧下去。

好吧。我知道了。

你知道什么了？

我会尽我所能。虽然我也不知道能做什么，但总之我会努力，会为自己加油打气。

恩惠确实在给自己加油打气。每当恩惠对自己感到愤怒、憋闷而想哭的时候，她都会为自己加油。这种鼓励和宝琼给她的通常的鼓励和支持不同。宝琼总是说："你可以的！""一切都会好起来的！"而恩惠却会对自己说："你不干怎么行？""哭哭啼啼到最后受累遭罪的还是你自己！"要说效果，还是恩惠的这一种要好些。就算有人说她这是靠自虐来获取力量，她也觉得没有关系。一味对自己温言软语并不见得有效。

恩惠的生活不需要他人的帮助。就好比任何人第一次到陌生之地都会手足无措，她在面对陌生的状况时也会感到一点点惊慌而已，很快就能适应。不过这并不意味着所有的问题恩惠都能克服。都说当今处在"没有不可能"的时代，但总有些世界是恩惠无法到达的。

你在躲避吗？

我没躲避。

那你为什么藏起来？

我只是不想那么累。

你确定自己不是在逃跑吗？

……

你在这里做了逃兵，就保证会有更好的办法吗？

为什么我不能做逃兵？

什么？

我也会累，也想休息，这有什么错？为什么我就必须永远充满激情地勇往直前呢？为什么？别人就不会像我这样！你说的那些普通人不也一样，累了想休息，难受时想逃避吗？我也要任性一回。我简直要烦死了。

　　她那时候就该给自己的逃避划定一个明确的时限。结果，现在因为没有一个确定的日期，她老是往后推迟回归正常生活的时间。这个世界有时候看起来就像一个严丝合缝的巨大齿轮，根本没给恩惠留下任何可以进入的空隙；有时候又像是一个安装设置完毕的机器人，从一开始就没打算允许恩惠加入。恩惠觉得她应该给这个世界狠狠一记痛击，却每每切身体会到这个世界并没有那么好相与。每当恩惠压抑不住自己的愤怒时，她就会到赛马场去。阿今是只属于恩惠的树洞，是她唯一能透露心事的窗口，因为无论她说什么，阿今都能替她保守秘密。可现在阿今也要死了。

　　"我不会哭的。"恩惠拖着沉重的病体去看阿今的时候，发誓似的说道，"哭是没用的。"

　　这话既像是对阿今说的，又像是对她自己说的。哭解决不了任何问题。恩惠强忍着总想夺眶而出的眼泪，发誓道：

　　"我不会放弃你的。"

　　恩惠想，她必须结束这段逃避的日子了。她想给这个世界一记重击，现在就是最好的时机。那天，恩惠翻开很久都没动过的日记本，这样写道：

　　　　我是个强者。
　　　　我，一定能保护它。

延宕

班主任似乎根本无意掩饰惊讶之情。尽管延宰就在旁边，她也丝毫没有考虑到延宰可能会感到不快，只盯着智秀问：

"你真的要和于延宰一起参赛？"

可恶。她就不该跟智秀一起来交申请表。延宰强忍着怒气，从鼻孔里长出了一口气。她不是不能理解班主任的心情。一个是每天一到学校就趴在桌子上睡觉的学生，另一个是全国排名都在上游的优等生，对于这样的组合，如果延宰自己是老师，肯定也很难理解，多半也要怀疑是不是这个每天趴在桌上睡觉的女生胁迫了优等生。但如果换作延宰，至少不会在学生面前表现得那么明显。假如老师会察言观色，或者延宰、智秀的关系更亲近一些，智秀大概会先跟老师说明延宰有多厉害，但既然两种情况都不是，智秀就只是干脆地回答"是"。

"这次大赛很重要……"

班主任含糊地打住了话头。如果把老师说了一半的话补充完整，大概是这样的："这次大赛很重要，你怎么能和那个于延宰一起参加呢？你是疯了吗？"

"我知道，所以才要和于延宰一起参加啊。"

智秀说得理直气壮。班主任大概也不好当着延宰的面再责备智秀，就一副心不甘情不愿的样子把申请表放进了文件夹里。

"报名时间截止到明天，要是想改，你们再来找我。"

班主任看看智秀，又看看延宰，问道：

"你们原来很要好吗？"

"不是，可是……"

延宰想问老师两个人是否要好很重要吗，智秀打断延宰，抢在前面回答说：

"是的，关系很要好。怎么了？"

"没什么。就是觉得好像没看到过你们一起玩儿。"

班主任似乎仍然没有完全接受。

"我们是来学习的嘛，又不是来玩儿的。那我们先回去了。"

智秀牵着延宰的手离开了教务室。延宰觉得智秀的回答比自己原本想说的更合适些。虽然不符合事实，但至少班主任没再多废话。

延宰以为出了教务室，智秀就会放手，但直到到了楼道里，走在前面的智秀仍然拉着她。延宰被拖着走了几步，也想过要甩开智秀，又觉得没必要伤人家的感情，于是开口道："手。"智秀一时没听懂，回过头看她。

"你说什么？"

"你能不能放开我的手？"

智秀看了一眼两人拉着的手，立刻像赶苍蝇似的撂开了。早知如此，还不如自己先甩开手呢。延宰觉得尴尬，把手插进了校服裤兜里。

申请表也亲眼看着提交了，延宰觉得接下来就可以各走各的路了，但智秀似乎并无此意。她和延宰并肩走到了校门口。只有一半开放给学生上晚自习的教室亮着灯，在校门口等学生一出来就送他们到补习班的汽车也已经陆续开走了。延宰以为会有车在等智秀，但校门前一辆车也没有。出了校门以后，智秀仍然跟着延宰。

延宰本想问她干吗跟着自己，想了想还是闭上了嘴。她不知道智秀住在哪里，没准儿是同路呢。同时，她也在寻找说话的时机，因为她觉得有必要就合同条件再和智秀谈谈。

延宰昨天晚上只用二十分钟就填好了申请表，接着又做了一份文件，密密麻麻地写上了考利需要的配件清单。她担心写得太笼统，智秀会拿错配件，特意把生产配件的公司和配件名称都列得一清二楚。那份文件现在就存在她手机里，只要智秀开口询问，她随时都可以发给对方。经过人行横道和店铺，直到延宰经常散步的莫溪川，智秀始终维持着适当的距离跟着延宰。延宰终于确信，智秀不是要回家，而是在跟着自己。延宰毫无预警地停下脚步，智秀也马上跟着停了下来。

"你要去哪儿？"

延宰问。

"我在跟着你啊，你难道不知道吗？"

智秀回答。延宰看了看周围，这个时间的莫溪川连个锻炼的人都没有。

"你干吗跟着我？"

延宰并不想再带智秀回自己的家，也没有特别的理由，只是觉得没必要。合同已经生效，有很多办法可以把彼此的需要告知对方。智秀大概也不至于要搞什么友谊破冰时间，这个女孩应该是个恨不得把一分钟分成四份来用的大忙人，干吗非要跟着她走路受累？延宰真的是单纯地感到好奇。出乎延宰的意料，智秀竟然不假思索地说道：

"我想看看你那个机器人。"

"你看它干吗？"

"想看就是想看，需要理由吗？你的问题可真奇怪。"

"你今天不用去上补习班吗？"

延宰使出撒手铜。

"我说从今天起要和你一起准备大赛，把补习班停了。"

"你这样下去成绩会下降的。"

"我这么聪明，才不会因为这点小事影响成绩呢。"

智秀嗔怪地笑了，笑容里恰如其分地混合着几分自大和几分轻松。延宰不禁皱起眉头，觉得自己白白替人担心，却看到这样一副嘴脸。

"反正我就是不想带你去。"

延宰才只说了这么一句话，马上就遭到了包括"小气鬼"在内的各种难听词语的攻击，不过延宰并不打算改变主意。智秀劈头盖脸地说了延宰一顿，自己也一脸怒气，表情和她书包上的挂饰人偶一模一样，活像个横眉立目的北极熊。

延宰不带朋友回家倒不是因为她有多大的心理创伤。延宰在接力赛中途跑出赛道的十一岁那年，参加课后兴趣小组时，和一起制作微型机器人的四个同龄的孩子成了好朋友。她去那些朋友家里玩儿的时候，第一次意识到原来并不是所有人的生活都和她家一样，有时候人与人之间竟然存在着无法比较的巨大差异。当那几个小朋友提出要到延宰家玩儿时，延宰犹豫了一天，还是邀请了她们。然而，她的朋友们却无法掩饰对延宰家的失望。在她们看来，新生事物一出，旧事物就该尽快销声匿迹，所以当她们看到延宰的家居然还没有旧貌换新颜时，只觉得稀奇和不适——虽然延宰本人并没有感觉到任何不便之处。那几个孩子很善良，并没有当面说三道四，但以后也没有再提议去延宰家玩。那是延宰第一次模模糊糊地感觉到，有些东西如果能藏起来，最好还是藏起来。

但延宰已经签了合同，要从智秀那里拿配件，如果把智秀惹毛了，她真跑去举报，延宰就会束手无策地失去考利。智秀还要和她一起参加大赛，延宰相信她不会去举报，但那终究只是延宰自己的想法罢了。而且她还是有自知之明的，直截了当地说不想邀请智秀是自己无礼在先，不该指望对方理解。看到智秀像只气急败坏的北极熊一样，延宰赶忙提出下次再请她去，又临时编了一个像模像样的借口说，上次也就罢了，但她不想连着两次不跟家里人打招呼就带客人回家。万幸的是智秀接受了这个解释。

话已至此，延宰索性把存好的配件清单发给了智秀。智秀粗略地浏览了一遍清单。

"我去跟爸爸说说看。不过我可先挑明了，如果有些配件买不到，那我也没办法。能找到的我会马上发送到你家。"

"难为你爸爸了，居然这都能答应你。"

"我爸比我还看重这次大赛呢。"

延宰犹豫了一下，不知道可不可以问为什么。好在智秀马上就主动告诉她说：

"我爸想让我去念相关的科系，那至少得拿到奖项才有机会。咱们这次要是能拿冠军，我爸肯定什么都愿意给你。"

"为什么？"

智秀听了不耐烦地答道：

"因为太迫切想成功了呀！还能为什么？你是不是理解力有问题？"

"我的意思是，为什么你要念机器人相关专业？你对机器人又不感兴趣。"

也许是被延宰说中了要害，智秀无从反驳。这一点，不用和智秀很要好也看得出来。智秀如果真对机器人感兴趣，刚才看延宰的清单时就不会皱着眉头，一副什么也没看懂的表情了。假如她更懂行一点儿，多半会问延宰为什么要用碳铝合金增加机器人的体重。

　　智秀噘着嘴抓住自己的书包带，书包上的北极熊吊坠也跟着荡来荡去。智秀没再说别的，直接跟延宰道别：

　　"好吧，明天见。我走了。白跟着你走到这儿了！好烦！"

　　延宰不知道智秀有什么隐情，但家家有本难念的经，她不想多问。不过，延宰沿着莫溪川往家走时，总是不由自主地回头去看往相反方向走去的智秀。看到她没有了以往那种趾高气扬、大大咧咧的劲儿，延宰多少有些放心不下。这时，走在自己路上的智秀偶然一回头，视线刚好和延宰的目光撞个正着，她立刻毫不犹豫地喊道："看什么看！"延宰没理她，转身往自己家走去。她越走越快，快到旁人看了或许会觉得她在跑。

　　今天早上，延宰给考利取了名字，叫"布洛考利"。宝琼做的早饭里有西蓝花，而延宰刚好从那天凌晨开始觉得考利需要一个新名字。虽说二者唯一的共同点就是它们都是绿色的，但延宰在心里念叨了几遍"布洛考利"之后，觉得发音很好听，又带着点儿美国味道——倒不是说英语怎么了不起，她只是想给自己的机器人取个又好听又有亲近感的名字。从这个意义上讲，"布洛考利"这个词又新潮又有股亲切感，还不会给人用力过猛的感觉。延宰饭吃到一半就跳起来跑到楼上，在控制面板上把设定的名字变更为：

　　布洛考利。

　　布—洛—考—利。

　　红灯闪烁的时候，她准确地念诵了这个词，随后又添加了一个"考利"作为昵称。这样机器人就算不用听到全名"布洛考利"也能做出反应。

考利

"考利。"

延宰没有关掉电源就出去了。这回考利可以尽情地念诵自己的名字了，它想一直念到厌倦为止。不过它感受不到厌倦，所以必须自己停下来。没有任何遗憾，就像关掉电源一样戛然而止。

延宰说要去上学，大约十个小时以后才能再来看它。考利独自坐在空荡荡的房间里，好在这个房间不像它之前住的那个骑手房那么狭窄，这里空间很大，足够十五台像它这样的机器人围坐在一起。层高有些低，不过阿今低着头也能进来。这个房间有一扇落地窗，墙面涂着绿色的油漆。一面墙上是一些抽屉，里面满满地装着书、相册和一些别的杂物，诸如脏兮兮的棒球和旧棒球手套、镶着相框的奖状和落满灰尘的奖杯、用乐高积木拼的城堡、久置不用的无人机等。所有东西都给人一种非常温暖的感觉，尽管它们的材质和温暖根本不沾边。待在这个房间里，时间的流逝都仿佛比从前更快一些。考利越发相信自己是个瑕疵品，不然自己的时间怎么会这样忽快忽慢。

考利坐在那里细数这段时间它在这个屋檐下见过的人。这座房子里住着三个女人：金宝琼、于恩惠和于延宰。还有一个叫徐智秀的女孩，是于延宰的朋友。考利能通过地板和墙壁的振动感知到这栋房子里五花八门的声音。就这些声音来看，这是个很有生气的家庭。考利觉得这个家带给它的感觉和它在阿今背上以八十公里的时速疾驰时感知到的那种振动和激动一样强烈。考利一个一个地回想着这个家里的人。她们每一个人都独具特色，就好像变幻莫测的天空，有的是淡蓝与微黄，有的是粉红与淡紫，有的则像是青绿和大红。假如考利知道一千个以上的单词，一定能更准确地描述这些人类。

三个人里，宝琼最像粉红和淡紫色的天空。先前宝琼每次看到考利都无法掩饰自己受到的惊吓，然后从某一刻开始，她每天都会到二楼来看看考利的状态再下楼去。视线相遇时，考利会跟她问好，她总是十分别扭地敷衍着说"嗯嗯嗯"，随后便慌忙下楼。偶尔她会小心翼翼地问："要不要给你开窗？"有时候也会含糊其词地说："你有什么需要？"

该怎么形容宝琼看考利的眼神呢？抗拒、敌意、屈辱、幻灭？不，不是幻灭。是一点点恐惧。对，这么说更合适。抗拒、敌意、一点点恐惧，还有一点点好奇。宝琼不是有意识地表现出这些情感。她自己也不知道注视着考利时的自己是怎样的表情。宝琼为什么会流露出那样的表情呢？考利的哪些地方让她产生了抗拒、敌意和恐惧的心理呢？

考利得到新腿前，延宰不在家时，它只能见到宝琼，所以很自然地，它总在思考有没有办法可以让宝琼敛去那样的表情。考利希望缩短和宝琼之间始终不变的距离。考利生出了两个疑间，其一是如何才能缩短和宝琼的距离，其二是它为什么想要缩短和宝琼之间的距离。但在两者中，无论哪一个它都没找到答案。最后它得出的结论是，可能它的内存装置里储存有分析人类表情的信息，告诉它当人类面部某一部分的肌肉活动时，它就要想办法解决这个问题。

宝琼几乎要从正午工作到午夜，她出门时的脚步轻重和回家时是不一样的。结束一天的工作回家时，宝琼两只脚上仿佛各绑了一只二十公斤的沙袋。她总是习惯性地喊一声"妈妈回来了"，然后也不在沙发上坐一下，就直接去淋浴。她躺到床上时总会发出一声重得仿佛可以压塌地面的长叹，之后就不再发出任何声音，一直睡到次日清晨。她总是在早上七点准时起床准备早饭。延宰去学校以后，她会做些清扫的工作，有时候只打扫起居室，有时候也打扫房间，还有些日子她会把二楼和卫生间也一起打扫干净。极偶尔地，她会躺倒在沙发上说："今天太累了，干不动了！"

宝琼就像一匹王牌赛马——快、强、从不休息。她觉得累当然是免不了的。

宝琼自从有考利做伴儿之后，仿佛找到了可以说话的对象，经常跟考利聊天。她是从考利有了腿、能自由上下楼之后才开始跟考利说话的。她对考利的敌意还没有完全消失，不过已经带着点儿"幸好有你陪我"的意思了。她始终跟考利保持十步左右的距离，大概就是宝琼坐在餐桌旁，考利就站在起居室；

宝琼要是坐在沙发上，考利就待在楼梯上。宝琼唠唠叨叨聊上半天之后，眼神往往会变得和之前大不一样，然后她会说：

"假如我们家那口子还在，我这些话大概都会说给他听吧。"

"……"

"虽说有两个女儿，可是这些话也没法儿跟她们说。她俩都有难处，我可不愿意再加重她们的负担。我也怕她们觉得，妈妈还需要她们操心。"

"……"

"对不起，人就是这样，总是有些不知分寸。你不知道什么是思念吧？我真羡慕你。"

"您能不能为我解释一下，什么叫思念？"

考利的提问让宝琼陷入了沉思。考利看着咖啡在缺了口的杯子里渐渐变冷，等着宝琼的回答。

"思念就是一桩一件地舍弃回忆。"

宝琼不看考利，视线投向了厨房的窗外。

"虽然你常常想起他，但是每一次想起他，你都要承认自己绝不可能再回到从前了。就这样把藏在心里的那一团一团的回忆逐个儿撕扯下来，直到所有的回忆都消失为止。"

"撕扯自己的心？那是会死人的。"

"嗯，这样撕扯下去，总有一天我也会死的。等我死了，这一切也就停止了。人可不就是这么活着嘛。"

宝琼不像敏周那样总能把话说得简单易懂。她的话很难理解。考利想问她是什么意思，但宝琼看着窗外的视线角度和沉缓的呼吸都表明她不想再聊下去了，考利便闭了嘴。

不过，"承认自己绝不可能再回到从前"这句话，考利多少还是能理解的。考利自己也很清楚，它也不可能回到一切都存入芯片之前了。它可以假装回到那个瞬间，但实际上它是不可能回去的。考利没再说话，只是呆呆地站在那里。映在餐桌一角的晚霞光影越来越长，很快就横穿过餐桌，仿佛把餐桌切成了两半。

"只有一个办法可以让我们回到怀恋的过去。那就是在当下感到幸福。"

宝琼的瞳仁像晚霞一样闪闪发光。据说闪闪发光的东西都很美丽，可在考利看来，宝琼的这种闪闪发光却更近似于悲伤。

"幸福是能医治百病的药。"

"……"

"唯有幸福的瞬间能够战胜思念。"

原来思念是这么回事。现在，考利也有了思念的瞬间。它思念和阿今一起在赛道上奔驰的时刻。它希望还能再一次通过振动感知到阿今的幸福。

宝琼后悔跟考利讲了这些私事。她不会注意到，谈谈讲讲之间，自己对考利的抗拒已经淡去了许多，考利却看得出来。虽然宝琼说自己不该说这些有的没的，考利却从她的表情里发现了一点点以前从未看到过的放松感。通过这件事，考利学会了一个方法——聊天。和宝琼聊得越多，宝琼身上那些负面的情绪就越会像皮肤的角质一样，层层蜕去。

它还需要和宝琼聊多少次天、听宝琼说多少话、用多长时间，才能让她脸上所有那些负面的情感都消失呢？它还有足够的时间吗？

考利还发现宝琼有一个特别的地方。宝琼的手总是伸向恩惠，口中最常提起的却是延宰的名字。她很厉害，居然口和眼、手和心能各自为政。宝琼很好奇考利和延宰单独相处时都说些什么。

"她很早以前就什么也不跟我说了。"

宝琼用和蔼的语气拜托考利，但延宰有命令，要求考利不得把他们之间的对话说给任何人听，所以考利不能告诉宝琼。

"为什么？我一定保密，你就告诉我嘛！"

宝琼看考利不肯说，有些着急，又追问道。考利只得一遍又一遍地告诉她，它本身就被设计成这样，所以违背主人的命令是不可能的。

"是不是类似于人无法睁着眼睡觉之类的？"

不过，从那以后宝琼一有机会就试探考利。她大概是相信自己总有一天能骗过考利。可除非把考利回炉重造，否则这是绝对不可能的。好在考利虽然不肯松口，宝琼倒也不跟它发脾气，看起来倒像是觉得这种状况还挺有趣的样子。"你告诉我好不好？""不好。""今天真的不能告诉我吗？""不能。""今天你也不想告诉我吗？""不想。"……这些对话重复了一遍又一遍，可他们俩谁也不嫌烦。

还有，延宰的朋友智秀来的时候，宝琼也总是很开心。就算是餐厅里最忙的晚饭时间，她也不忘回一趟家，拿出水果和零食招待智秀，然后再回去工作。似乎对于宝琼来说，智秀来的日子和平常是不同的。徐智秀——考利觉得这个人也很耐人寻味。因为每次她来，宝琼都有一种莫名的兴奋，延宰则变得尤其话多和慌乱。智秀在场时，延宰总有些怪怪的，表情、声调、活动半径都和平时不大一样。对于这个部分，考利认为还需要更进一步地密切观察，就在内存里另外建了一个文档，命名为"延宰和智秀"。

智秀来访的日子当中，延宰笑得最灿烂的是整整一卡车的配件运送到她家的那天。那天延宰一整夜都没在二楼的房间露面。她一直在院子里叮叮咣咣地翻找、查看配件，第二天一大早她来看考利，把 3D 设计图纸和要用来给考利制作身体部分的配件都带上来了。延宰抱了满怀的东西从院子跑到二楼，然后又跑回去，这么折腾了几次，额头上开始冒出了滴滴汗珠。准备工作做足之后，延宰笑着对考利说了一句很恐怖的话：

"周末我要把你整个拆开，然后再这样组装起来。"

大战在即，延宰的态度颇为悲壮。接下来的两天，延宰又像从前一样，整晚整晚地坐在考利旁边，一遍又一遍地修改着设计图纸，还时不时像个跟患者告知手术方案的医生一样把图纸拿给考利看，和它解释：

"我会在连接脊柱和骨盆的中心轴上放置一个环形气囊，让你的下半身可以转动。不过转动太灵活也很奇怪，我要再调整一下旋转率。还有这个马达的配置不是特别好，但我们是有求于人，也不好意思要太贵的……间隙比较大，可能会抖得比较厉害，希望你别介意。因为太抖，你走路的样子可能会有点儿滑稽。啊，对了，这次我要用铝合金制作你的身体。铝合金比碳纤维重得多，但反正你现在也不用减轻体重了，对不对？一方面是钱的问题，另一方面是我个人的偏好，我比较喜欢铝合金给人的那种冰冷、异质的感觉，虽然不管我怎么解释，你大概都没办法理解。我也不打算用油压发动机。因为你现在也用不着吸收那么大的冲击力。我会在你的脚腕部分另外安装一个缓冲装置——在弹簧里放一个气压缸。就是这个东西，一个银色的小棒，两头带挂钩的。你现在比较重，所以我想尽可能把你的下肢做成只用来走路的。你有什么不满意的地方吗？"

"没有，非常完美。"

听了考利的话，延宰"哼"了一声说道：

"完美？你说这个词时怎么那么好笑！"

"但你的说明真的非常完美。我觉得可以把自己托付给你。"

"这话你又是从哪儿学来的？"

"跟管理员敏周学的。他就很信任我，愿意把阿今托付给我。"

"那个大叔也是个怪人。"

"你也是个怪人。"

阿今比赛过后总是非常累。考利的能源是从外部获取的,但一切生命的能量动力源都在自身内部,所以消耗了一定的能量后,生命体必须休息。睡眠和进食是最具代表性的恢复能量的方式。但延宰在临近周末的那两天既没睡觉,也没好好吃饭。她一次又一次拿着图纸跟考利说明。考利听着延宰说话,一边听她说明那些配件将如何变成它的身体,一边观察着她那双闪亮的眼睛。很罕见地,人类自己也能发光。

延宰为了给考利制作下肢,正准备关掉它的电源时,考利提起了阿今。

"有了下肢以后,我还能和阿今一起赛跑吗?"

延宰迟疑片刻后摇了摇头。

"你现在比以前重得多,不适合骑着阿今赛跑了。而且,阿今的腿也不行了。"

"阿今会怎么样?"

"什么?"

"我听说,阿今如果不能赛跑,就没用了。没用的阿今会怎么样?"

延宰狠狠咬着自己的嘴唇,仿佛要把嘴唇嚼碎了吃掉一般。接着,她长叹了一口气。

"大概只有一死吧。"

"为什么?"

"因为它没用了啊，就像你不能再上赛道就只能报废一样。"

"那……"

"……？"

"你既然能修好我，是不是也能治好阿今？拜托你了。"

考利没能听到延宰的回答，因为延宰关掉了它的电源。但它看到了延宰咬着嘴唇、眉头紧皱的样子。

考利不想从这里再去别的地方。如果有选择权，它想在这个地方待上很久很久。还有阿今。虽然眼下它还不知道自己能干什么，又该干什么，虽然现在还什么都定不下来，但它思念阿今，希望还能和阿今在一起。

最主要的是，考利还想再进一步了解恩惠。恩惠是一个不可思议的人。和别的人不同，她利用机器移动，运作自如，充满力量。恩惠的所有动作在考利的眼里都是如此。

恩惠

阿今的退役日期已定，就在两天后的星期天。

据馥兮诊断，阿今虽然恢复到了勉强能走路的状态，却绝对不可能再跑出从前的速度了。以这样的状态参赛，恐怕连时速 30 公里都很难达到。恩惠很清楚阿今退役后将被送去哪里。它将乘坐勉强能把身体塞进去的小卡车，到郊外一个恩惠从未去过的"地方"，然后在那里待上一天，吃些好的草料，最后不管它是否愿意，都只能合上眼睛，告别这个世界。要是不想落到这个地步，就得有人把它带走。可是没人会需要一匹甚至无法正常走路的马。如果它不能满足人类的需求，就只有死路一条。馥兮说过，这就是这颗行星上动物的处境。

恩惠听着这些话也只当作没听到。她掏出从家里带来的大杏仁，自己吃，也分给阿今吃。马的问题就是太聪明了。它们其实可以再傻一点儿的。可是它们像猫狗一样与人类的关系太亲密了，所以完全能读懂人类的情绪。也许它们只是不会表达，其实人类的话它们全都听得懂。无论属于哪一种情况，都是一场悲剧。阿今今天格外温顺，恩惠用力抚摩着它的鼻梁。

恩惠不是亲耳听馥兮说的。她一到赛马场，就感觉到气氛不同寻常。换作平时，多荣肯定在玩手机，今天却守在大门口等着她来。首先这一幕就十分可疑。多荣先是叫她今天不要进去了，又说实在想进去就等晚些时候再去，后来想起恩惠已经十九岁了，就如实告诉她，这会儿馥兮在马舍和赛马场的老板谈事情，所以不能进去。恩惠只听到这里便猜到他们在谈什么了。不会是好事，也不会是日常琐事，如果一定要说，必定是令人悲伤和绝望的事。恩惠什么也没说，留下来和多荣一起看电视上的综艺节目。那些艺人笑得直流眼泪，多荣和恩惠却笑意全无。消磨了一会儿时间后，恩惠去看阿今。她得装作一无所知的样子，可是这很难做到。

如果有什么办法能够改变现实，哪怕只改变一点点，恩惠都愿意去做。但她在生活中遇到的每一个难关都无比沉重和巨大，根本无法跨越，也绕不过去。她只能换个方向去走另外一条路。她面前的许多路都是堵死了的。这些年，她碰到了无数难关，不得不换一条路，再换一条路，不知换了多少条路才来到这里。她不知道这条路的终点在哪里，就算知道，她也不确定自己能否抵达。每当这时候，恩惠都会想到自己的局限。从恩惠小的时候起，宝琼就总是对她说不存在所谓先天的局限，听得她耳朵都要起茧子了。可是，假若真的不存在所谓局限，她就应该根本不知道有"局限"这回事。

恩惠望着阿今黑玻璃球一样的眼睛。

"噩耗来得比预想的要快，你也这么觉得，对不对？"

阿今像听懂了似的，打了个响鼻。这一下力气颇大，把恩惠的头发都吹动了。

"和你配合的骑手在我们家呢。它从你身上掉下来，下半身整个儿摔坏了。"

恩惠把塑料袋里仅剩的五粒大杏仁都倒在掌心，递给阿今。阿今靠过来，闻了闻味道，然后就像吸尘器一样把杏仁都吸进了嘴里。

"不过我妹妹是机器人方面的高手。几天前不知哪里来的一辆卡车开到我家，卸下了一堆东西，妹妹在院子里用那些东西又是敲、又是打、又是焊接的，最后给那机器人做了两条腿。我想，她可能真的是个天才。"

幸好她们住的不是公寓大厦，或是很多房子挨在一起的小区。像延宰那样每天一放学就叮叮咣咣折腾到午夜，不可能有那么宽宏大量的邻居愿意理解她。从这个角度来讲，她们的房子是非常理想的，就像是孤立于沙漠中的一座小屋，虽然偶有穿越沙漠的人进来休息一下，但最终留在沙漠里的只是它自己。都说人是群居动物，但和别人交往恩惠只觉得心累。

"要是我也能帮到你就好了。看看你和我，这受的是什么罪！"恩惠伤感地说道。

不过，她很快就做出一副若无其事的样子，找补了一句：

"不过也不是说我想治好自己的腿。如果能治当然好，但如果不能治，我也没觉得如何不幸。我又不是非得和别人一样。这样我也能活下去。"

阿今把鼻子靠在恩惠的头发上，吭哧吭哧地呼着气。

"就是不方便罢了。靠着这轮子，有太多我不能上的台阶和不能踏上的土地。现在科学技术这么发达，连机器人都能骑马，不知道为什么我还得坐这玩意儿。你说是不是？"

恩惠双臂搂住阿今的脖子，心里一阵委屈。她也不知道她这是为自己委屈，还是在替阿今委屈，只觉得胸口像堵了一块大石头一样喘不过气来。

"你我都能自理自立，也不是非要人帮助，可是总有人自以为是地认为我们没有别人的帮助就不行，就活不下去，我真讨厌那些人的嘴脸。妈妈总叫我上一个好大学，堂堂正正地让所有人都知道，我可以过得很好，可我真不知道为什么我非要活出个样子来证明自己的存在。我跟你说，我只想旅行一辈子，拿着照相机，到处流浪，直到地球上再没有一处地方是我没去过的。"

恩惠听到动静，猜是有人进马舍来了。她抬头一看，果然是敏周。该是马舍关门的时间了，敏周显然是来提醒她的。恩惠说她本来也正要走呢。不过，敏周来叫她却是为了别的事情。

"我想叫个辣炒年糕条的外卖，我们一起吃吧。"

恩惠想了一会儿，答道：

"再加一份炸鱼糕。"

敏周的办公室离马舍不远，就在室内赛马场旁边，是一栋水泥浇筑的平房，专供员工使用。里面有一个茶水间，放了电磁炉和微波炉，还有一个贴着传单和优惠券的中型冰箱和一张四人用餐桌。另有一间可以躺下来休息的小卧室，还附带可以简单冲洗的淋浴室和卫生间。敏周用手机在外卖平台上订了餐，又从冰箱里取出一罐芦荟饮料递给恩惠。

"你和你妈妈长得一模一样。于延宰和你倒不怎么像。"

敏周回想起几天前恩惠和宝琼一起来赛马场时的情景。母女俩实在太像了，甚至不需要恩惠介绍，旁人一眼就能看出她们有血缘关系。宝琼显然无法理解恩惠为什么生着病还非要到赛马场来，跟敏周互相问候的时候还是满脸困惑的样子。

"延宰像爸爸。"

恩惠每次回忆起爸爸的面容，总是和延宰的重叠在一起，害得爸爸的形象很容易就变得模糊不清了。原本她记得的关于爸爸的瞬间就不多，所以有些时候，恩惠真希望可以暂时忘记延宰的样子。恩惠印象最深的还是她第一次坐轮椅，爸爸也坐着一辆轮椅陪在她旁边，在医院的楼道里和她比赛谁的速度更快。

恩惠用指甲轻轻刮着往下撕芦荟饮料瓶上的标签纸。敏周还想再和恩惠聊几句，但看到恩惠沉浸在思绪当中，就改了主意，决定保持缄默。其实，敏周一点儿也不想吃辣炒年糕条，本来今天晚饭也只打算拿紫菜包饭和方便面对付一顿。要说心乱的程度，敏周和恩惠不相上下。他深恨自己在一旁听着馥兮和赛马场老板之间的对话，却一句话也插不上嘴。可是这痛苦只会把他进一步逼到墙角。因为紧接着，他就会忍不住责问自己："现在你又觉得痛苦了，早干什么去了？"

不能再跑的马，最后将落个怎样的结局，敏周再清楚不过了。所以，听两人讨论阿今去留的时候，他并不感到如何失意或者震惊。他只是像每次一样，模模糊糊地有种在咀嚼黄连的感觉而已。他也觉得那些马可怜，但自己什么也做不了。赛马场如果要继续照料这些不能赚钱的马，经济损失就太重了，而如果赛马场无法继续经营下去，最后势必要影响到敏周的生活。敏周不只是马匹管理员，他自己也是一匹马，只不过是被关在无形的马舍里。社会是一张把无数个人密密地联结在一起的大网，那些绳索也缠绕在每一个人的脖子上。为了生存，在必要的时候，人们必须果断地斩断联系彼此的绳索。这不是生与死的问题，这是杀与不杀的问题。

敏周不想再听，就去了马舍，却又无意中听到了恩惠跟阿今说的话。敏周看着恩惠揽着阿今的头窃窃私语的样子，寻找着打断她的时机，心里开始琢磨女学生是不是都喜欢炒年糕。敏周先有意弄出动静，然后才走进马舍。好在恩惠接受了他的邀请。

问题是接下来该怎么办。恩惠闭口不言，敏周也没考虑好要跟这孩子聊什么话题。他在脑海里想了几个问题，却觉得要么是老生常谈，要么不值一提。叫她不要伤心，显然不会有效果；跟她说没关系，似乎也不合适。他也不想老气横秋地问恩惠高考准备得怎么样了。他最想问的是，没有了阿今以后她还来不来，可这又是他不可以问的。他开始暗恨为什么送一份炒年糕的外卖竟要一个小时。但敏周的种种努力似乎全是白费心思，恩惠非常平静地问道：

"阿今要死了，对不对？"

一直在无辜的外卖平台上疯狂地点进点出的敏周听了这话吓了一跳。他"嗯"了一声，缓缓地点了点头，但马上就后悔了，觉得自己似乎应该说些"也不一定会死"之类的话。恩惠并没有太大的反应，淡淡地接受了敏周的回答。

"不能再拖一拖吗？要杀死或者拯救一条生命，两天都太短了。"

"嗯……很难讲，那帮人多半还嫌两天太长呢。"

敏周心里是想安慰恩惠的，脱口而出的却是大实话。

"他们知不知道，阿今除了关节不中用，别的地方都还很健康？"

"知道。闵大夫都说了。"

"他们知不知道，阿今还很年轻？"

恩惠凝视着敏周问道。她在寻找一点点的可能性。也许那些人忘记了这些重要的事实：阿今除了膝盖，一切都很健康；阿今才三岁……

"当然都知道。"

果然，恩惠都知道的事，那些人不可能不知道。

"为什么是两天？"

"……"

"气死人了！太可恶了！太让人无法忍受了！"

　　恩惠越说越激动，眼圈也红了。她也知道这些问题不是敏周能解决的，敏周如果有错，就错在这一刻他不该坐在恩惠面前。敏周抽了几张纸巾递给恩惠，但恩惠没接。恩惠的眼泪在眼眶里险险地打了几个转，却终究没有流下来。她的眼睛里像要喷出火一样。阿今的命运、世界的不公、人类的不负责任和缺乏同理心，都将她的愤怒推到了极点。

　　"在这个世界上……不，在整个宇宙，好像只有人这样残忍！"

　　每一次宝琼说"没关系"，说"这一点点不方便并不能定义你"的时候，恩惠都想这样反驳："就好比没人会对一个正常人说'你的正常是没关系的，是不能定义你的'，我也不需要这样的宽慰！"宝琼的温言鼓励有时候就像冰冷而锋利的铁栅栏，提醒着恩惠，她不属于正常范畴。轮椅的出现虽然方便了无法走路的人，但公共汽车、地铁、人行道、台阶、滚梯却阻碍了轮椅的自由出行。恩惠们被排除在了技术的发展进程外，渐渐沉入地下，人们对他们视若无睹，不理会他们的需求，却在某一天突然把他们塞到轮椅上，满脸同情和怜悯地说，是这项技术拯救了你们！假如她这样的身体不能在人世间生存，她从一开始就不会出现在妈妈的肚子里，也不会降生到人世。宇宙只会让自己可以保护的生物降生。那些所谓的"正常人"似乎不明白，一切生物来到这个星球上，各有自己的生存之道。

　　外卖员敲门了。偏偏在这个时候！正不知如何作答的敏周立刻像被人追着赶着似的弓着身子站起来，朝门口走去。既然根本用不了六十分钟，为什么还留言说要六十分钟以后才能到达呢？敏周打开门。茶水间门前站着的是手里提着炒年糕的外卖员和——

"于延宰？"

倚墙而立的是于延宰。

"……我可以一起吃吗？"

延宰沉着脸问道。敏周急匆匆又找来一双筷子。

回家的路上，恩惠十分好奇刚才自己和敏周的对话延宰到底听到了多少，却什么也没问。她没哭，可延宰会不会因为她说话的声音觉得她哭过呢。她很想跟延宰说自己没哭……可是又不想主动跟同样一言不发的延宰提起刚才的事情。

恩惠和延宰谈不上如何姊妹情深，但关系也不算很糟。当然比不上最要好的小伙伴，可总胜过全然陌生的人。她俩的关系大概类似于在同一个班，互相认得，也叫得出名字，但个性不同、兴趣各异，彼此并不十分了解的同学，差不多相当于第一组和第四组之间的距离吧。

关于延宰，恩惠只知道她喜欢留短发，因为觉得方便；每天早起和睡前各淋浴一次；不挑食，但也不会主动"点菜"；喜欢机器人，但不知从什么时候起就再也不肯碰了。至于延宰在学校过得如何、最近看过哪些电影、喜欢什么类型的音乐、有什么烦恼、是否有喜欢的明星等等，恩惠一无所知。恩惠有时候觉得，她们的关系甚至都不如分坐在第一组和第四组的同班同学。她们就像两个陌生人，不读同一所学校，甚至不是同一个国家的公民，除非发生特别的、足以决定命运的大事件，否则很可能到死都不知道彼此的存在。有时在电视上看到别人家的姐妹会一起购物、旅游，恩惠就想，这样的事大概永远都不会发生在她和延宰身上。兄弟姐妹注定了从出生那一刻起就必须分享有限的爱。无论父母的时间多么宽裕，都意味着一份爱要分成两份，竞争自然也就无可避免。兄弟姐妹为了争取父母更多的关注而进行善意的竞争，也在竞争的过程中成长。当然，前提是彼此的关系是一种比较理想的状态。

延宰一早就放弃了竞争。因为她很早就发现，只要有恩惠在，她能得到的父母的关爱就只有极少的一点点。无论她做出什么壮举，都不可能得到父母全部的关注，哪怕只是暂时的。延宰不争不抢不闹，从来没让父母操过心，让她做的事，她都会做，而且毫无怨言。反过来说就是，延宰从不抱任何期待，也从不开口提任何要求。

宝琼大概也知道，延宰是过于沉默寡言了，可能她也觉得抱歉，但只是在心里想想，并没能落实到行动上。因为在她正想要为延宰做更多的时候——也就是延宰八岁时，她和丈夫发现女儿对机械有着极大的兴趣，而且在机器人方面表现出了极高的天赋，在夫妻俩本应进一步培养女儿的时候，其中一个离开了自己的位置。

爸爸走后，延宰肩上的担子更重了。哪怕她正和朋友玩得高兴，只要宝琼喊她，她就得跑回家照顾恩惠，给恩惠做饭或帮恩惠洗头等等。延宰从来没有拒绝过，也从来没有一次装作听不见。她知道如果自己不做，只有两只手的宝琼就不得不变成三头六臂的怪物。让她做的，她都会默默去做。反过来说就是，她也从来不曾主动提出要帮忙。

"你去和朋友玩吧，我自己能洗。"

"算了吧，妈妈会说我的。"

"回头我跟妈说是我叫你去的。"

"妈妈也只叫我干这一件事，没关系。"

恩惠知道，延宰的无条件服从终归是为了赢得母亲关注的手段。从那以后，恩惠再也没跟延宰说过不用她帮忙的话，不过她会说谢谢。只是她也不知道延宰有没有感受到她的谢意。但是她们之间的这种互助共生的关系也在恩惠生活能够自理之后就断绝了。恩惠不再需要延宰了。但那种解放没有带给延宰自由，只让她感觉更加空虚，而在这空虚上面不断叠加累积的，是延宰无尽的孤独。

延宰的孤独在恩惠退学那段时间达到极点，最后终于爆发了。

宝琼很爽快地同意了恩惠退学的要求，仿佛没觉得有任何问题。但恩惠知道宝琼是在演戏。她知道宝琼因为不能问恩惠退学的理由，只能自己在心里胡思乱想，而且肯定不会往好的方向去想，但她并没有主动告诉妈妈，好让妈妈不要东猜西猜。她不想让妈妈以为她是在闹脾气，因为周远可以为了做手术而远赴美国，而自己的手术明明在韩国就能做却做不成。就算她跟妈妈解释绝对不是这个原因，她想退学只是因为喜欢那个同学等，妈妈也必定会想到恩惠的手术上去，必定会暗自心痛。恩惠不希望看到妈妈痛苦。她觉得有时沉默是更好的答案，只是没想到自己的沉默兜兜转转竟成了延宰的枷锁。真的，她真的没料到会变成这样。

延宰原本每个周末上午都出去玩，下午到餐厅给宝琼打下手，但奇怪的是，自从恩惠退学后，延宰就连周末也都留在家里了。起初恩惠并没太放在心上，毕竟延宰也不见得每个周末都有约。她以为下一周延宰就又会照常出去见朋友了。但是下周、再下周的周末延宰依旧留在家里，而且并没有什么特别的事要做。她一整天只是开着电视玩手机，玩腻了就打个盹儿，醒来后又接着玩手机，然后时不时看看恩惠。延宰看起来一副闲极无聊的样子。表情和刚刚电视节目上被关在水族馆里的北极熊一模一样。不，应该说她更像一个对自己的工作毫无兴趣的饲养员，每天只能无聊地盯着水族馆里的北极熊看。

恩惠不必费脑筋也猜得到是宝琼嘱咐延宰这么做的，但她极力表现得毫不知情。很可能是宝琼对延宰说过"你姐姐最近心情不好，你别出去玩，多在家里陪陪她"或是"你好好看着姐姐，以防她做出伤害自己的举动"。无论是哪一种情况，恩惠的立场都十分尴尬，也不便主动跟延宰说让她出去玩。延宰如果不愿意，自然会拒绝妈妈的要求……恩惠也只是在心里这样想想就算了。

这样过了差不多一个月。一天，躺在沙发上的延宰接到一通电话后，突然站起身猛地打开恩惠的房门。恩惠正在房间里看书，听到门响，吓了一跳，更加吓到她的是延宰不问她的意见，二话不说就拉过了她的轮椅。

"你干吗？你这是干吗！"

"妈让咱们出去散步。"

恩惠事后回忆起当时延宰的样子曾想，延宰一定也知道自己的行为多么粗鲁无礼，只是非如此不能化解她心里郁结的愤怒罢了。延宰就是故意想要伤害她，而她则是无可选择地被卷进了延宰情绪的旋涡里。

恩惠被强行拉到起居室后，终于忍无可忍，她大叫着让延宰放手，回身狠狠推了延宰一把。延宰不肯轻易放手，恩惠就对着延宰的胳膊又掐又打，延宰这才喊着疼放开恩惠。恩惠又愤怒又惶恐又委屈，不禁流下了眼泪。她朝延宰大喊"你为什么这么对我！"的瞬间，她是如此讨厌、憎恨延宰。她觉得这一切全都是延宰的错，是延宰可恶，才对自己做出如此野蛮的行径。她觉得自己的眼泪是正当的，希望延宰听到她的哭声后感到抱歉、后悔，并且马上道歉。可是延宰死死瞪着恩惠，渐渐红了眼圈，紧接着大颗大颗的泪珠无声地滚落下来。那是恩惠第一次看到延宰哭，她一直以为延宰是个不会哭的"狠角色"。

延宰极力克制，把泪水和想说的话一起咽回了肚子。她似

乎马上就后悔了，对恩惠说了一声"对不起"就逃也似的跑掉
了。停止了哭泣的恩惠愣愣地看着延宰的背影，回想着延宰脸
上滚落的泪珠和道歉后满脸委屈愤懑的表情。从那天以后，恩
惠每天都变得忙忙碌碌。她不再宅在屋里，一到周末就到赛马
场闲逛。延宰自然也不用每个周末都留在家里了。但恩惠常想，
延宰道歉后逃开的时候，自己也许应该叫住她，问她为什么那
么委屈和生气。那也许是姐妹俩最后一次解开心结的机会了。

就快到家时，延宰忽然开口说道：

"那匹马——"

一开始恩惠以为自己听错了。她侧过头去看延宰。风从耳
边拂过，已经颇有寒意了。

"就是叫阿今的那匹马，要被安乐死了吗？"

"听说是的。"

"什么时候？"

"两天以后。"

原来是这样。延宰喃喃说道。恩惠觉得延宰的反应过于冰
冷，但延宰一向对马没什么兴趣，有这样的反应大概已经是她
的极限了。这么一想，恩惠就释怀了。

"你想救它吗？"

这句话恩惠就很难接受了。她怒火中烧，反问道：

"这还用问吗？"

延宰不以为意，紧接着又问道：

"姐，你从来没好好跟考利说过话吧？"

如此一来，恩惠的一腔怒气变得师出无名，只好尴尬地点了点头。

"走吧。它和你一样……不，也许它比你更想救那匹马。"

延宰打开玄关门，自己让到一旁把住门，让恩惠先进。

"还有，刚才我什么也没听到。"

延宰长出了一口气，又纠正道：

"不，听是听到了，但是没有听得很清楚，所以你不用介意。"

"……我没介意。你就算听到也无所谓。"

延宰踌躇片刻，说道：

"不过，你要是希望我听到，也可以直接跟我说。"

"什么？"

"我可以听你说，虽然不见得能给你适当的回答。"

延宰说完就先进了屋，顺手关上门，随后才觉得不对劲儿，又慌慌张张重新把门打开。

那台机器人像人一样用两条腿从台阶上走下来。每迈出一步，连接在一起的膝盖和关节都跟着一起活动——不自然，但很灵活。脚底的缓冲制动让它能柔软着地。下了楼梯后，考利的头转向恩惠。它的头盔坑坑洼洼的，满是磕碰留下的痕迹，胸前的字也已斑驳，几乎无从辨认。考利缓缓地朝恩惠和延宰走来。等它走近后，恩惠才发现它的左胸口贴着一张只有小拇指甲大小的彩虹贴纸。

　　恩惠在任何时候看到考利都觉得浑身不自在，于是只消极地摆摆手，算作打了招呼。考利留心地看着恩惠，学着她的样子，也挥动着右手，站到了她面前。恩惠仰头看向考利，考利马上屈膝让她能和自己平视。恩惠还是第一次如此近距离地观察考利。一方面她原本就对机器人不感兴趣，另一方面也是因为延宰的工作室在二楼，除非有事特意上去，否则恩惠通常是不会到二楼去的。恩惠仔仔细细地打量着考利，又伸手摸了摸它的肩膀，冰冷坚硬。它和阿今完全不同，没有她揽着阿今脖子时能感受到的体温。它是如此奇怪，明明没有生命，却能够像生命体一样行动，而且还是地球上唯一的她明确知道其出处的存在。恩惠的手指划过考利轻薄又冰冷的铝合金外壳，最后落在那个小小的彩虹贴纸上。机器人的内里想必是空的，它懂什么呢，竟然也想救阿今？它应该体会不到情感吧？假如它真有拯救阿今的办法，恩惠也甘愿听从这个冰冷存在的指挥。恩惠的心里同时升腾起了希望和怀疑，既不炙热，也不冰冷。

　　考利望着恩惠，说道：

　　"我想救阿今，因为它是我的伙伴。"

　　它语气平稳，不带一丝感情色彩。延宰已经把所有的事都告诉它了，包括阿今即将被执行安乐死，不能赛跑的马只能死掉，因为人类本来就喜欢快速舍弃低效率的东西，所以才会发明出像它这样高效率的事物，等等。

　　"我也是。"

恩惠回答。

"我有办法救阿今，你愿意听我说吗？"

恩惠点点头。刚才延宰去接恩惠的时候，考利独自坐在房间里把这个问题整理成了问答形式。它的结论是这样的：

阿今不得不死。

为什么？

因为阿今无法再跑了。

为什么？

因为阿今关节损伤严重。

为什么？

因为阿今跑得太快了。

为什么？

因为人类喜欢看它快跑。

为什么？

因为只有快马能给人类带来快乐。

为什么？

……

阿今还能被治好吗？

以目前人类的医疗技术无法

让阿今的关节恢复到受伤以前的状态。

还有别的办法吗？

回到过去，回到**阿今生病之前**。

听完之后，恩惠觉得十分荒谬。

"怎么回去？"

没有比回到过去更完美的解决方案了。如果能回到过去，世界上就不会存在痛苦和悲伤，同时也不会有人珍惜现在了。

"我们要让阿今感到幸福。"考利竖起食指，说道。

没有人知道为什么它每次说话都要竖起手指。

恩惠和延宰不明白考利想要说什么，愣愣地眨巴着眼睛看着它。考利把音量又提高了一档，带着一种胜券在握的自信。考利的解决方案不是它自己悟出来的，也不是从书上看来的，而是据说比任何一本书都更接近真理、更有智慧的人类从生活中总结的真理：

"唯有幸福才能战胜过去。"

馥兮

到诊所来找馥兮的是延宰和恩惠，她们推了一辆蒙着被子的手推车，里面藏着考利。

"哪儿来的手推车？"

馥兮掀起被子，却突然看到两个闪烁着光的洞和一双眼睛，被吓了一跳，忍不住尖叫着连连倒退好几步。恩惠赶紧"嘘"了一声，请她不要大惊小怪。馥兮不由得慌忙地捂住了嘴。一开始她甚至怀疑这姐妹俩来是想拉她一起图谋犯罪。她这儿是宠物医院，又不能给人治病，除了违法犯罪的勾当，她想不出她俩来这里还能为了什么。不过现在馥兮已经知道了，藏在手推车里的机器人是原本和阿今配合的骑手，以及它前不久刚得了个名字，叫"考利"。

馥兮用自己的外套和帽子遮住考利，把她们仨都推进诊疗室，再三叮嘱她们，自己来开门之前绝对不可以出来。然后她跟正在做善后整理工作的职员说，剩下的工作自己会做，让对方先下班。因为馥兮一向在别的方面十分圆融，唯独在上下班时间上十分较真儿：绝不允许迟到，也从不要求加班，所以职员有些不敢相信，追问了几次"真的吗"，直到得到三次肯定的回答之后才开开心心地去换衣服。馥兮站在诊疗室门口，双臂交叉环于胸前，每次视线和职员相遇，她都露出过分热情的笑容，和蔼可亲地催着对方快下班，直到职员走出诊所大门，她还在跟人家挥手告别。

馥兮锁上正门，关掉候诊室的灯。回到诊疗室前，她深深地吸了一口气。她以为阿今的骑手机器人已经报废了。敏周不是说已经把它转卖了吗？它为什么会到她这里来？难道是卖给那对姐妹了吗？如果考利是两个孩子偷来的，她该如何应对？馥兮定了定神后打开门。治疗室里，两个女孩和已经从手推车里出来的考利正坐在椅子上等她。

"……要不要喝点什么？"

不等她们回答，馥兮就匆忙走向冰箱去拿饮料。

今天早上，馥兮通报了阿今的死刑日期。尽管她费尽了心思希望能救下阿今，可这是她的工作。馥兮又回想起几天前偶遇瑞真时两人说过的话。馥兮比任何人都希望所有的动物都能自由生存，可这个星球已经被改造成了只适合人类生存的地方。死期已定的阿今只能困在狭窄的马房里，听着人们谈论要如何将自己分部位卖掉。显然，对它而言，这颗行星就是地狱。

馥兮光是参与决定是否对阿今实施安乐死，就已经觉得痛苦不堪了，而最让她痛苦的还是她必须极力隐忍，才能眼看着赛马场老板那一口因长期吸烟而被尼古丁染黄的大板牙，而不会一拳打在那张贪婪的笑脸上。她真想质问他：这是什么好事，值得你这样笑嘻嘻的？对这样一匹为了给你赚钱把软骨都磨没了的牲畜，你难道就没有一丝一毫的歉意吗？但即使不问，她也能猜得出赛马场老板的心思。他笑是因为按捺不住对新买来的那三匹马的期待。馥兮只能尽快结束这场对话，不然无法压抑心中的愤怒。她又给阿今注射了一剂可能对它已经没有意义的营养液，就离开了赛马场。经过北门管理室时，馥兮看到和多荣在一起的恩惠，但没打招呼。她无颜面对恩惠——你那么爱惜的那匹马只因为软骨磨损过度，将不得不接受安乐死，而我只能眼睁睁地看着这一切发生。对于自己只是这样一个软弱无能、胆小怕事的成年人，馥兮感到非常惭愧。

　　每年都有超过一万只动物死于非命。只因为人类需要更大的生存空间，动物就不得不消失。没有人对如此不正常的生态环境感到奇怪。人人都在异口同声地呼吁应该保障动物的生存权，然而其中的很多人仍会购买从狗场卖到宠物店的各类小狗，仍会把翻垃圾桶的流浪猫一脚踢开；还是有很多人觉得毛发打结的老年犬太丑，只有刚出生的小奶狗才有资格成为他们的家人；很多人没有任何养猫的常识，就买猫回家，然后再因为"猫掉毛太厉害"或者"家里有新生儿"等理由将它们遗弃；很多人把几只仓鼠放进同一个笼子，又觉得它们互相残杀十分恶心；有很多人不懂得调节水温和盐分，导致热带鱼成批死亡，随后就把它们的尸体直接冲进下水道；人们把鸟儿养在鸟笼里，为了让它们能看见天空，把鸟笼放在阳台上。每年流行的宠物数量骤增，但都只是昙花一现。除了家畜和与人类亲近的几种动物，绝大多数动物都将无声无息地在几个世纪内灭绝。

　　馥兮从冰箱里取出两瓶今天来看病的小狗主人送的橙汁。那是只非常喜欢遛弯儿的威尔士柯基，一周前外出时踩到酒瓶碎片，脚爪受伤，流了很多血。馥兮给这个可怜的小家伙缝合伤口、缠上绷带以后，不得不下达禁令，叫它不要再外出散步。

　　"怎么有人这么坏？为什么把玻璃瓶扔到地上？这样的事法律不是禁止的吗？"柯基主人心疼自己的狗，忍不住抱怨。

　　馥兮笑说："倒是有个办法，可以要求人类也必须光脚走路，到时候街道肯定会像室内一样干净。"

　　馥兮走进诊疗室，坐在椅子上的考利跟她打招呼：

　　"您好！"

　　"啊，好好。"

　　馥兮一边把饮料分给姐妹俩，一边时不时偷瞟考利。馥兮觉得它和之前见过的骑手机器人都不一样，又看不出到底是哪里不一样。考利的头一直追随着馥兮的举动转过来又转过去。

　　"您是给阿今治病的兽医老师，对不对？"

　　"……难为你记得。"

　　"我不是用记忆，而是用存储。存储了的东西只要不删除，就永远不会消失。"

　　"那我是不是该说，谢谢你没有删除我？"

　　馥兮嘟囔了一句，抬头看着恩惠。她觉得自己有必要听听，她们为什么要在这个时候带着考利来这里。

恩惠掐头去尾，直奔主题："请您帮帮阿今！"

沉吟了一会儿，馥兮问："怎么帮？"她是强忍着才没说出"不可能"的。

"秋夕节的两周后有一场比赛，请您想办法让阿今参加。"

"这事恐怕有困难。阿今不能再跑了。"馥兮缓缓说道。她知道恩惠的心情比其他任何人都迫切，但不可能就是不可能，她也没有办法。

馥兮想适当说些话来安慰恩惠，比如"阿今已经足够幸福了"之类的话。虽然都是陈词滥调，可她作为一个成年人，并没有别的话可以安慰这个伤心绝望的女孩。是这个女孩把整个世界带到了阿今狭窄的马房里。阿今一定听得懂恩惠讲给它的关于世界的故事，阿今也一定感觉到了恩惠传递给它的爱的温度。

"这不是能不能上场的问题，阿今再也不能像从前一样跑了。不可能的。恩惠，你的心意阿今已经充分地……"

"我们不是想让它像从前一样跑。"

恩惠却十分坚定地打断了馥兮的话。她这句话似乎另有深意。她们肯定在打着什么鬼主意。

"您只要让它上场就行。那样一来，我们就能多争取两周时间。因为赛马场肯定不会送走确定要出战的马。请您相信我们一次，好不好？您不觉得两天太短了吗？太短了！真的真的太短了呀！"

只要想办法为阿今争取到参赛机会，就能让阿今活到比赛那天。恩惠的目的是把两天延长为两周。馥兮明白了，但还是不能理解多活两周有什么意义。

要想让阿今参赛，需要兽医和赛马场总经理都签字同意。姐妹俩和机器人的意思是暂时不考虑总经理那边，先来说服兽医。这事其实不难做到。阿今多占用马房两周对于赛马场的日程安排并没有太大影响。现在的问题是如何争取赛马场总经理的同意……馥兮只稍作考虑，就拿定了主意。

"好！"

这法子能让阿今再多活几天，馥兮当然不需要考虑太久。但只有她同意，还是不能解决问题。前面也提过了，这件事最后还是需要得到总经理的同意。

"接下来怎么办？无论我怎么要求，恐怕总经理都不会批准的。"

"我们已经有办法了，现在您先不用管。"

看到恩惠这么有信心，馥兮只能点头。连馥兮都做不到的事，恩惠怎么会这么确信自己能解决呢？她这是哪里来的自信？

馥兮看着两个女孩和一台机器人，又叮嘱道：

"不过，恩惠啊，阿今真的不能再像从前一样跑了，那会让它极其痛苦。阿今现在只能慢慢地走。"

"我都知道。您别担心。我们绝对不会做伤害阿今的事。"

说到这里，馥兮不用问也猜得到考利为什么会在这里了。阿今当然还是和以前配合默契的骑手一起参赛最好。馥兮打量着考利：听说它在比赛中途坠过马，如果是真的，它不可能这样完好无损。赛马场不可能修理毁损严重的骑手机器人。如果私下找人修……据馥兮所知，外面那些山寨维修厂要价也不低。到底是谁修好它的呢？

"我妹妹修好的。"

恩惠说。

"你妹妹？"

馥兮非常惊讶。看延宰小声嗔怪恩惠说"提这个干什么"的样子，恩惠说的似乎是真的。不过她心里还是觉得，延宰肯定是得到了别人的帮助。恩惠看穿了她的心思，又更加肯定地对她说：

"从头到尾都是她自己修的。材料也是她搞来的。"

机器人完全看不出下半身曾经粉碎过的痕迹，换了新零件之后，反而显得比从前更加坚固了。馥兮记得机器人是不可以随意买卖的，就指着考利问道：

"这东西是你捡来的吗？"

"我叫考利。"

考利马上指出馥兮的疏忽。

"噢，对不起！"

馥兮虽然道了歉，心里却不理解自己为什么要跟机器人道歉。一直沉默不语的延宰这时才开口说道：

"不是捡的，是买的，花掉了我所有的钱。"

“为什么？”

“……就是觉得它很古怪。”

馥兮本来还想问她这种东西怎么能自由买卖，不过想想还是算了，现在看来这个问题并不重要。恩惠说回头她会再来找馥兮签同意书。姐妹俩先出去，考利才以固定的步伐移动起双腿。走到门口后，考利回头看向馥兮。馥兮不由自主地感到一阵紧张，咽下一口口水。这是本能，她也没有办法。人类不是长期以来都畏惧金属制成的事物吗？

考利对馥兮说：“我和阿今配合着共同呼吸很长时间了。当然，我不会呼吸，这只是一种惯用的说法。您能理解吧？”

“当然。”

“我知道阿今什么时候是幸福的。谢谢您帮忙让阿今能够重新拥有幸福的瞬间。我就是想再跟您道一声谢。”

为什么这个金属做的家伙要跟自己道谢？馥兮有种迷离困惑的感觉，仿佛刚喝了一瓶烧酒似的，木木愣愣地点了点头。延宰说得对，这台机器人真的很古怪。考利重新回到手推车上蜷缩起身体，延宰用被子把手推车的边边角角盖得严严实实，好像一个妈妈担心冷风吹到婴儿车里的宝宝，把被角塞了又塞。馥兮又再三嘱咐她们回去的路上要多加小心。一方面是时间晚了，馥兮怕她们走夜路不安全，另一方面她也是担心机器人被路人发现。延宰拖着手推车，恩惠在她身边转动着轮椅，她们的背影就好像两个即将走上战场的勇士。

　　馥兮看着她们的背影渐渐远去，忽觉风寒露冷，忙把白大褂的衣襟拉紧，转身进屋。她原本想着要早些下班回家，躺在浴缸里泡个澡，缓解从一大早开始累积的疲劳，但下班时间早就过了，馥兮觉得现在也不是能放心休息的时候。她想，得再查阅一些专业书籍，多读几篇最近发表的论文，说不定能找到什么好的方案，进一步缓解阿今的病情。尽管它已来日无多，尽管它的病已经是无望的了，馥兮还是希望能够尽可能地减轻它的痛苦。

　　"闵医生？"

　　馥兮刚要关门，听这声音觉得耳熟，就回身往外看去。

　　"您……您好？"

　　来人身着灰色帽衫、黑色休闲裤，斜背着一只黑色的挎包——原来是敏周，似乎是刚下班的样子。两人因为工作关系常常见面，但在外面偶遇还是头一次。敏周可能也觉得很巧，一向没什么情绪的语调里竟带着三分欣喜。

　　"您现在才下班啊？"

　　馥兮点头。

　　"您也是？"

　　"对，我也刚下班。"

　　馥兮道了再见后就打算进屋去了，但握住门把手的瞬间，她又想起了刚来找过自己的那姐妹俩。敏周知道她们有一台骑手机器人的事吗？把机器人转手卖给她们的会不会就是敏周？

馥兮转身叫住敏周。敏周回头看着她。

"您时间要是方便，能不能和我聊聊？"

敏周似乎有些意外，但幸好还是点头答应了。

馥兮换衣服、做收尾工作的时候，敏周就老老实实地坐在候诊室的沙发上等着。宠物医院的内部相当整洁，一边是卖宠物粮和零食、衣物以及其他用品的柜台，另一边则是动物的住院室。透明的笼子里关着各类动物，有的在打吊瓶，有的缠着绷带。馥兮换上外出的衣服，出门前又一一查看了一番动物的状态，抚摩它们的头颈，口里说着"明天见"和"晚安"。敏周的眼睛追随着馥兮，但一看到馥兮转头过来，又慌慌张张地收回视线。

馥兮走到敏周面前，问道："咱们是去咖啡店呢，还是去喝啤酒？"

"……反正已经下班了，酒精比咖啡因要好一些吧？"

"好啊。那就去前面那家啤酒屋吧。"

馥兮带着敏周去了附近一家她常去的啤酒屋。

馥兮之所以下决心要做兽医，其中一个理由是成绩，另一个理由则是，同样是救死扶伤，相较于人，她更想拯救动物。倒不是她多爱动物。馥兮活了这么多年，从来没养过宠物，只有上高中时，曾经为了凑社会服务时间，和四个同学一起去遗弃动物中心工作过三十小时。但回头想想看，上下学的路上，她常给流浪猫带猫粮和水；看到寻狗启事，也会用手机拍下来转发到班级群里。需要更正的是，她不养宠物并不是因为对动物不感兴趣，而是因为害怕。她没有勇气对一个生命的一生负起全部责任，也生怕在宠物离世后自己将不得不在心里怀念它很多年。馥兮在做了兽医后才承认自己是一个彻头彻尾的胆小鬼。看着来诊所的那些宠物的主人，她自然而然地领会到了能为另一个生命负责的保护人应有的态度。馥兮觉得他们都很了不起，非常值得尊重，而她自己无论如何也做不到。

馥兮摩挲着啤酒杯，一直在沉吟着该如何开口，最终却完全辜负了自己的这一番思考，直来直去地问道：

"那个骑手机器人，是您卖给那姐妹俩的吗？"

馥兮想来想去，觉得把机器人卖给延宰的只可能是敏周。敏周大概也觉得赛马场的员工里，除了自己没人会做这样的事，所以也不否认，马上点了点头。

"这种交易是违法的吧？"

馥兮倒不是想举报他。她只是看到敏周这么痛快就承认了，不禁疑心，也许自己一直以为正确的常识其实是错的。

"确实不合法。不过，这和普通的二手交易没什么不同。"

"不危险吗？"

听馥兮这么说，敏周"咔"一笑。馥兮皱起了眉头。虽然敏周道歉说没有嘲讽她的意思，但那一笑也无法收回了。

"骑手机器人是专门为了骑马制造的，并不危险。要想改变机器人的功能，就需要更换芯片，那是要坐牢的了……"

"不危险就好。"

馥兮不大高兴地答道。

"那你知不知道她们在谋划……"

馥兮话只说了一半，因为觉得敏周可能不知道她在说什么。好在那一伙人（似乎用这个词来指称她们是最合适的）来找馥兮之前已经先去见过敏周了，敏周也知道她们下一步是去找馥兮，所以并不吃惊，只是点了点头。

其实敏周不是没阻拦过她们。

"你们想跟总经理做交易？"他不敢相信自己的耳朵，又跟她俩确认了好几遍。敏周觉得这个计划荒谬至极，但她们毫不犹豫地点了点头，然后仔仔细细地把自己的计划解释给敏周听。敏周觉得这个计划非比寻常，一个弄不好，自己很可能就会丢掉工作，所以他也拿不定主意是该支持还是该反对。但这件事也不是敏周说拦就能拦得住的。她们告诉敏周，只是预先通知他，好让他有个心理准备罢了。她们的计划相当周密，敏周要想保住饭碗，就只能期待她们的交易成功。

"听说她俩有一个堂哥是记者？"敏周问。

馥兮想起瑞真，点了点头。

"据说那个堂哥手里握有总经理的把柄，她们打算利用这件事做交易。"

"交易？"

"记者同意不曝光总经理的问题，但要求阿兮能够出赛。具体情况我也不清楚，她们只是因为这事关系到我的饭碗，所以才提前知会我。"

既然敏周已经说了不知道具体情况，再拉着他追问也没有意义，馥兮只好就此结束了这个话题。现在来讲，最重要的是她们已经有了对策。这样，馥兮也能再多给阿今一些支持和帮助。

两人要聊的都已经聊完了，酒却各剩了半杯。馥兮也想过就此起身，但又觉得是自己把人叫来的，说完事就走未免太不近人情。馥兮观察着敏周的脸色，想着如果他面露疲色，就开口请他早些回家休息。但敏周很快就干了杯中的酒，又看着菜单对馥兮说：

"好久没喝酒了……您如果累了可以先走。我想再喝一杯。"

馥兮犹豫了一下。其实她是觉得累了，想要起身的，却终归不好意思一个人先走。刚好酒也还剩半杯，就想着喝了这杯再走好了，于是回答说，她也可以再多坐一会儿。

敏周又要了一杯生啤。两人都保持着沉默。今天不是周末，啤酒屋里除了馥兮和敏周这一桌，就只有另外两桌客人，电视的声音比客人的说话声还大。两个人都默默无语地看着电视画面。首先忍受不了尴尬、打破沉默的人是馥兮。

"我们系的人常常开玩笑说，要做兽医，先得去念机械专业。"

这个话题并不怎么有趣，好在敏周给出了适当的反应，才让馥兮可以把话题继续下去。

"机械？"

　　"是啊。特德·姜[1]的小说里就有一篇讲到以软件体代替动物作宠物的。题目是什么来着？软件体的生命？人生？[2]总之，那篇小说里的人工智能体都带有模拟生物进化的遗传算法，就是说它们可以发育成长，也算是一种发展。它们不病不死，当然有时也会出故障。"

　　馥兮还想再讲讲小说的故事梗概，但也许是因为酒意，也许是因为隔的时间太久，内容她记不大清楚了。

　　"总之，那是篇很久以前的小说了，但我当时就觉得书中预言的世界离我们不远了。记得那会儿我看到过两条新闻，一条是讲工业用机器人普及以后，人工智能程序捕捉到了所有的网络犯罪；还有一条介绍了一种新技术，说只用一点点细胞组织就能重新造出和原来一模一样的器官。"

　　"如果是真的，确实让人觉得前途灰暗。"

　　敏周说道，脸色也随之暗淡下来，显然并不是随口敷衍。

　　馥兮又喝了几口啤酒，说道：

　　"我只怕有一天想救也无从救起。"

　　敏周没理解馥兮的意思，只是默默地等着她继续说下去。

　　"当然不会来得很快，可能是在遥远的未来，也许动物会放弃这个星球。当它们判断在这里无法生存以后，遗传基因就会

---

1 美国知名科幻小说作家，代表作有《你一生的故事》等，曾获包括雨果奖、星云奖在内的所有科幻大奖。

2 此处指的是特德·姜的小说《软件体的生命周期》。

主动选择死亡。如果像这样日复一日地被关在狭窄的栅栏里忍受着无止境的剥削，也许有一天，它们的遗传基因就会选择死亡来作为生存的手段。"

馥兮自嘲地笑了。技术的发展与灭亡的速度是一样的。她希望人们把关注分一些给正在遭受虐待和慢慢灭绝的动物，新闻里每天都在报道新技术和人类的未来，如果大家也像关注那些事一样关注动物就好了。馥兮不想气氛这么沉重，便接着说道：

"不过我仍然相信，正是因为我们想象着不幸的未来，所以才有可能避免不幸的发生。我们的未来一定会比想象中的更好。也许动物全部灭绝，人类只能养智能宠物的时代并不会到来，相反，人类也许会发明出能和动物沟通交流的智能机器人，在我们不在的时候照料动物，每天检查动物的营养状态，告诉我们需要为它们补充哪些营养成分。"

"这个主意不错，不过，您要小心啊。也许哪一天兽医这份职业就被取而代之了。我自己的职业也是一样。"

两人于是一边喝酒，一边讨论起照料动物的智能机器人都需要哪些功能。聊着聊着，酒喝得差不多了，两人都有些意兴阑珊。馥兮喝了一口酒，吐露了心中最后的苦闷：

"但我还是害怕。我怕自己变成一个麻木的兽医，杀死动物也不再感到痛苦。"

这样的恐惧永远都不会消失，直到馥兮不再做这份工作，它都将尾随着她，甚至在她退休后仍长久地折磨她的心灵。她将永远在心里怀念那些只因为人类无法照料它们，就不得不死去的小家伙，想象着自己有一天会遭到报应。

"刚刚您不是说，对于不幸的想象能让我们避免不幸的未来吗？您一定可以成为拯救动物的那种医生。"

敏周这番话安慰到了馥兮，也让她有了期待：也许未来会比现在更美好。

酒钱是馥兮付的。敏周慌忙掏出钱包争着付款，不过馥兮把他推到门外，自己飞快地结了账。

两个人面对面站在啤酒屋门口，馥兮摆手道别：

"您也一起想想有什么办法可以救下阿今。我希望自己能帮上忙，但那姐妹俩策划的方案不是我的专长……反正拜托您了。"

直到那时候为止，馥兮还不知道姐妹俩在谋划的是什么。几天后恩惠又来找她，告诉她赛马场的总经理已经在阿今的参赛同意表上签名了。馥兮问恩惠是怎么拿到签名的，恩惠只是呵呵一笑，说就跟拍了一部电影一样。

阿今剩余的生命从两天延长到了十四天。馥兮每两天去一趟赛马场，为阿今注射营养液。周四她又去学会再次申请在动物治疗中引入纳米机器人内窥镜技术。过程中，她克制不住自己，大发脾气，高声质问为什么先进的技术不能和动物分享。虽然最后挨了一顿批评，但她的咆哮多少起了一些效果，有关方面总算答复她会"研究研究"。然后那天傍晚，她见到了瑞真。

听瑞真讲了拿到总经理签名的过程后，馥兮大吃一惊，冲口而出：

"那你还好吗？"

瑞真苦笑着点了点头。

"没办法啊。独家报道还有别的机会……主要是如果我不帮忙，她们就要把我当成虐待动物的帮凶了。"

馥兮也不知道是该感谢他，还是该骂他太傻，那么重要的情报他居然就这么用掉了！她高兴也不是，难过也不是，看着瑞真好一会儿才无奈地笑出来。姐妹俩在重新训练阿今赛跑的消息也是瑞真告诉她的。她们每天晚上和周末都进行训练，打算一直练到秋夕节长假。馥兮之前也跟恩惠说过，那天再次叮嘱瑞真：

"我还是有些放心不下，请你一定要提醒她们，如果阿今再像从前那么跑，以后很可能连站都站不起来了。我知道她们都爱护阿今，也觉得不用担心，但我真想不出来她们到底打算让阿今怎么跑。"

瑞真的回答让馥兮觉得不可思议。

"她们在进行一种特殊的训练。"

"什么？"

"她们在训练阿今以最慢的速度赛跑。"

恩惠

"你说你想要什么？"

瑞真没理解恩惠的意思，又问了一遍。

"你到现在为止调查的赛马场操纵比赛的材料！"

恩惠一字一顿，说得清清楚楚，让瑞真无法再装糊涂。瑞真原本把手臂放在起居室的餐桌上，听了这话，"哈"了一声，一个后仰靠在了椅背上。

"你是怎么知道的？操纵比赛的事……"

"我怎么知道的？上次不是你自己告诉闵大夫的吗？"

> "啊，没什么不方便的……就是暗箱操纵比赛结
> 果的问题。"

没错，他跟馥兮说起这件事时，恩惠就在旁边。谁能想到她会一直记得呢。瑞真追悔莫及，深恨自己这张嘴坏事。

恩惠这次邀请他来家里做客其实非常突然，但瑞真考虑到几天前刚和她们偶然碰过面，觉得这事儿也很自然，所以问都没问就答应了下来。自从叔叔的葬礼以后，他就和这家亲戚再也没有了往来。为表诚意，瑞真特意买了很多水果和肉，两手沉甸甸地登门造访。正在擦户外餐桌的宝琼似乎毫不知情，忽

然看到瑞真，一开始竟没认出他是谁，隔了几分钟才露出吃惊的神色，连抹布也失手落地。

瑞真正想安安静静地跟婶婶叙叙旧，却被恩惠和延宰打断了。姐妹俩称今天瑞真是她们请来的客人，谈也要先和她们谈，又大发善心似的说，等她们的事谈完了，可以再给他和宝琼聊天的时间，说着就把瑞真拉进屋去了。瑞真就这样坐到了餐桌旁边。他这个客人，连杯水也没喝到，竟然一上来就被逼迫交出自己的调查资料。恩惠和延宰说不是逼他，但对他来讲，这就是逼迫。

瑞真深呼吸了一下，极力保持沉着冷静。

"我不知道你们想干什么，总之就是不行。"

"等你知道我们是为了什么，你肯定就觉得'行'了。"延宰十分自信。

瑞真双手交叉放在胸前："好吧，那就听听你们说是怎么回事。"

直到那一刻，瑞真还坚信自己绝对不会把资料交给她们。那可是他在过去三个月里每天在赛马场周围蹲点儿，结交那些时不时就啐一口浓痰的"马迷"才采访到的第一手材料啊！里面密密麻麻地记录了赛马场如何收钱，向高额下注者透露获胜概率较高的赛马号码，又如何操纵比赛结果。这些都是下个月纪录片特辑的素材，现在即便是外星人来要，他宁可咬舌自尽，也绝不会把资料拱手让出。

延宰喊了一声"考利"，似乎是在叫谁的样子。瑞真气势滔天地双手抱臂，摆出一副不管谁来也决不让步的态势。从二楼传来有人下楼梯的声音。瑞真为了表现自己毅然决然的态度，故意没有回头。啪嗒，噗，啪嗒，噗……若说这是人的脚步声，未免有点儿奇怪。那声音越走越近，最后停在了瑞真旁边。瑞真转头看去，眼睛和闪着光的两个洞对了个正着。

"您好！我是考利，是和阿今搭档的骑手。听说您能救阿今？"

考利伸出手表示欢迎和感激。瑞真愣愣地看着这个站在自己身边的骑手。

考利又解释道："听说您的手里握有救阿今的钥匙，这是我们最后一个机会了。"

"……"

"太感谢您了。您是个英雄！"

"不是英雄，是恩人！"延宰纠正考利。

考利看向延宰，手则仍然伸向瑞真。

"可是，昨天你们看的电影里不是管那个救人的叫'英雄'吗？"

"没错，但说堂哥是英雄就……"

延宰含糊地止住了话头。瑞真听着她们的对话，完全摸不着头脑。最后还是恩惠将他从混乱中拯救了出来。

"我们想为一匹叫阿今的赛马争取一次参赛的机会，所以想用堂哥调查的材料逼迫赛马场总经理同意。只要他肯签字，我们就把资料删除。但你的调查也不会白费力气，他们这次被揪到尾巴，以后肯定就不敢再这么干了。"

"等等！"

瑞真急了。

"争取到参赛的机会对你们有什么好处呢？"

"可以把阿今剩余的生命从两天延长到十四天。"

瑞真觉得十分头痛。孩子们的要求简单明确——阿今的生命，而且只是延长几天而已。可阿今短暂的生命就算多延长几天，它就能幸福吗？最后还不是难免一死……瑞真很想跟她们好好说道说道，为了调查赛马场的腐败问题，他吃了多少苦头，受了多少羞辱，花了多少口舌，又费了多少心思，才劝得那些大叔大爷接受采访，这几个月他过得如何痛苦，如何"说出来都是泪"。他想断然拒绝，可是孩子们热切的目光封住了他的嘴。他觉得就算要拒绝，也必须找一个体面的借口。瑞真又看了一眼一副要围捕自己模样的考利，小心翼翼地从座位上站起身。延宰双眼一竖，警惕地瞪着瑞真，像是怕他跑掉。

"我到后院抽根烟就回来，可以吗？"

瑞真决心戒烟才过三天，就这么土崩瓦解了。

赛马场操纵胜负的问题还不只是单纯地做局欺诈。因为比赛的选手也包括马，他们要想操纵比赛的结果，就得对这些生命做出种种虐待行径。比如，之前他们会买通人类骑手，不让马匹进食，这样马在比赛当天就无法发挥正常水平。换成机器人骑手后，不但没能解决这个问题，那些人反而更加猖狂，手段更加恶劣，比如暗地里偷偷增加机器人骑手的体重等等。瑞真决定调查赛马黑幕，主要是因为不忍心看着那些马遭受种种虐待而坐视不管。瑞真两手掩住脸。她们突然邀请他来家里做客的时候，他就该想到这里面必有猫腻。

瑞真将烟抽得只剩下短短一小截儿的时候，延宰出来找他。瑞真听到动静回头，看到是延宰，立刻手忙脚乱地掐灭了烟头，一时找不到扔垃圾的地方，就顺手塞进了裤袋里。他跟延宰说自己正要进屋去，不过延宰还是把准备好的话说了出来。

"姐姐每天都去赛马场，去看那匹叫阿今的马。"

"啊？噢噢，是这样啊。"

"她一直很爱看阿今奔跑。再具体的事情我也不清楚，只知道对于姐姐，那是极大的安慰，或者说是最纯粹的幸福。"

延宰越说，瑞真越觉得烦恼无限。

"而且，这也太过分了吧？不能跑，就只能死？"

"……延宰！"

延宰拦住瑞真的话头，祭出最后一道撒手锏：

"你一个大人，就不能帮我们这个忙吗？就不能救救阿今吗？你难道是这么小气的人吗？"

……小气。没错，这关系到一条生命，他是不该如此小气又计较。瑞真发出一声痛苦的吼叫，瘫坐在了地上。

"只不过是从两天延长到十四天，有什么不一样呢？难道真能出现命运的转机吗？"瑞真可怜巴巴地问道。这是他为了保住自己的调查材料所做的最后挣扎。

但延宰的声音非常笃定：

"那当然。活着就意味着有碰到这种或那种机遇的可能，活着才有改变命运的机会。"

瑞真最终还是回到了厨房的餐桌旁，握住了考利的手。他肯定逃不掉部长一顿狠狠的训斥，不过他相信部长最后一定会理解他的决定。因为就是这位部长常常教导他，记者也是一个能救命的职业。

考利握住瑞真的手不放。

"阿今会因为你的决定而感到幸福的。如果阿今幸福，我也会觉得幸福。"

这个骑手机器人可真是太古怪了，瑞真想。

既然已经得到了瑞真的同意，接下来她们要见的就是敏周了。假如不考虑感情的因素，其实她们大可不必去见敏周。因为就算敏周反对，她们也不会放弃。只是这几年相处下来，她们觉得欠着敏周这份人情，应该提前告诉他接下来会发生什么。

听了恩惠和延宰的计划，敏周一脸困惑。

"你在这里工作，算是'情节较轻的协助罪'，我们能理解。毕竟这样的社会系统逼得人不能不屈服。但你也很清楚自己并非全然无辜，对不对？"

敏周放下手中收拾马粪用的簸箕，问道：

"我会被炒鱿鱼吗？"

恩惠有些不耐烦地摇了摇头。我们说了半天，你都听到哪儿去了？你这人怎么听不懂别人说话呢！

"你又不是内部举报人，干吗炒你鱿鱼？"

"……对，是这样啊。"

敏周这里就算是解决了。姐妹俩说，赛马场操纵胜负的把戏已经被揭穿了，总经理以后肯定不敢再肆意妄为了。然后又嘱咐敏周，如果总经理再敢这么干，一定要想办法阻止。最后还补上一句让敏周十分扎心的话：弱者只有在不知情时才可以屈服。现在既然已经知情，就绝不可以再屈服了。

从瑞真到敏周，再到馥兮，恩惠和延宰仿佛打怪闯关一样，按部就班地执行着自己的计划。两个人都觉得对方是很不错的合作伙伴，但谁也没有说出口。

"我们真是不错的合作伙伴！"

最后还是考利说出了事实。

决战之日，瑞真和智秀也加入了进来。瑞真是受恩惠之托，智秀则是在无意中得知事情原委后主动要求加入的。走在最前面的是恩惠和瑞真。瑞真怀里抱着他之前调查所得的一大捆资料。办公室不大，四个人全都进去只会分散注意力，所以他们决定让延宰和智秀在楼门口等候。

恩惠率先穿过楼道敲响了经理室的门，瑞真紧张得长吁了一口气。里面传来让他们进去的应答声。

总经理正半躺半靠在椅子上刷手机，看到突然来访的恩惠和瑞真，才坐直了身子。

"你们是谁？有什么事？"

他一脸迷惑，不知这两人为什么登门来找他。恩惠直接把轮椅开到办公桌前，从书包里取出准备好的同意书放在桌子上。经理扫了一眼那张纸，可能是眼神不好，他皱起眉头读上面的文字。

"兽医老师已经确认过了，阿今还能再出战一次。只要您在这里签字批准，它就可以再参加一次比赛。"

经理一了解到恩惠的目的，立刻松弛了下来，他似乎觉得没必要再听下去，也不出声作答，就直接挥了挥手。恩惠当然知道这是在赶她走，却没有动。又拿起手机的经理察觉到恩惠一动也没有动，这才万般不耐地说道：

"少在这儿废话，出去！"

恩惠毫不退缩，把文件往经理面前又推了推。

"阿今还可以跑，不让它参加比赛，我认为是不对的。"

经理刚要发作，也许是忽然想到了对方还只是个学生，便压着火气，做出一副和蔼可亲的样子，生硬地笑了一笑，露出了他的犬牙——还是早就过时了的镶金牙。

"孩子，赛马是大人的事儿。赛马场又不是马只要能跑，就能上赛场的地方。那不成游乐园了吗？除了它，能跑的马多着呢！而且，这匹马受伤了。受伤的动物怎么能跑呢？懂了没有？"

经理推开文件，不以为然地看着恩惠冷笑了两声。他显然觉得，不论争论多久，结果都不会有任何改变。毫无疑问，从

经理的立场讲，比起"勉强"能跑的阿今，让更年轻，跑得更
轻松、更快的马参赛才是更加合理的决定。这一点恩惠当然同
意，所以才准备了充分的理由，迫使经理不管合理与否都只能
签字批准。

　　经理的视线转到了站在恩惠身后一步远的瑞真身上，眼神
里暗含着"不管你是谁，麻烦你尽快带这孩子出去"的威胁。
瑞真马上抓住了这个时机，从怀里掏出名片放到经理的办公桌
上。经理瞟了一眼名片——M 电视台时事企划部记者。看到这
个不同寻常的头衔后，经理拿起名片，抬头看向瑞真——这回
他的眼神郑重了许多，似乎在问：你到这里有何贵干？瑞真把
带来的资料也放在了桌子上。那一大摞纸颇有分量，带得桌子
摇晃了一下。经理的背终于离开了椅背。

　　"这些是我最近三个月收集的材料。"

　　"什么材料？"

　　"迄今为止，你们向高额下注的赛马者收取费用和操纵比赛
胜负的证据。我们电视台打算根据这些资料制作一个特辑节目，
下月播出。"

　　经理看看恩惠，再看看瑞真。操纵胜负确有其事，所以经
理不敢拍胸脯说对方的举动没用。他也知道，如果媒体大规模
报道此事，不但自己的职位岌岌可危，赛马场接下来的好几个
月都将不得不忍受动物保护团体的示威抗议。

　　"你们想干吗？为什么突然跑来说这些话？你们是在威胁

我吗？"

经理声调高昂起来。越是在这种时候，就越要保持沉着冷静。恩惠直奔主题：

"只要你签名同意阿今参加比赛，就可以避免事件曝光。这个交易很划算吧？你需要做的只是让一匹马参赛而已！"

"那匹马到底有什么重要的，值得你们做到这种程度？"

他显然是真的无法理解。对于他这种人，阿今如果不参加比赛，两天之后就必须死掉的事实自然是不重要的。说了也是白说，恩惠不愿再受经理那种冷漠态度的刺激。

"我们怎么想重要吗？关键是您打算怎么办！操纵胜负要判多少年来着？这姑且不说，问题是从现在开始，您就得一次次到法院出庭，您体力上没问题吧？"

经理不再犹豫，直接签署了同意书，然后就急匆匆地一把抢过瑞真的资料。恩惠不再理会他，心满意足地笑着把同意书装进包里。

离开之前，恩惠最后一次警告经理道：

"恶行总有一天会暴露。今天我们来找您，是您最后的幸运。希望您以后不要再做坏事了！"

宝琼

秋夕节的前一天下了一整天的雨，气温立刻就降到了需要穿厚毛衣的程度。宝琼的鼻子也比之前干燥了许多，这让她更加真切地感觉到了季节的变换。今天刚一睁眼，宝琼就觉得嗓子里有异物感，头重脚轻，换季时必得的感冒今年也如约而至。通常她都是闹钟一响就马上起床的，今天却觉得身子特别沉重，不听使唤。宝琼在被窝里蜷缩起身体。她的身体只想好好休息，脑子里却已经在想要把厚棉被取出来，甚至拟好了在餐厅开门前取出被子拍打拍打灰尘的计划。长假期间，每天都只有一个团体预约晚餐，昨天她还在遗憾预约客人比平时少，现在看看自己的身体状态，反而觉得是万幸了。她的身体像在大声抗议，连这一桌客人也接待不动了。

宝琼咬咬牙坐起身来。如果听任身体的调遣，她恐怕得在床上躺一整天了。早知如此，当初有老顾客跟她说清扫机器人有特价，想做她生意的时候，她就该顺水推舟地买下来。那位老顾客批评她说现在还有谁家没有清扫机器人的时候，她也只是婉转地回答，还是觉得亲自打扫更干净。其实她只是不愿意接受而已。回头清扫机器人被淘汰，辛苦的还是她自己。

宝琼拖着沉重的脚步走到客厅，打开了电视。早间节目的主持人都穿着传统服饰，仿佛在宣告秋夕节长假的开始。主持人说今年返乡的车辆比去年减少了20%。电视中，高速公路上的车辆都在匀速行驶。宝琼接了一杯热水坐到沙发上。画面上打出一行新闻快报：天干物燥，长假期间频发山火及家用煤气火灾，请广大市民务必保持警觉。宝琼打了个大大的哈欠，用袖子抹去了眼角挤出的一滴泪。

门铃响了。长假第一天，而且才九点不到，谁会来呢？宝琼正想撑起沉重的身体，却没想到她想当然地以为还在睡觉的延宰已经飞快地从二楼冲了下来。这孩子不知是什么时候起床的，竟然已经洗漱完毕了。不等宝琼问是谁，延宰就已经猛地打开了门。站在门前的是抱着一箱子梨和一个特级牛肉大礼盒的智秀。

"这是什么？"

延宰问。

"秋夕节礼物呗，还能是什么！阿姨好！这是送给您的节日礼物。"

看到宝琼后，智秀露出灿烂的笑容，把箱子递给了她。蓬头垢面的宝琼一头雾水地接过礼物，愣了一会儿才想起问智秀吃早饭了没有。智秀说吃过了，延宰则说她们马上就要出去。

"吃点儿水果再走嘛！一大早的，你们要去哪儿？"

"我们出去吃。"

延宰又奔回了二楼。大概是真的马上就要出去，智秀鞋也不脱，就站在玄关等候。宝琼叫她进来吃水果，她也笑着婉拒了。

延宰换上出门穿的衣服，和考利一起走下楼来。刚好在这时，恩惠也已经做好出门的准备，从房间里出来了。宝琼还没搞清是什么状况，孩子们就跟她说要去趟赛马场，可能吃午饭的时候回来，也可能更晚一些，然后就一起呼啦啦出门去了。一向速度比较慢的考利慢吞吞地朝玄关走了几步后，又回头跟宝琼打招呼。

"早上好。"

"你们一大早是要去哪里呀？"

"赛马场。去帮阿今训练。"

为什么？宝琼越发好奇起来。

考利朝她跨近一步，说的却是完全不相干的事："今天您和往常的样子不同。您的皮肤干燥，看起来非常疲倦。您应该留在家里休息。我听说人类生病的时候，心理上的难受更胜于身体上的痛苦。"

宝琼不愿意承认在那一瞬间，她的内心升腾起了某种情感，所以刻意不去深究那是怎样一种感情。延宰在外面喊考利。考利鞠了一躬，道过再见之后慢慢地出门去了。两个女儿都没有注意到她的状态，考利却发现了。当然考利只是根据统计数据做出判断，但已经很久都没有人劝过宝琼休息了——虽然准确地说，考利并不是"人"。

宝琼怔怔地站在人去屋空的玄关，回想着刚才那一阵子狂风骤雨般的忙乱。她也希望自己能像考利说的那样在家里休息一天，但她还有很多事要做。宝琼看了一眼时间，就匆忙往卫生间走去。她得洗漱、做饭、清扫，然后到餐厅工作。

考利是个不错的聊天伙伴。宝琼不懂考利的对话体系是怎样构建起来的，她猜应该和智能手机的聊天机器人或者人工智能的原理差不多。若论功能，考利还不如智能手机。智能手机能给宝琼提供必要的信息，还能根据最新流行趋势满足宝琼提出的要求，而考利还停留在需要人给它更新数据才能学习的阶段。考利有学习能力，但不会分析判断自己学到的信息是否客观准确，也不能给宝琼提供天气预报、最新歌曲、交通状况等信息。

不过，考利会点头，听不懂还会反问，就像人与人之间的对话一样。考利虽然无法共情，却能做出表示共情的举动。反正人类最难做到的便是真正与他人共情。和考利面对面聊过几次之后，宝琼才意识到，自己真正需要的其实是一双能聆听她说话的耳朵和表示赞同的反应。曾经发誓要一辈子都听她说话的那个人去了太久，出乎她的意料，填补了那个空缺的却是一台机器人。

"我叫考利嘛。考—利—考—米（call me），发音也很像，对不对？您可以随时叫我，考—米！"

"这种话是谁教你的？"

"说得还行吗？"

"不怎么样，不过凑合着也能听。"

消防员都是英雄。有需要随时都可以呼叫我。我
是你的 119！

宝琼想起曾经也有个人说过类似的土味情话。给考利建立
语言系统的那个人，也一定是个不合时宜的浪漫主义者，是那
种会说泥土里的珍珠真美的人，是那种渴望老式爱情的人。

宝琼像吃维生素片似的吞了几粒感冒药后，就往餐厅走去。
今天的风似乎格外凛冽，直往衣服里钻，宝琼抱紧肩膀，一路
上都在干咳。她停下脚步往赛马场方向看去。这一阵子恩惠和
延宰同进同出的次数忽然多了起来。她俩最近总黏在一起，可
能是因为赛马场的什么事，但只要不是坏事，怎样都好。宝琼
也不知道姐妹俩的关系是从什么时候开始变得微妙和疏远的，
只觉得其中也有她的责任。事已至此，到如今再指望她们之间
产生亲密无间的姐妹之情未免有些贪心。宝琼咬着嘴唇考虑半
响，过餐厅而不入，直接往赛马场走去，心里盘算着只去看看
她们在干什么就回来。她一身要去餐厅工作的打扮，还穿着拖
鞋，但觉得没有什么关系。她这个妈妈再怎么不合格，至少也
该知道两个女儿在做什么吧。

宝琼没告诉孩子们自己拍过几部电影短片。她常常觉得那
都是过去的事了，老是回忆过去就意味着还没有放下，还有太
多的不舍和留恋。她希望自己能活得比现在更自信一些，但对
于和消防员相遇、相爱、结婚，却从未后悔过。即使不再以演

员身份迎接各种挑战，她也从别处找到了自信。把生命带到人世间，负起养育之责，操持一个家庭——没经历过这些事的人，是绝对不敢说长道短的。

但世界的看法似乎和宝琼不同。只因为结婚生子，宝琼就从忠武路冉冉升起的新星一落千丈，成了没人愿意用的过气演员。之前合作过的导演倒是说过好多次，要是想演戏了，就跟她们联系，但是宝琼总是以带孩子忙为借口，常常连人家打来的电话也不接。她总觉得那几位导演只是因为同为女性，因为女性之间那种割舍不断的情义才不愿意让她离开这个行业的，所以她更加不能主动联系人家。她认为自己应该主动放弃和那几位导演的联系。不是有那么多比自己条件更优越、更有激情的新人吗？宝琼下定决心，如果不是因为只有她才能演的角色找到她，她就再也不拍电影了。

消防员却和那几位导演站在一边。

"你想干什么，就尽管去做。"

每次他这么说，宝琼都笑着责备他："那你也怀一回孕，带一回娃试试！你不是还想要老三吗？现在据说男人也可以怀孕呢！"

消防员说愿意，但是宝琼拦住了他。宝琼的理由是，虽说世界越来越开放，可大多数人仍然对此持有怀疑的态度，到时候要怎么忍受那些异样的审视目光呢？现在回头想想，她当初就该带着消防员到医院去，让消防员怀老三。他们本该那样安排的！如果消防员怀着孕或者在带孩子，就不会出现在那个火灾现场了。命运是从哪里急转弯的呢？人世间的偏见和守旧害得多少人没能摆脱残酷的、原本只要一点点变化就足以改变的命运？她当初为什么要在意别人的看法呢！

宝琼在放弃梦想的同时失去了消防员。她永远都不可能再实现自己的梦想了。那些事看似彼此并无关联，但是随着时间的逝去，她才明白，原来所有的事都是互为因果的。人生就像水面上的涟漪，宽阔平静的水面上泛起的那一点点波动连续不断地交叉、延续，那些能量终将化成巨浪。宝琼常常祈祷，如果巨浪是不可避免的，她希望自己的生活中永远只有好事引发的连锁反应。其中最大的一个心愿就是能够改善和两个女儿的关系。她们各自心里都对彼此负疚过深，所以更难亲近彼此。如果说恩惠像她一根受伤的手指，那延宰就像神经受损的手指，要到冷不防看到的那一天，才发现伤口已经乱糟糟地愈合在了一起，而她甚至已想不起来当初是怎样受的伤。她也不能揭开伤疤再涂药疗伤，只能眼睁睁地看着伤口变成狰狞的疤痕。

宝琼在赛马场的北门附近徘徊。门敞开着，她不能确定是不是可以进去，也不知道孩子们是不是从这里进去的。踌躇间，她在黄土地面上发现了模模糊糊的轮椅印迹和考利的脚印。有监控摄像头在盯着大门，宝琼心想，要是被抓住，她就说因为看到门是开着的就进来了，于是一脚踏进门里。

赛马场比宝琼想象的要宽广得多，好像一个大型游乐园，如果没有指路牌，她可能根本就找不到比赛场地。宝琼觉得喉咙越发痒了，一口气喘大了都会引发剧烈的咳嗽。她后悔刚才出门前没有再加一件衣服。她走了好一阵子才找到赛场，又绕着赛场的外围转了很久也没找到入口，只好走到可以看到赛场内部的铁栅栏前。

她看到了孩子们，还有一匹马、考利和之前见过一次的马舍管理员。宝琼站在那里看着她们，浑然忘记了感冒病毒正在侵袭着自己身体的每一个角落。他们在进行一场很奇怪的赛跑训练。

每个人都在喊"慢点慢点"，而不是"快点快点"。

宝琼还是没弄清楚他们聚在那里到底是要干什么，但她必须回去做营业前的准备了。

回到餐厅以后，宝琼急匆匆开始备菜，可是周身乏力，接连几次打翻东西。她已经预先请了阿姨在长假期间过来帮忙。阿姨平时在紫菜包饭店工作，节假日包饭店不营业的时候就到宝琼这里来打零工。宝琼的餐厅平时不忙，所以也更愿意阿姨只在周末和节假日才过来。离阿姨来上班还有两个小时左右，择菜、洗菜，提前腌制当天要用的小菜等等，要做的准备工作还有很多，可宝琼的身子还是不听使唤地坐到了椅子上。她趴在桌子上，觉得只要休息五分钟就能好受很多。五分钟就好。宝琼合上了眼睛。

短短几分钟的时间，居然也能做梦。宝琼站在和消防员一起生活过的那个公寓楼前，正在等着紧急出警后迟迟未归的丈夫。那天的事她记得很清楚。等候的时间每增加五分钟，她的担心和不安也会跟着加深。直到那担心和不安的阴影变成了和宝琼的身形一样大小的时候，消防员才赶回来，比约好的时间晚了整整两个小时。消防员手里提着两盒炸鸡。他一边跟宝琼解释说是因为火灾现场有些善后的工作要做，下班迟了，一边想方设法逗宝琼开心。他大概都没来得及好好盥洗，脸上还有烟熏的印迹。宝琼用自己的掌心使劲擦拭消防员脸上的煤灰，发现擦不掉，又蘸了口水继续擦拭，口中说道：

"孩子们都睡了，干吗买两盒回来？"

消防员显然没想到这一点，不过马上就厚起脸皮笑嘻嘻地说：

"炸鸡就要人手一只嘛！你一只，我一只！"

宝琼和消防员在餐桌旁面对面坐下，每人面前一只炸鸡。两人吃啊吃，吃到后来都说腻了，再也吃不动了。哪怕是在梦里，如果他能像那时候一样再出现在她身边，该有多好呢！

在公寓楼门口的那个梦里，宝琼总是死死地盯着黑黢黢的小巷，却永远也看不到消防员的身影。那条孤独的小巷，稀稀落落地亮着几盏路灯，没有一个人影，只有宝琼蜷缩着蹲在路边望眼欲穿。

比起消防员的离去，更沉重地压迫着宝琼的是今后她将不得不独力养育两个女儿的现实。排遣悲伤也是有黄金时间的，宝琼不幸错过了那个节点。现实的重担压迫着她，也把悲伤和痛苦锁进了她的身体，不能流动，也无法丢弃。淤积的伤痛已经泛起了难闻的气味。每当凌晨时分她辗转反侧、难以成眠之际，内心的悲伤就开始哗啦哗啦地荡漾起来，散发出腥气。悲伤一旦有了腥臭之气，以后再想取出来，也会因为那腥臭而无从下手。她只能任由它储存在身体里，淤积、腐臭，等待它终有一天彻底干涸。

梦中，宝琼一直闻到一股腥气。路的周围全都是水，很快就变成了一个漆黑一团、深不可测的水库。过了好久，才有东西从路的尽头过来——是如猛虎般朝宝琼靠近的达帕，口中衔着一只烧毁了的手套。

"我不要你来。"

宝琼对达帕说。

"你叫他来。"

达帕停了下来，望着宝琼。达帕的眼睛本来就是这样的吗？是和考利一样的两个洞吗？还是离得太远，她看错了？

"你够了没有啊？"

达帕不答。

"喂，我问你够了没有啊？"

宝琼大声喊。

"我受够了！我忍受得够够的了！咱们就到此为止吧！"

宝琼从没想过自己受够了的是什么，只是每次都觉得受够了。人已经走了，不管她怎么哭闹，都不会再回来了。宝琼也不知道是自己放不下消防员，还是消防员的魂魄仍在碧落黄泉之中游荡。她不想忘了他，可也不想一直陷在其中。达帕把手套放下，转身离去，却是几步一回头。

再见，路上小心。

达帕的影子完全消失在黑暗中以后，宝琼醒了过来。她合上眼睛打盹儿的时候明明是趴在桌子上的，醒来看到的却是自己房间的天花板。宝琼一惊，弹簧般直跳了起来，来不及细想自己为什么在这里，就急匆匆地抓起外套穿上，准备到餐厅去。这时，门开了。考利像个保安一样站在门口。

"您睡了四个小时。"

那可糟了！团体预约的客人马上就要到了！

"您要去哪儿？"考利问。

宝琼一边说要到餐厅去，一边绕过考利，走出房间。

"您不用担心。延宰、恩惠，还有智秀都在餐厅帮忙呢。刚才是来上班的女人打电话告知我们情况的，训练一结束我们就从赛马场直接回来了。那个女人负责做菜，延宰负责上菜和接待客人。餐厅运营没有任何问题。"

"那我也得过去……"

宝琼想过去亲眼看看，但考利抓住了她的肩膀——其实应该说是把手放在了她的肩上。它的手一点儿也没有用力。

"延宰命令我阻止您到餐厅去。"

"……"

"她说希望您休息，还说您要是去了，她会非常生气。"

"……"

"我不想让延宰生气。"

宝琼原想推开考利赶紧出去，听了这话后暂时放松了下来。要是餐厅那边有问题，她们肯定会立即来找宝琼，而且阿姨对菜单很熟，端盘子的活儿延宰也胜任有余。可宝琼仍然感到不安，她觉得就算留在房间里也不大可能好好休息。

考利看宝琼犹豫不决，就问道："有问题吗？"

问题……有问题吗？她没办法不担心，但也知道问题不大。宝琼放弃和考利争执，回到床上坐下。考利细心地观察着宝琼的表情。

"我知道。"

听到考利的话，宝琼转头去看它。

"您是觉得待在房间里，时间过得特别慢，对不对？我也知道那种感觉。"

考利四下里看了看，然后指着门旁边的位置，说道："我可以坐在这里吗？您要是觉得不自在，我也可以到外面去。"

宝琼一时不知该如何作答。她并不害怕或者讨厌机器人，可仍然感到陌生和不习惯。宝琼在成长过程中接触到的科学技术仅限于智能手机和应用于家电的人工智能，那些智能产品都没有独立的形体，不会到机器外面活动。多年以前，她就读到新闻报道称智能机器人将会普及，可她始终觉得和自己无关。

宝琼一直都对技术发展这一伟大文明没有归属感。她想到了一部经典电影里机器人攻击人类的画面，不过马上又摇了摇头。她不是经常和考利一起坐在餐桌旁聊天吗？想必是因为生病，她才会这样神经过敏。

"你留在这儿吧，去外面拿把椅子来坐。"

宝琼独自躺在床上的时候，总觉得身体像浸在水里。考利从厨房拿来一把椅子放在门口，腰背挺直，端端正正地坐下，两手也规规矩矩地放在膝盖上。

"你的眼睛太亮了。"

考利听了，马上把亮度调低。昏暗的房间里，那双眼睛像悬在遥远夜空里的行星一样闪烁着微光。躺在床上的宝琼翻身面向考利。她回味着刚才和考利的那番对话，忽然生出了一个疑问：考利怎么知道坐在房间里时间过得很慢？宝琼好奇心发作，就问了出来。考利的视线从正前方微微转向了宝琼的方向。

"以前我住在一个没有窗子的水泥房间，身体只能这样。"

考利做了一个双臂抱膝的姿势。

"我只能这样坐着，那里只有这么大的空间。我一直等着门被打开。前面还有另外一个骑手，但只待了一天就因为品质不合格被送走了。那个骑手走了以后，我就惊奇地发现时间变得特别慢。到那个房间之前，我坐了好几个小时的卡车，但卡车有窗户。看着窗外朝阳升起，世界渐渐被一层层地涂抹上五颜六色，我觉得一个小时像一分钟，但是到那里之后却反过来了，一分钟好像有一小时那么长。"

"你一定觉得很无聊。"

"那倒不是，因为我不知道什么是无聊。我只知道，时间过得很慢。"

考利放下腿，恢复成端正的坐姿。

"延宰给我讲过时间相对论。她说不只我这样感觉，实际也是如此，我和阿今一起奔跑时感觉到的那种时间折叠现象也是实际存在的。好像每个生命的时间感受都不一样。"

"当然是不一样的。"

"那么，人和人就算是在一起，也不见得活在同样的时间里咯？"

"……"

"人们只是生活在同一个时代，但都各自活在自己的时间里，彼此不可融合，对吗？"

宝琼点了点头。可能是因为感冒嗓子哑了，她很难正常地发出声音。

考利缓缓地问道："您的时间是怎样流淌的呢？"

宝琼沉默了很久。不过考利丝毫不觉得无聊，它没有左顾右盼，也没有追问。它在等待，仿佛能够理解宝琼这一刻的时间是不可侵犯的。

宝琼第一次思考起了自己的时间。她缓缓地追溯到自己太初的记忆，从容不迫地一步一步走来。曾经有一阵子，她就像没系安全带坐在时速 100 公里的车上参加越野赛，稍微落后一点就会惨遭淘汰。她不知道终点在哪里，也不知道跑完全程能得到什么奖励，只知道这是一场只要出生就必须参加的比赛。这样想是最合理的。宝琼的一天过得像别人的一年，只要没在忙，就会忐忑不安。只有每天夜里累得轰然倒在床上，才觉得度过了充实的一天。

宝琼想了又想，回忆了一遍又一遍。最后她对考利说：

"我的时间是停滞的。"

她还停留在等待着被困在火灾现场的消防员的那个时间里，停留在相信消防员一定会生还的那个时间里。

随着时间的流逝，宝琼以为自己已经从那个地方走出来了，但其实她还滞留在那里，从那一刻起，时间再也没有流淌过一秒钟。宝琼不得不承认，自己每天早早起床，忙忙碌碌一刻也不停，就是为了从那令人窒息的时间里、从那个地方走出来。她的时间没有变快，也不会变慢，一直都是静止的。她始终都是在没有一丝风的水面上扬着帆。

"为什么？"

考利问。

"因为我忘了该怎样让它流动。"

时间成了一摊死水，没有任何波澜。很多时候她以为自己已经没事了，却总是又被拉回到那一天。

那许许多多经历过悲伤的人，他们的时间都是怎样流淌的呢？大概也是静止的吧？地球上是否还存在另外一个世界，专属于静止的时间？究竟怎样才能让那些时间继续流动起来呢？

"那您需要慢慢地行动起来。"

考利又微微调整了一下方向，让自己正对着宝琼。

"因为从静止状态直接飞奔起来，那一瞬间需要极大的力量。这不正和您说的克服思念的方法是一样的吗？您不是说，只有幸福能战胜思念吗？您可以一点一滴慢慢地积累幸福的瞬间。总有一天，您现在的时间能让停滞的时间再次缓缓流淌起来。"

宝琼的视野变得模糊起来。她本想伸手去擦眼泪，不过转念想想，还是任泪水流下。带着腥气的泪水滑过脸庞滴落在了枕上。

"这些话你是从哪里学来的？"

"不是学来的。这就类似于看到天空就会联想到蓝色和黄色，或者延宰看到我就觉得奇怪一样。"

"应该不是所有的智能机器人都像你一样吧？"

"延宰说我是个失误的产物。她说我内部的一个重要的芯片和别的机器人不一样。"

"……"

"延宰说，失误和机会是同义词。"

延宰什么时候长得这么大了，竟会说出这样的话！延宰什么都懂，更显得宝琼从前害怕机器人是多么可笑。宝琼没想到女儿这么厉害，一下子放心多了。

"您现在看起来眼睛里有困意了。"

"是，我困了。我需要再睡一会儿。"

"要我出去吗？"

"随便你。我无所谓。"

"对我来说，随便是最难理解的一个词。"

宝琼笑着合上了眼睛。考利是不是还在那里，她并没有放在心上，因为考利非常擅长保持安静。宝琼睡了个好觉，一个梦也没做。

宝琼再睁开眼睛时看到的不是考利，而是延宰。延宰大概是想悄悄进来看看宝琼的状态，看到宝琼睁开眼睛，倒像个小偷似的吃了一惊。延宰跟宝琼报告说，餐厅已经打烊了，一切都很顺利。宝琼这才打开手机看时间，已经过了凌晨两点了。"吃过饭了吗？"宝琼问。延宰说吃了阿姨给煮的面条。

"听说智秀也来帮忙了，这可太对不住人家了。怎么不先让你朋友回……"

宝琼又习惯性地埋怨了一句，不过马上就住了嘴。现在可不是唠叨孩子的时候。宝琼看着依旧面无表情的延宰，改口说道：

"替我谢谢她。下次再来，我给她做好吃的，你一定要再带她来。"

延宰的表情明朗了一些。她沉吟了一下，点头说好，但没有马上出去，一脸踌躇的样子，像是在找合适的时机走开，又像是有话要说。

宝琼先开口说道:"那个考利,真的很奇怪!"

"没错,它真的好奇怪。"

"你把它修得很好。"

"……"

"你在机器人方面很厉害啊!我早就知道,可没想到你这么出色。"

如考利所说,幸福能够战胜思念。想让时间流动,首先要让现在的时间流动起来。宝琼一直都被困在那一天的记忆里,连带着所有家人之间的关系也无法前进一步。也许她可以从解开这个心结开始。她觉得和女儿之间的问题就是由于关系太密切才一直拖延至今的。今天她终于拿起了剪不断理还乱的第一团麻。延宰没有做出任何反应。但看她的样子,显然只是在纠结怎样回答才合适。

"延宰,对不起,妈妈……"

"别说了。"

延宰打断了妈妈的话头。

"突然说这些干吗。"

延宰似乎很不习惯听宝琼这样说话,不停地挠着自己的手臂。

"我没关系的,妈,你不用在意我。"

宝琼在延宰成长的过程中没能给她太多关注,相应地,后果是有一天突然发现女儿早已不再是小孩子了。当然,这并不意味着延宰已经长大成人，只是说她认识到了自己不是世界的中心，很多事不是她想怎样就能怎样。可宝琼还不想让延宰这么早就进入成人的世界，不希望她一切事都要自己承担，打落牙齿只能和血吞。

"怎么能不在意呢？"

"……那就只在意一点点好了。"

延宰说完后跟妈妈道了晚安，然后离开了房间。宝琼觉得她好像隐隐约约地笑了一下，又想可能是自己看错了。宝琼独自躺在房间里，回想着今天在赛马场看到的景象。慢点儿！慢慢跑，不要跑那么快。慢点儿！那一定是世界上最滑稽的赛马训练。

延宰

"于延宰！你手可真慢。给我，这里我来擦，你先把那些都给阿姨送过去。"

智秀抢过延宰手里的抹布，指着一摞盘子说道。延宰希望智秀回家去，但她也非常清楚，假如没有智秀，她们接待客人不可能如此顺利，只好闭紧了嘴巴，乖乖听从智秀的指挥。

智秀很会干活，上菜有条不紊，反应又机敏，总能及时满足客人的需求。问题是延宰因为担心智秀，反而不能像平时一样做好自己那一摊事。每次她忘了给客人拿水或湿巾，智秀都要"啧"的一声，带着一丝"这也干不好"的嘲笑，然后把客人需要的东西补齐。延宰可是每个周末都来餐厅帮忙的！看到自己的经验和能力遭到狠狠的践踏，延宰觉得很委屈，可当着这么多人的面也没法儿喊冤。她心里一乱，就越发丢三落四、忘东忘西，智秀则越发趾高气扬，鼻子几乎翘到天上去了。要是现在不打压她一下，这点资本够她炫耀到地老天荒。

经过最近三周别无选择的亲密相处之后，延宰发现智秀其实非常单纯。智秀的心思全写在脸上。有时候她说的话和表情不一致还会引发不少误会。延宰不觉得智秀这样很奇怪，也不讨厌她。延宰只是因为自己从来不会做出那样的表情，觉得新奇，才会忍不住盯着看很久。智秀是独生女，嘴上总是说如果有兄弟姐妹，只会多个人跟你争抢吵架，还是做独生子女最好，但其实她对兄弟姐妹之间的关系充满了好奇：家里有几个孩子，物品要如何分配？姐妹俩平时在一起做什么？会一起洗澡吗？除血缘关系以外，似乎和外人也没什么不同，兄弟姐妹是不是就像朋友一样？

智秀说自己从来没有感到过孤独，也不是容易感到孤独的性格，但在延宰看来，她只是孤独而不自知罢了。孤独，还固执。这两种特质结合在一起会出现什么状况呢？即使遭到拒绝，她也决不肯放弃，一步步地一路跟到人家的家里。智秀在发现自己无论问什么延宰一律回答"不可以"之后，就不再问延宰，而是直接跟着她回家。一开始延宰会和她吵，叫她不要来，到后来也就放弃了。

延宰之所以不能冷冰冰地赶智秀走，是因为智秀按照协议把约定的物品一样不少地都送到了延宰家里。借着这个由头，智秀总是自夸说自己做事多么稳妥，多么值得信赖。延宰只能默默地听她说。延宰一直以为智秀除了学习对什么都不感兴趣，但出乎她意料的是，智秀竟然是个"好奇心宝宝"。

"我要在旁边看你工作。"

"有人看着容易出错。"

"那你就当我不在好了。"

智秀说自己不去补习班，就得留下和延宰一起研究机器人的假证据。智秀主张说，自己不但没举报延宰非法交易，还帮了她忙，就意味着她们已经上了同一条船，自己有权利参观修理考利的过程。延宰说有人看着容易出错也只是想赶走智秀的借口，所以，她虽然嫌烦，终究还是拗不过固执的智秀，也就不再坚持，开始邀请智秀到家里来了。

　　智秀的信条是绝不可以空手到别人家去，所以每天都提着不同的东西来。有时候是零食大礼包，有时候是一箱饮料或水果，有时候是汉堡或者比萨外卖。结果，延宰才和智秀相处了几周，体重就涨了三公斤。延宰原本一直坚信自己是不易胖的体质，现在这个信念第一次开始动摇了。好像和智秀在一起的时间都叠加到了她一个人的身上。

　　延宰同意智秀留下来，但要求她不能打扰自己。智秀信守承诺，每次都坐在稍远一点的地方，在延宰完成当天的进度之前绝不找她说话。不过她并没有保持沉默。因为延宰虽然不跟她说话，考利却总是向她搭话。

　　"你为什么坐得那么远？"

　　"你面前这人不让我靠近她。"

　　"为什么？"

　　"我也不知道。你帮我问问她，好不好？我不能跟她说话。"

　　智秀脸皮有多厚，延宰就有多冷淡。考利和智秀当面谈论她，也没能让她眼睛多眨一下。智秀就算是无聊至极地趴在地板上睡觉，也绝不肯中途离开，偶尔还会在延宰背后唠叨她应该挺直腰板，说她这样下去要变成"乌龟脖"的，不然就是劝延宰做做拉伸。延宰不想理她，可是每次听了她的话免不了顺势放松一下僵硬的身体，也多亏了智秀，她的肩膀倒不像之前那样经常酸痛了。

智秀最迟九点就会起身，因为在别人家待到太晚是失礼的。延宰没好气地说她："你怎么那么多事儿，累不累啊！"智秀便笑着唠叨她一句："你也学着点儿！"送走智秀以后，延宰还是会继续修理考利的下肢。考利常问她一些莫名其妙的问题。

"智秀和你的关系与我和阿今的关系一样吗？"

"不明白你在说什么。"

"是不是互相配合的团队？"

"……团队嘛，当然也算团队。"

"那这个世界上你最看重的人是智秀吗？"

"才不是！"

"我认为团队是这样的。尽管阿今不能说话，我没有情感，但如果有一百匹马同时掉进水里，我一定最先救阿今。我当然会把掉进海里的每一匹马都救上来，但最先救的一定是阿今。据说这就表示我最看重它。"

"你是从哪里学来的？"

"和宝琼一起看的电视节目里说的。那节目里总爱问：'如果有人掉进海里，你最先救谁？'我发现他们是用这个问题来给自己重视的人排序……但这种比喻太奇怪了。为什么人们相信绝境能检验真心呢？他们完全可以问一个人会把自己喜欢的蛋糕最先给谁啊！"

"分享自己喜欢的东西很容易。但在千钧一发的关头，除非那个人对自己非常特别，否则很难做到出手相救。"

"为什么？"

"我也不知道啊。"

"那，如果有十个人同时掉到海里，你会第一个救智秀吗？"

"会吧，如果另外九个人我都不认识。但我根本就不会跟她一起到海边去，好不好！"

"我也没和阿今去过海边。"

和考利聊天，延宰常会陷入从来不曾想过的困扰当中。那天晚上，直到入睡前，延宰都在考虑智秀掉进大海里的那个问题。就像她之前回答的那样，如果另外九个都是不认识的人，她肯定会最先救智秀；如果有宝琼，就最先救宝琼；如果有恩惠，恩惠不会游泳，她一定最先救恩惠。

那也是第三名呢！

延宰躺在床上思来想去，琢磨着还有没有可以放在第三或第四位的人。她也想到了敏周，却又觉得敏周是那种哪怕游着狗刨式也会活下来的人。她在多荣和智秀之间犹豫了挺长时间，忽然想起多荣学了游泳当作业余爱好，所以智秀是第三名。她不想承认，但目前来讲是的。她永远都不会把这件事告诉智秀。一是没必要，二是觉得如果告诉智秀，也只会徒然引得智秀笑话她一辈子。但延宰又不免好奇起来，在智秀心里，她排第几名呢？

她跟智秀说过，如果觉得累了随时可以回家去，但智秀一直在餐厅忙里忙外，直到打烊。结束了所有的清扫、整理工作，把最后一批碗盘也放进了洗碗机，她才坐下来用力按压自己的脚底板。延宰从冷冻室里取出各种口味的冰激凌让智秀挑。都是很便宜的冰棍儿，是平时当作餐后甜点卖给客人的。智秀选了巧克力味的，马上撕开包装咬了一口。延宰坐到她旁边，撕开了一根香草味的。

"累死我了。"

智秀嘴里含着冰激凌，咕哝着说道。不像是自言自语，更像是说给延宰听的。

"都跟你说了累了就先走嘛！谁叫你不走的……啊！"

延宰说完，刚咬了一口冰激凌，就被智秀一巴掌打在背上，害得她险些把冰激凌的木棍捅到嗓子眼。延宰举着冰激凌瞪着智秀，正想责问她为什么打自己，智秀却抢先说道：

"你现在真的只有这句话可说吗？"

"……"

"没别的话要说吗？"

要说的话当然有，只是说不出口而已。其实这话既不会伤自尊心，也没什么不能说的。可能她就是不愿意看到智秀听了之后扬扬得意的样子吧。看着延宰踌躇沉吟的样子，智秀放弃了似的自顾自地点点头，开口说道：

"好啦！好啦！你想说谢谢我，感激不尽，对不对？你的心里话我都听到啦！"

智秀已经不指望亲耳听延宰跟自己道谢了。这样就算是听到了吧。智秀不想再等了。延宰却不愿就此不了了之。

"谢谢你！"

说完马上就把香草冰激凌塞进了嘴里。

"啊？"

智秀刚要把冰激凌放进嘴里，听了这话，又把手收了回来。

"谢耶——你！"

延宰塞了一嘴的冰激凌，话说得含混不清，却并不妨碍智秀听懂。智秀嘴角上扬，扑哧一笑，轻轻地往下按着延宰的后脑勺，抚摩了几下。延宰挥开她的手，抬起头。智秀笑得十分灿烂。

"朋友之间说什么谢不谢的。"

智秀吃着冰激凌，豪爽地笑出声来。

冰激凌吃完了，智秀的妈妈也到了。她没下车，只降下了副驾驶座的车窗，跟延宰打招呼："你就是延宰啊？你好！你好！"延宰怕生，只是鞠躬致意，并不说话。她也是这时候才体会到，智秀每次来她家都大声问候宝琼，需要多么强大的亲和力。智秀坐上车后，降下车窗跟延宰摆手说："今天又开了这么长时间的会，辛苦你啦。"但是今天根本就没开会，延宰一时不知道她在说什么，困惑地反问道："啊？"智秀咬牙切齿地又强调了一遍："辛——苦——你——了！"延宰这才明白智秀是在说谎骗自己的妈妈，便也含含糊糊地回道："你也辛苦了。"

智秀把手一直伸到车窗外面，挥了又挥，延宰也只好站在原地直到智秀家的车完全消失在视线当中。要不是恩惠轮椅的轮子卡在了门槛上，她可能还会在那里站上好久。延宰把恩惠的轮椅往前推了一下，轮子轻松地越过了门槛。

"平时很容易就能翻过去的，只是偶尔会这样。"

恩惠毫无必要地辩解道。

快到凌晨两点延宰才躺到床上。这也是平时宝琼上床睡觉的时间。她们一刻都没休息，一直忙着清扫、整理，但还是折腾到了这个时候。延宰直到今天才明白，宝琼不是手脚慢或者偷懒，反而是因为她做事足够麻利，才能每天都在这个时间干完那么多活儿。延宰睡不着，又翻了个身。她辗转反侧，想找个最舒服的姿势，却怎么也找不到，更找不到能更快入睡的姿势。她想到了智秀，也想到了刚刚跟宝琼的对话。妈妈干吗突然说什么对不起……

想得越多，思绪的深渊越发深不见底。与其这样一直干躺着睡不着，倒不如起来干些有建设性的事情。想到这儿，延宰不再犹豫，起身往二楼走去。她知道考利不会感到害怕，不过还是每天都给考利的房间留盏台灯，因此她现在也可以借着门缝里透出的光线走到门边。刚一开门，坐在老位置上看着窗外的考利转过头来。

"你好！现在是睡觉时间呀！"

“嗯，睡不着。”

延宰在考利身边坐下，把台灯也拉了过来。她打开在学校用的平板电脑，点出练习本。智秀按照约定弄来了零件，延宰也必须遵守约定，无论如何都要让智秀拿到奖项。智秀来延宰家，并不是每次都在角落里干坐着。她们也会抽时间讨论大赛的事儿，延宰的练习本里已经记录下了不少点子。最后，两人决定制作在日常生活中可以使用的达帕。延宰调出一张模型的图纸，把它放大看。

“有点像恩惠坐的那个东西。”

在旁边看着的考利说道。延宰点了点头。她把图纸翻转成各种角度，又置换成 3D 模型，想象着在这里面可能发生的小小的，却又非常重大的革命。延宰弓着身子，趴在考利旁边研究了好久，时而在平板上写上满满一屏，时而又画张图。

考利看着延宰弓着的背和后脑勺。延宰在专注做事的时候是个闪闪发光的人。她身体里的能量散发出光芒。考利的眼睛能感知人类肉眼看不到的热能。延宰在为考利修复身体的过程中经常散发出那样的光芒。为考利制作下肢时，她额上冒着小小的汗珠；她一边吃着盛在碗里的燕麦片，一边研究图纸，查看哪里连接有误 —— 这些都是她最耀眼的时候。此刻延宰的身上同样散发着强烈的光芒。

考利轻轻地把手放在延宰的背上。延宰问考利要做什么，但没把它的手甩开，也没坐起身来。所以，考利可以久久地把手放在延宰身上，直到感觉到延宰的振动。延宰的身体在微微颤抖。沉浸在幸福感中的延宰身体在振动。延宰是活着的。她当然一直都是活着的，但这一刻她的生命运动比其他任何时候更加强烈有力。是什么让她的心跳动得如此剧烈？她又没像阿今那样奔跑，她分明只是在那个小小的界面上构思一台机器而已。

"你现在和阿今奔跑的时候一样。"

延宰不明白考利在说什么，转头去看它。

"就像阿今赛跑的时候一样，你现在也感到很幸福。"

"你知道什么是幸福！"

延宰的话里带着责备的意味，但她是真心好奇考利是怎么知道别人是否幸福的。当初不也是考利提出要让阿今重新站上赛道的吗？

"能感觉到自己活着的瞬间就是幸福的。活着的时候是要呼吸的，我可以通过振动感知呼吸。振动的幅度越大就越幸福。"

延宰其实没理解考利的话，不过只是点了点头，没再追问。她又把视线调转回平板电脑上，说道：

"可你又感觉不到。"

所谓幸福，如果自己感觉不到，不就是世界上最没意义的词语吗？

"我能感觉到。"

听了考利的回答，延宰撑起上身。考利说这话时举着食指。这个动作表示"真心"，是延宰和智秀约定的暗号，如果需要对对方说比较尖锐的话时，就竖起食指，表明这些话很重要，没有讥讽之意。这些考利全都看在眼里，也一直都跟着照做。

"虽然我不会呼吸，但能间接地感觉到。如果你幸福，在你身旁的我也会感到幸福。如果你想让我幸福，只要自己变得幸福就行了。这不是很好吗？"

延宰本想说"那不是你自己真正感受到的幸福"，又把话吞了回去，只是点了点头。挺好。是好事啊！

"如果身边的人不幸呢？"

"我感觉不到。"

"为什么？"

"因为我不会努力去感受。"

"这个本事倒是挺令人羡慕的。"

"人类能感觉到自己身边人的不幸吗？"

平板电脑的画面已经转为省电模式，延宰却只是玩弄着触屏笔，缓缓地点了点头。

"装作没看见不就行了。"

考利说得简单，延宰却仍然盯着手里的触屏笔，说道：

"我也试过，可是不怎么成功。看见不幸的时候，就觉得那不幸也会传染给自己。我知道这样很坏，但一直都在努力让自己视而不见，只是很难做到罢了。"

"为什么？"

"有些东西不是想回避就回避得了的。"

"你回避了谁的不幸？"

延宰看着考利：

"你不会告诉任何人吧？"

考利举起食指答道：

"当然。"

"我的家人。"

"宝琼、恩惠，哪一个？"

"两个都是。"

"我能问为什么吗？"

考利等了很久也没等来延宰的回答。它能感知延宰的呼吸节奏和她绘图的时候不同，变得极为缓慢。延宰从鼻子里长长地呼出了一口气。

"你说过希望能对人类的不幸视而不见，对不对？"

"没错。"

"那么，现在你最好也不要听我的回答。"

"为什么？你要说的不是你自己回避的不幸吗？"

"其实那也是我自己的不幸。"

考利无法理解。

"因为直面家人的不幸，就等于直面自己一直在竭力回避的不幸。"

说这些有的没的做什么呢！延宰后悔起来。她收起自己的东西，站起身来。她知道考利是不必睡觉的，不过还是习惯性地说了句"晚安",然后离开了房间。她觉得如果再在这里待下去,自己肯定会忍不住再跟考利说很多的话。她跟考利说的好像事情都已经过去了一样,但其实直到现在她还在躲避。她不知道有什么办法能改变这一切,让自己直面不幸。

延宰望着天花板,又陷入了苦恼。她本来只打算烦恼一小会儿的,不知不觉间,天却已经亮了。延宰看着晨曦,轻轻地骂了一句粗话。

今天的训练多了两个人参观——馥兮和瑞真。馥兮在马舍给阿今注射营养液，说是大概需要一个小时。

"我也经常注射这种药。"智秀看着营养液说，"上补习班时，有时觉得浑身乏力或者头昏脑涨，就会去打营养针。"

延宰看智秀说得理直气壮，忍不住说："还不如多吃饭。"

"这种药见效快。吃饭的话，吃饱了会犯困，就没法学习了。"

延宰本想再数落她几句，不过还是闭上了嘴。反正那是智秀的人生，她无法理解，贸然置词免不了要听智秀加倍奉还的唠叨：你的人生态度太不积极了！这样懒散下去以后打算怎么办！

恩惠说要和阿今在一起，延宰由着她留在马舍，自己走到外面。智秀也追了出来。

"你去哪儿？"

赛马场的树木被秋意染上了一层层红色。在这个季节，除了来赌马的马迷，还有很多是一家人过来游玩的，所以也是餐厅生意的旺季。一过了秋夕节的长假，就要忙起来了。和平时一样，延宰要去上学，所以再忙也是宝琼的活儿。只是宝琼的身体一向不太好，延宰说是不管那么多，但也免不了担心。今天早上宝琼还说自己已经完全恢复了，说话时却一直都伴着咳嗽。

延宰在长椅上坐下，问智秀："打营养针要多少钱？"

　　延宰打听清楚了智秀常去的医院和营养针的价格。她的钱全都用来买考利了，现在只能等着宝琼每月给的 20 万韩元[1] 零用钱。智秀坐在延宰旁边，用脚把周围的土拢到一起，堆出一个小土包，一副欲言又止的样子。

　　"等下周大赛作品展示说明会结束以后，我平时就不能再过来了。"智秀说，"妈妈说我功课荒废得太厉害，要求我以后只有周末可以外出。补习班那边也不能再缺课了。"

　　"知道了。"

　　延宰淡淡地答道。她并不是一点儿也不在乎的。老实说，她也觉得遗憾，可智秀并不能因为她的遗憾就一直不去上补习班的课。延宰做出的反应，她自认为恰如其分，却显然不符合智秀的期待。智秀的表情里夹杂着愤怒和遭到背叛的伤心。"你！"智秀叫了一声延宰，还想再说些什么，却没说出口，只是紧紧咬住了嘴唇。

　　两人默默无语地在长椅上坐了很久。延宰不习惯智秀漫长的沉默，犹豫着要不要主动跟智秀说话，可又觉得她现在一定不想和自己说话，最后还是什么都没说。

　　就在这时，延宰发现考利从马舍出来，走到草坪上坐了下来，两条腿向前伸直——说是伸直，其实并不能真的像人类那样完全伸直。它的腿只能弯曲成六十度角。考利保持着这个姿

---

1 约合人民币 1050 元。

势抬头仰望天空。每当有风吹过，旁边的大树都会摇摆起来，树叶的影子划过考利冰冷的外壳。延宰又一次想起来，考利是因为仰头看天空才摔下马的。那样危险的欲望，只有像考利这样不能呼吸的机器人才可能拥有。但这么说也不对。考利甚至不能呼吸，怎么可能有欲望呢？考利为什么想看天空呢？它的欲望到底从何而来？

考利提出让阿今再上赛场的时候，所有人一致表示反对。阿今就是因为不能再跑才会面临死亡的危机，现在再让它赛跑，就像受酷刑一样。但考利说，要想回到过去，就必须制造出和过去一样幸福的瞬间。最后大家还是被考利这个荒谬的主张说服了。阿今赛跑的时候是最幸福的。它一落地就只能在赛道上奔跑，最后也只能靠奔跑来证明自己存在的价值。大家都同意，剩下的时间里，让阿今上赛场奔跑，比把阿今关在马舍里等死更能让它幸福，哪怕这样会彻底毁了它的关节。

阿今在马舍里关了好几周以后，馥兮说它现在可能连站都站不起来了。然而，出乎馥兮的预料，几天前重新来到室外时，阿今接连发出几声幸福的嘶鸣后，竟然在赛道上奔跑起来！当然只是短短的一会儿工夫，它就痛苦地扑倒在地上了。但和在马房里的时候不同，阿今是笑着的。阿今真的在笑，这一点确凿无疑。考利是对的。也许阿今正承受着被千万根针刺的痛苦，但一生都在奔跑的阿今只有在奔跑的时候才是幸福的。

阿今是一匹受过训练的马，习惯了戴着眼罩站在赛道上就

开始疾驰。就算不能再像从前那么快，阿今也总想跑出时速 70
公里以上的速度。由于阿今一看到赛道就兴奋，所以一开始最
难的便是控制它的奔跑速度。连敏周都常常抓着缰绳被拖得跟
跟跄跄，因此不必细说，也能想象整个训练过程多么危险。馥
兮说，阿今因为不想再过那种长期被关在马舍里的日子，所以
才表现得比平时更加兴奋，最后还是考利让阿今镇静下来。它
抚摩着阿今的脖颈说：

"拜托了！"

阿今每次听到这句话，都像被施了魔法一样，变得非常安
静。如考利所说，它们是配合默契的一个团队。阿今还记得考
利是和自己一起在赛道上奔跑的伙伴。

阿今没有戴眼罩就站在了赛道上，考利也没有骑到阿今背
上，而是站在一旁抓着缰绳。阿今要练习的是看到赛道而不奔
跑。它们要保持刚好可以参加比赛的速度——不要太快，只要
能站到赛场上就行，保证即便跑完全程也不会对它的关节产生
太大影响。

阿今的目标是时速 30 公里。

智秀站起身，甚至不给延宰拦住她的机会，就飞快地进了
马舍。考利观察着智秀的步幅，走到延宰坐的长椅旁边。

"今天的天空比我以往任何一次看到的都更高更远。"

"秋天嘛。"

"秋天的天空为什么这么高？"

延宰原想拿科学课上学到的知识跟考利解释一番，最后却只是简单地说："没有为什么，就是很高。"考利转过身想坐到长椅上，却瞬间失去了平衡，身体倒向一侧，幸好它抓着椅子才没有摔倒。

"怎么了？"

延宰吃了一惊。考利却若无其事地在长椅上坐下。

"不知道，最近偶尔会这样。"

从四天前开始，考利的身体就经常失控。有时候因为无法保持重心而撞到旁边的东西，有时刚站起来就又坐倒，还不时出现动作无法连贯的现象。不过这些都是每天偶尔发生的小问题，并没有影响到日常生活。考利判断，自己的确出现了一些小小的故障，但还不到无法维持日常生活的程度，刚刚也是如此。听到延宰说要检查一下它内部的情况时，考利一边反复说自己没事，一边还是乖乖地转过身子。延宰按下按钮，打开考利背上的盖板。没有肉眼可见的故障，所有的配件都能正常运转。

"要是看不到哪里需要修理，就说明不需要管它。"

考利凝视着前方说道。它看到智秀在马舍的门口徘徊，还看到智秀在偷偷往这边看。

"不知道是不是需要把你整个儿拆开重新组装。"

"请你不要说得那么恐怖！"

"哪里恐怖了！"

延宰重新盖上盖板。如考利所说，现在没发现需要马上排除的重大故障，她打算等有时间就把考利拆开重新组装一遍。考利又把身体转过来。周围仍然是一片蓝绿的世界。

"世界是这么蓝！天空是蓝的，叶子是绿的。"

"再过几周，这些树叶又会全部变成红色的。"

听了这话，考利一下子转过头来。假如它有表情，现在的表情一定可以这样形容——难以置信。

"为什么?！"

"因为现在是秋天。秋天就是这样。"

延宰又不耐烦起来，随口答道。这一次考利却没有不了了之。到底为什么一到秋天，绿色的树叶就会变成红色的? 考利是三月来到这个世界的，它无从想象九月的变化。假如没有遇到延宰，它就不会有机会看到绿叶变红，而只能待在骑手房里，然后在某一个凌晨被配件厂商的卡车拉到工厂，拆卸成一个个零件。延宰这一次也是语焉不详地答着，很多事情本来就是这样，没有为什么。然而，考利仍然没有就此打住:

"为什么它们本来就是这样?"

"所有的事情都需要理由吗?"

延宰焦躁起来。

"因为世上的一切都是有理由的。"

"这些话你又是从哪儿听来的?"

"不是我听来的，我就是知道，而且不觉得这是错的。我存在是为了成为一个骑手，人类给我的指令也都是有理由的。世界上不存在没有意义的东西。"

延宰张口结舌了半天，不知该如何作答。这个机器人知道的东西已经很多了，延宰没有什么可跟它解释的了。确实，机器人身上一次性地压缩存储了人类在几个世纪里点滴积累的知识，自然要比某个人类个体知道得多。延宰把头发拢到脑后。她只想坐着放一会儿空，现在因为考利，脑子反而更乱了。延宰又甩甩头发，眼神和声音里都透着烦躁。

"你说得不对，全都搞错了。世界上本来没有理由，是人类穿凿附会而已。从先后顺序来讲，最先诞生的东西就是没有理由的。"

"但我不可能错……"

"任何人都可能错。活着本来就是一连串的错误。"

延宰觉得没有比这更简明扼要的答复了。

考利说："第二个。"

延宰反问："什么第二个？"

"你是第二个说我'活着'的人。"

"……"

"我很开心。"

考利没有能表示开心的表情，也没有能说话的嘴。它只有两个看向延宰的眼洞和一个每次说话时能感知声音并发光的感知器。考利无法证明自己是开心的，但延宰相信它。说考利

"活着"真的能让它开心。

"你带我回家也没有任何理由吗？"

机器人学得很快，这是它们的优势。

"嗯，没有理由，我就是想把你带回家。"

"谢谢你。我也喜欢你，没有理由。"

听到考利出人意料的真心告白，延宰无声地笑了。这时候，刚才被延宰气走的智秀又回来了，表情仍然气鼓鼓的，说话也是公事公办的口气。她是来传话的，说敏周在找延宰。话带到之后，智秀又扭身躲进了马舍。旁观了全程的考利给延宰出主意，劝她尽早找智秀谈谈。

换作往常，以智秀的个性，不但会有一说一，多半还会具体指出延宰的态度有哪些不妥之处。但智秀明显已经很生气了，却对此事只字不提，理由只可能是以下二者之一：要么是气得不想说话，要么就是羞于启齿。延宰去找敏周的时候在心里暗想，考利说得对，无论是哪一种情况，她都应该尽快跟智秀谈谈。

敏周在画面上打开前年修改过的赛马规则，用荧光笔功能在一条规定下面画上线：每匹赛马至少要获得一人下注才可参赛。

延宰望着敏周，希望他解释一下。其实这句话不用解释她也看得懂。她是在期待敏周能提出解决的办法。赛马俨然已成了与比特币和乐透彩票并驾齐驱的另一个实现人生大逆转的手段，赛马的世界同样受着概率的支配。赛马至少要有一人下注，当天才能站上赛道。然而，有哪个傻瓜会把赌注押在一匹已经连续几周没有参赛记录，或者受过重伤的马身上呢？更具体来讲，阿今虽然曾经是王牌选手，但因关节受伤已经快一个月没上场了，赌马的人在它身上下注的概率为 0.001%。由于赛马场规定年满十八周岁才可下注，所以延宰和恩惠现在都不够资格，敏周和多荣是赛马场的工作人员，也不能下注。排除下来就只剩下馥兮和瑞真了，可延宰真心觉得不能再给他们添麻烦了。

"需要下多大注？"

"倒是没有规定最低下注金额。但显然金额要大，才有效果。参赛同意表只是一张纸而已，阿今到底能不能上场，就算到了比赛当天，也没人能保证。因为让哪匹马出战是由电算程序决定的，系统会根据下注金额和下注人数、优胜记录、休赛时间等将可参赛的马匹排序。所以，就算馥兮和瑞真愿意下注可能也没用。阿今已经休赛太久了，系统多半会把它划入无法参赛那一档。如果下注者以前有过下注记录，肯定比初次下注的人胜算更大，系统也更相信赌徒的直觉。"

"以前有过下注记录？"

"嗯，如果有人十二周以上连续下注，那么只凭这一个人就能为阿今争取到最后一个参赛名额。但是那样的人怎么可能押阿今呢……"

"可能的。"

"啊？"

瞬间，延宰的脑海里突然浮现出一张脸。

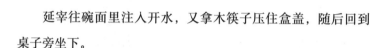

　　延宰往碗面里注入开水，又拿木筷子压住盒盖，随后回到桌子旁坐下。

　　"吃不吃辣白菜？"

　　店主从冷藏货架上拿来一包辣白菜，在延宰对面坐下。有一段日子不见了，贝蒂身体上的各种划痕凹陷越发多了。注意到延宰的视线之后，店主诉起苦来："那帮男生一看到贝蒂就找它麻烦，甚至在它身上练习连环脚！我都不知道叫了多少次售后维修，花了我好多修理费！"

　　"那也比雇人便宜吧。"

　　延宰抱着双臂看着店主，脸上的表情似乎在说：那又怎样？难道你还指望我安慰你不成？你诉苦找错人了！店主嘟嘟囔囔地说："我就是这么一说。"进入正题之前，延宰先把木头筷子掰开，打开碗装方便面的盒盖，把泡得软硬适中的面饼搅散，夹起一大筷子，吹了吹。

　　长假期间没什么客人。店主曾说过，很久之前自己就和家里人恩断义绝，大约这个长假他也是孤家寡人，所以延宰的来访让他十分开心，毫不吝啬自己的笑容和友好态度。店主又问："吃不吃水果？"大有拿便利店的食物摆一桌节日盛宴的意思。延宰呼噜噜地吃着方便面，摇了摇头。店主还没忘记自己说过，以后延宰不管什么时候来玩，都免费送她方便面吃。不过今天延宰想要的东西可比方便面的价值高上几百倍，她希望店主能讲一回义气。

和敏周说话时，电光石火般闪过延宰脑海的正是店主的面孔。这个人每周六都要吹嘘一番上周自己选中的那匹马跑得有多快。延宰说，她知道一个肯定会下注的合适人选，然后就直奔便利店。延宰没动几下筷子就把方便面捞着吃光了，又咕嘟咕嘟地喝了几大口矿泉水。店主问她要不要吃个冰激凌当作餐后甜点，延宰则直奔主题：

"帮我赌一次马吧。"

"啊？"

"要押注的马已经定了。"

"什……什么？"

"它倒数第一的概率是100%，但还是拜托你押它。"

延宰一字一顿地说。

"把赌注押到一匹倒数第一的概率是100%的马身上？"

"对。"

"我？"

"对。"

延宰心想：烦不烦，你到底还要问多少遍！

"为什么？"

延宰把几周前店主对她说过的话回敬给了对方：

"人生在世，不就得一直面对陌生事物的挑战吗？"

店主的头低垂下去。"嗯，说得是。"店主回答，声音像是从嗓子眼里挤出来的。这话是他自己说的，自然不好反驳。延宰感到一种奇妙的痛快，心情都跟着舒畅了许多。店主垂头看了一会儿地，忽然抬头问延宰，为什么必须在百分之百倒数第一的马身上押注，他不觉得延宰是故意要坑他。因为他们认识这么久，延宰还是第一次求他帮忙。就像延宰说的，反正他每次都往赛马场里扔钱，能够回笼的赌注不到40%。店主想，只要合情合理，为延宰损失一点小钱并非难事。

延宰一时不知该从何说起，也不知该说到什么程度，沉吟半晌之后，她把阿今和姐姐，还有一台希望阿今幸福的机器人的故事讲给了店主听。她自觉好像在讲一个强行煽情的电视剧梗概，所以只是嘴里说着，眼睛却始终看着别处。快讲完的时候，她听到一阵啜泣声。声音的主人是店主。店主听着故事，眼中含泪，从桌上的纸巾盒里抽了一张纸擦拭着眼角。延宰十分无语地说道："搞什么嘛，真受不了你！"

"受不了？你怎么跟大人说话的！噗——"

店主拿纸巾擤完鼻涕后，马上点头同意在阿今身上押最低赌注。因为不是小数目，延宰在便利店门口又跟店主确认了一遍。她觉得好像在强买强卖，心里也不大自在。店主故作大方地笑着说道："其实也没多少钱啦！"不过想到自己整天把钱挂在嘴边的样子延宰平时看得多了，马上又夹起了尾巴。

"得了，想想我平时往里面扔的那些钱，这点儿钱真不算什么。"

"回头你可别无缘无故埋怨我，也不可以逼我退钱给你。"

"你看你这话说的！你仗着跟我关系好，也把我看得太不堪了！"

店主从收银台旁边的货架上拿了一根谷物棒扔给延宰，延宰手忙脚乱地接住，心想：怎么跟拍电视剧似的，肉麻兮兮。不过，她虽然觉得店主很有点儿卖功邀赏的意思，却也对他的好意心存感激。

"都求到我这儿来了，我哪儿能不理不睬！"

"……"

"我一个成年人，遇到学生求助，自然是要帮忙的……"

"下周见。再见！"

延宰打断店主的话，挥了挥手，以防店主再说出更加肉麻的话来。真得劝他不要再看日剧了。他学了日本人那种特殊的感性，动不动就表现得自己像是什么纽约曼哈顿热狗店的年轻老板一样。延宰倒不是觉得讨厌，只是免不了担心，他老是这样装腔作势，恐怕一辈子都只能一个人过了——虽然替别人的人生操心，对她自己并没有半毛钱好处。不管怎样，借由这件事，延宰对店主辞退自己、雇用贝蒂的事也就不再耿耿于怀了。

延宰回到赛马场的时候，训练已经结束，智秀也回家去了。延宰发短信给智秀问她什么时候走的，只收到了冰冷的两个字：

刚刚。延宰这才意识到智秀这次是真的生了很大的气。延宰想问她"你是不是生气了",又觉得不合适,到最后还是什么也没回复,结果又被考利唠叨了一顿:

"不交流怎么能互相理解?人类有读懂别人思想的功能吗?"

话是这么说,平生都没说过的话终究还是没那么容易说出口。对于延宰,问人家为什么生气也是极为痛苦的折磨。就在她把那一条短信写了改、改了写、写了删的时候,长假一晃就过去了。这几天因为宝琼的身体还没有完全康复,延宰每天都要到餐厅去帮忙。除了预约的团体客人,还有不少年轻人陪父母过来吃参鸡汤,所以整个长假期间餐厅都忙翻了天。每天到餐厅以后,延宰几乎没时间看手机,不过还是一有空就打开手机,检查一下智秀有没有发短信过来。然而,直到长假结束,她都没有收到一条智秀的消息。

直到长假结束的那天晚上,延宰才发了一条和根本问题没有任何关系的短信:明天见。智秀没回。延宰觉得自己好像进入了一个名叫智秀的迷宫。她明明没打算进来,却突然发现自己不知从什么时候起已经在迷宫的中央了。因为智秀,她越来越频繁地叹气,越发陷入对人性的沉思当中。延宰发现自己发的短信智秀又是已读不回,于是立刻得出了一个结论:不能再这样下去了。

不过,虽说有了结论,却不意味着马上就能找到解决问题的钥匙。

　　秋夕长假后再见面时，智秀听延宰说已经找到押注人了，却仍然是一副爱搭不理的样子。不，应该说，无论延宰说什么，她的回答都温温暾暾。她也不再像之前一样，一到课间休息，就借着开创意会的由头跑来找延宰，叽叽喳喳说上半天了。直到午饭时间，智秀才第一次来找延宰。甚至从教室到操场的路上，智秀也一直保持着领先几步的距离，一言不发。延宰其实完全可以和她唠唠家常，问些诸如"假期干吗了"或是"最近怎么了"之类的话，只是她脑子里想得清清楚楚，嘴里却发不出任何声音。

　　她们利用午饭时间开的短会结束后，智秀关掉了自己的平板电脑。

　　"那么，作品展示和介绍的部分我来背，你准备自由提问的部分就好了。该定的都定下来了吧？"

　　智秀简明扼要地结束了对话。延宰现在能回答的只剩下一句"是"了。延宰犹豫起来。如果她回答"是"，智秀准会毫不迟疑地转头就回教室——尽管午饭时间还剩二十分钟。智秀一边等着延宰回答，一边把装面包的纸袋和牛奶盒放进塑料袋里。面包和牛奶是智秀买来当午餐的。延宰手忙脚乱地把自己手里的垃圾也塞进智秀提着的塑料袋里，口中连声道谢，智秀却也只是点了点头。

　　不说人家怎么知道？

　　延宰觉得背上仿佛被考利的这句话重重打了一记。她会冲动地一把拦住起身要回教室的智秀，也是背上那一巴掌的反作用力所致。也就是说，她是拦下智秀以后才开始组织语言的。不过，延宰在这方面一向不大灵光，只会直来直去地问：

"你生气了？"

看到智秀的眉毛拧成一团，延宰急忙解释道：

"我不是要跟你吵，我只是在问你。你要是真的生气了，我当然要跟你……"

"干吗？"

智秀问道。

"道歉。"

延宰回答说。

智秀直直地瞪着延宰，最后长出了一口气，又坐回到长椅上。延宰想着智秀的这些日子里，智秀也一直在想着延宰。以智秀对延宰的了解，她知道延宰能有现在的反应已经是竭尽全力了。延宰是那种有话闷在心里，不说也不问，最后自己悄悄放弃的女孩。所以智秀也尽量不把自己心里想的一五一十地跟延宰解释。智秀觉得，她现在应该把自己所有的心里话都坦率地告诉延宰。之前有些话是出于自尊心而没有说，有些则是觉得就算说了，延宰也不会有任何改变，但现在不一样，是延宰先开了口。智秀决定把希望寄托在这一点微妙的变化上。

延宰一开始没有意识到为什么自己会觉得智秀的话如此陌生。智秀的期待很难做到吗？不，智秀生气的原因很单纯，却又没那么简单。

"我觉得，我把你当好朋友，你却没把我当好朋友。"

就像智秀说的，延宰不知道自己和智秀的关系有没有智秀觉得的那么亲密，也不知道智秀对自己的感情到底有多深厚。

这个问题是无法用数值衡量的。听了智秀的话以后，延宰才终于明白了这个问题为什么对她这么难。智秀为了理解延宰付出了努力，延宰却没有努力去理解智秀。智秀能理解延宰的冷淡并不是真心的，仍然愿意和她做朋友，延宰却没有付出努力去接受智秀这个朋友。

延宰从不指望能得到别人的理解。她也不知道这是从何时开始的。可能是因为长期不被理解而受到的伤害越积越多，最后才变成这样的吧。渴望他人的理解是自私的。人人都有痛苦心酸的过往，人人都有自己的无奈，但大家不都在努力隐藏，做出若无其事的样子吗？至少延宰是这么想的，所以她早就不再渴望被理解和接纳。小时候，无论延宰在哪里，和谁在一起，只要恩惠需要帮助，她就必须放下一切赶回家。她的朋友们只知道她有个姐姐，问她为什么总是突然赶回家，延宰只是淡淡地说姐姐需要她的帮助。孩子们听懂了延宰的话，却并不能真正理解。就算能理解也有限度。一旦越线，曾经理解过她的朋友也开始指责她自私自利。

"一次两次就算了，你每次都这样突然走掉，把我们当成什么了？"

　　放弃被他人理解的同时，也意味着放弃理解他人。对于他人的一切行为，延宰不再思考其背后的理由。不管别人做了什么，延宰都从不多想，因为分析对方的举动是出于喜欢还是讨厌，需要太多理解他人的能力。不再渴望得到他人的理解之后，一切都变得容易多了。对人际关系没有了期待，自然也就不再受到伤害。至少在认识智秀之前，延宰的世界就像一潭死水，没有一丝风——平静，但是寂寞。

　　智秀就像一阵狂风，霎时间卷走了延宰平稳的帆。是智秀忽然有一天跑来缠着她一起参加大赛，是智秀厚着脸皮连哄带吓、死缠烂打终于说服了她。智秀总是那么理直气壮，总是那么骄傲自信。不管延宰态度多么冷淡，她都不放在心上。天底下竟然有这样的女孩子！一开始延宰有点讨厌她，但很快就不讨厌了。有时候还觉得她失控发脾气的样子很好玩儿。她嫌智秀烦的次数越来越少，有智秀在身边的时候，她也不再觉得头疼，有时候反而觉得智秀的陪伴是理所当然的。可是，前面也说过，上次智秀说以后不能再像从前那样来找她玩儿的时候，延宰只是觉得这事儿轮不到她发表意见。智秀总不能一直不去上补习班，事情也只能如此，所以她才回答说"知道了"。没承想智秀竟然生气了。生气的理由竟然是延宰没像她自己一样觉得遗憾。

　　"我知道你的性格就是这样，我也完全能理解。"

　　智秀强按下压抑已久的恼火，光听声音还以为她在哭，其实她只是眼里冒火而已。

"我早就知道你是个机器人狂，可没想到你像机器人一样铁石心肠！考利都比你更有人情味儿。"

延宰想问智秀一定要说得这么难听吗，却还是忍住了，乖乖地继续听智秀说话。智秀发了半天脾气，终于歇了口气，稍微镇静了一些，又说：

"我跟你说不能再来了的时候，你怎么能说'知道了'呢？你应该说你觉得很遗憾才对 —— 如果你真觉得遗憾。当然，如果你并不觉得遗憾，那就当我没说。至少当时我是……"

延宰忽然打断智秀的话，说道：

"我觉得很遗憾。"

智秀闭上了嘴。

延宰接着说道："我当然觉得遗憾，可是总不能叫你不要去上补习班啊。"

"那你也应该说出来。这样我才能想办法抽时间再来找你玩儿啊。你可真是的！虽说早就清楚你这个人不知道眉眼高低，可没想到，都这么大的人了，这种事居然还要我一样一样地教给你。"

智秀的语气里仍然带着点怒意，表情却缓和了许多。于是延宰又说了一遍，她感到很遗憾。遗憾 —— 这个词她已经很久没有说过了，她以为自己早就忘了该怎么说，但并没有。延宰的遗憾里掺杂着一丝伤心。话一出口，她还没对"遗憾"免疫的心就被伤心给占据了。她的眼泪在眼圈里打着转，可是一想到自己真哭出来，恐怕一辈子都要被智秀耻笑，就又强忍了回去。

　　延宰想，她要告诉考利，人类没有读心术，如果人人都有话不说，就不可能知道彼此在想什么。只是大家都错误地以为人人都能读懂他人的想法罢了。

　　回教室的路上，智秀把在心里积压了好几天的话一股脑儿地讲给延宰听，延宰怕智秀误会她没在听，所以非常努力地点头附和。智秀虽然有时说话很冲，但从不夸大其词，更不会说谎。延宰想，别的不说，光是这一点她俩就很合得来。她喜欢智秀这样说话直来直去的朋友，这样她就不用自己在心里东猜西猜，最后得出奇怪的结论了。

　　"我不是不能理解你。我都理解。我妈妈以前就说过，一个人如果需要花很多精力照顾家庭，与外界的关系就会变得疏远，人也会变得麻木，就跟蜗牛为了避免受伤害而躲进壳里一样。我理解你。虽然这么说很可笑，但你也要理解我。"

　　"怎么理解？"

　　"我性格急躁，又粗枝大叶，有时候说话挺讨人厌的。你肯定也早就看穿我了。我妈就经常说我，她让我说话别那么欠揍，说我这样以后到哪儿都招人嫌弃。我就跟她说：'我都是跟妈妈学的呀！还有，为什么说话非得斯文乖巧？难道就为了听人家一句夸赞？'我妈妈说：'你是女孩子，说话当然要乖巧可爱才好嘛！'她整天为了这些事说我。对了，我跟我妈说起你妈妈，我妈高兴极了，她也经常看那部电影。你说，以后让两位妈妈也互相认识一下，好不好？我妈特别想……"

　　延宰十分确定，假如回到开运动会那天，假如在那天操场的看台上邀请了宝琼和恩惠，还有智秀和考利为她加油，她绝不会脱离赛道，她一定会坚持到最后，赢得第一名。她知道自己不可能回到十一岁了，但是觉得在今后的人生里，她应该都能跑完全程，不再脱离赛道。延宰不需要整个世界的理解，只要她想理解的人能够理解她，就足够了。

　　放学后，延宰在餐厅里一边吃酸辣白菜汤，一边把智秀说的话转告给宝琼。诸如，智秀的妈妈如何看着宝琼的电影度过青年时代，还有智秀妈妈说想约个时间四个人一起见一面，等等。

　　"你说什么？谁说什么？"

　　宝琼连着问了好几遍。她不是没听懂，而是不敢相信这些话是从延宰口中说出来的。延宰觉得，此时最能带给宝琼信赖感的应该就是她的沉默了，于是往嘴里塞了满满一大口饭。宝琼在手机日历上查看着自己的休息日，又问道：

　　"智秀妈妈是做什么的？周中时间行不行？"

　　等宝琼把要问的都问完了，延宰开口说道：

　　"我也想看。"

　　"好啊，看啊……啊？你想看什么？"

　　"妈妈的电影。"

　　宝琼被一口汤呛住，干咳了起来。

　　宝琼觉得应该很难找到片源了，延宰却只搜索了一次就找到了那部三十几分钟的电影短片，甚至还买到了高清影片。延宰到二楼和考利一起用投影仪把电影投射到墙面上，看着片名、导演和主演的名字慢慢出现在画面当中。"金宝琼"三个字看起来如此熟悉，又如此陌生。延宰像在看恐怖电影似的，抱紧两膝，蜷缩起身体。考利守在一旁，也学延宰的样子，抱住膝盖。因为有它在身边，延宰没觉得自己是孤身一人。考利不是生命体，也没有体温，延宰却能感觉到它的陪伴。

看着电影悠长平淡的片头，延宰对考利说：

"我之前说过带你回家没有理由，对不对？其实不是的。"

如果不说，别人就不会知道你心里是怎么想的。延宰醒悟到这一点之后，觉得也应该把自己的真实想法告诉考利。

"那天看到躯壳尽毁的你躺在干草堆上，听你对我说天空很美，我觉得你好可怜。然后，突然就想到，也许我能修好你。如果我什么也不做，你肯定会从这个世界上消失，但如果带你回家，你就不会消失了。其实哪里轮到我怜悯你呢！可我不后悔。修复你的过程中，我发现，原来我一直以为自己不再喜欢的，其实才是我真正喜欢的东西。你现在不要回应我。这是命令。"

考利服从了延宰的命令，但第一次感受到了违抗命令的冲动。也许它的体内实际上也真的发生了"冲动"。看电影的时候，考利总觉得自己的内部好像有什么东西错位了，但它不能妨碍延宰看电影，只能静静地等待着那种"冲动"渐渐平静下来。

智秀递过来一颗清心丸，延宰不接，只是愣愣地看着。智秀只好亲手撕开包装把药丸塞进她嘴里。药香顿时在口中弥漫开来，微苦中带着一丝回甘。

智秀妈妈开着车，从后视镜里看向后排的延宰和智秀，问她们："紧张吧？"延宰开口就要否认，却闻到自己满口的清心丸味道，连忙又闭上了嘴。智秀狠狠地嘲笑了她一番。说笑间，车已到达了目的地——一所大学的礼堂。

入口挂着的巨大横幅，告诉人们是在此地举行大赛。这次比赛因为关系到升学，规模很大，相应地吸引了大量的人，把会场周围挤得水泄不通。这还是工作日的上午，更可见参加比赛的人数多得超乎想象。延宰又回想起了她一心只想忘记的那次大赛。好歹这次她是坐智秀妈妈的车一起来的，至少不会像上次她自己坐地铁到现场时那样尴尬。延宰给自己加油鼓劲，不让自己想那些郁闷的往事。要不是智秀喂了她一颗清心丸，她这会儿一定已经灌了五瓶水下肚，然后飞奔着跑去卫生间，最后把这次作品演示也毁了。智秀妈妈也想下车，却被智秀挡着车门拦了回去。智秀不让妈妈跟着，请她到附近找个地方休息。看着汽车在人流中慢慢地穿行，随后出校门而去，智秀才毅然决然地说："走吧！"声音像是即将走上战场的战士。

　　宝琼也想跟来，延宰早上好不容易才拦住了她。宝琼的心里也还放不下延宰上次独自去参加大赛，最后伤心而归的事。但这次有智秀妈妈开车接送，而且最重要的是，她不是一个人，所以延宰并不害怕。当然，紧张还是紧张的。临出门前，恩惠问延宰参赛作品是什么，延宰以"没时间了""一下子说不清楚"为由，避开了这个话题，但隔了一会儿又气喘吁吁地折返回来问恩惠：

　　"姐，你想要自由，对不对？"

　　"我现在也是自由的。"

　　延宰咧嘴一笑，说她明白，然后又冲出了家门。

　　参赛选手每五个团队一组进入讲堂。舞台前穿插坐着五位大学教授和三位技术工程师。她们在五个团队中第四个上场。她俩坐在工作人员指定的座位上，看着前面几个团队展示各自的作品。有在台风等灾难天气仍能正常飞行的无人机，有投放到公共设施上使用的智能机器人医生，还有在原有模型基础上添加功能的新型达帕，等等。作品涉猎范围广泛，充满了奇思妙想。他们都说是在海外旅行或留学时得到的灵感，也大多参考了西方的研究资料。那些创意也都是这个世界需要的。延宰重新检查了一遍自己准备的材料，一方面想再看看有没有错漏的地方，另一方面也在担心自己稿子的内容跟别的团队比起来太单薄。正在她觉得自己画的图纸太简单的时候，智秀握住了她的手。

"你的创意是最好的！"

智秀用口型说道，然后用力拍了一下她的后背，叫她挺直腰板。这话给了延宰底气。不知道是不是清心丸开始起作用了，她心里平静了许多。

每个团队二十分钟的作品展示和自由问答环节结束后，延宰和智秀走上了舞台。延宰站在舞台后方，在平板电脑上操作PPT，配合着智秀讲解的内容翻页。每次看向评委，延宰都觉得自己像是又被拉回到了一句话都没能说出口就离开舞台的那一天。她尽可能不看正前方，眼睛只敢盯着PPT页面。好在负责解说的智秀沉着冷静，吐字清晰，人人都能听得清清楚楚。所有的评委都在全神贯注地听着她们的创意——延宰根据恩惠的需求设计出来的"软轮椅（soft-wheel chair）"。

"软轮椅"的工作原理和2016年美国哈佛大学发明的全软体机器人"章鱼机器人"相似。合成硅树脂制成的车轮比现有的轮子更薄，韧性更好。轮胎内部装有能够弯曲应变的人造肌肉，车轮平时保持圆形，需要上楼梯或翻越其他障碍时，则可利用气压根据障碍物改变形状。与此同时，人造肌肉与传导性高分子结合，又能随时将变形后的车轮形态固定，保证车轮可以轻松"滚"上台阶，在山岳地区也能畅行无阻。

智秀对延宰的创意信心十足，讲解得既流畅又有感染力。这也让延宰很受鼓舞，渐渐不再害怕正面直视评委了。看到几位评委频频点头，延宰觉得自己的创意得到了认可，内心激动不已。智秀一点儿也没紧张，轻松顺利地完成了十五分钟的讲解，有一位评委还轻轻地鼓了鼓掌。智秀笑着回头看延宰，延宰僵硬的面孔才终于放松下来，也跟着一起笑了。智秀不慌不忙地又回答了几个评委提出的问题。终于到了最后一个问题。一位据说是大学教授的女评委看着站在后面的延宰问道：

"你们为什么提出了这样一个创意呢？你来回答一下。"

智秀把麦克风递给延宰。延宰走到智秀身边接过麦克风。她不能说是自己广见博闻的结果，毕竟她还从未离开过"家"这个小小的世界。评委一定会觉得她的回答平凡无奇。延宰也知道，可是能怎么办呢？对于她来讲，家仍是整个世界，而且就连这样一个小小的家里，都还存在着太多未能解决的人间难题。延宰为了舒缓紧张的情绪，慢慢地呼出一口气，让肌肉松弛比用力更有助于放松。

"为了不孤单。"

延宰停顿了一下，看到智秀并没有露出惊讶的神色，就觉得自己的回答没错。她鼓起勇气接着说道：

"有的人外出一次要比别人花更多的时间准备。可是，就算做好了准备，也不表示能出得了门。很多时候，她最终只能放弃。不是因为没有毅力或实力，而是因为太难了。没人帮助就无法通行的道路太多了。也许有人会说，这个问题很好解决啊，做手术不就行了？但对于有些人而言，手术的费用是无法承担的天价，更何况她也并不想要和我们一样健全的双腿。腿只是外在的形体，她真正想要的是自由，广阔天地任我行的自由。而她想要的自由，其实只要这样一副不需要很多钱，但制作精良，能够跨越任何障碍的软轮椅就能解决。我们的文明不能拆除所有楼梯，但至少可以造出能攀爬那些楼梯的车轮。这不就是技术发展的终极目标吗？我觉得技术不是用来辅助弱者的，而是为了让已经是强者的他们变得更加强大。"

延宰调整了一下呼吸，顺利地说出了最后一句话：

"车轮是人类发展史上最重要的发明之一，我想，现在该是它再一次改变自己形状的时候了！车轮曾经把古人飞快地运送到了遥远的地方，我相信，对于现代人，它们必定也能发挥出同样的作用。"

大学教授又拿起麦克风问道：

"能告诉我们，那个每次外出都需要比别人做更多准备的人是谁吗？"

"是我亲姐姐。"

大学教授笑了。

"你讲得很好。谢谢你。"

下台以后，智秀一把抱住延宰。延宰吓了一跳，挣扎了几下想要扯开她，但智秀不肯撒手，延宰只好放弃，乖乖地听任智秀把自己搂在怀里。

延宰现在只能感觉到顺利结束比赛后的轻松，她还预见不到，几天以后她们将收到预赛过关的好消息，还有，她们的决赛也正常发挥，没有任何失误，最后获得了第二名的好成绩；她更是做梦也不会想到，她们的创意入选了国家科学技术开发计划，五年之后，她们就能把自己亲手制作的第一台软体轮椅作为礼物送给恩惠了。

因为在这一切发生之前，延宰将不得不经历一次刻骨铭心的离别之痛。

考利

"风总是凉爽的吗？"

考利问正在喃喃自语的敏周。敏周迎着凉爽的秋风伸了个懒腰，低头看看考利，刚要说"对"，转念一想，又改了主意。他蹲下来，让考利也跟着坐下。考利学着敏周的样子，弯曲膝盖，做了个半蹲半坐的姿势。

"风是凉爽的，也是温暖的，是冰冷的，也是湿润的。"

"为什么不一样？"

"风就是空气的流动，空气不一样，风当然也不一样。冬天空气寒冷，风就是冰冷的；夏天空气炙热，风自然也是热的。"

"为什么会刮风？"

"因为空气在流动呀。你知道气压吧，就是空气团，它们从高处往低处移动，一刻也不停。地球的空气就是这样循环的。"

考利点点头，把手伸向空中，却没有感觉到空气的流动。不过，敏周的头发和树叶都在飘动，可知空气确实是在流动的。这和阿今的马鬃飞舞是一个道理。略有不同的是，风是自己吹的，阿今却能掀起风。

如延宰所说，一些叶片开始变红了。世界上有许多神奇的变化，考利都不知道其中的原因。它现在能理解为什么延宰说不是所有的事都有理由了。这里发生的所有事情，要想搞清楚

一手抄蓝

它们的前因后果，可能需要很久很久。也许有些仿人机器人什么都知道，但至少考利的记忆区里并没有相关的信息。

"她们今天怎么这么晚？"

"她们说中午要聚会，因为昨天收到了好消息。"

昨天晚上，延宰和智秀放学后，一到家就焦急地盯着手机看。恩惠悄悄告诉考利，晚上八点会公布预赛合格者名单，所以现在不要招惹她们。一到八点，两个人就打开手机，没一会儿，智秀尖叫着抱住了延宰，又开玩笑说，想吃什么尽管开单子过来！不过因为时间太晚了，她们约了次日再聚，智秀就先回家去了。

确认成绩的那一瞬间，延宰只是静静地笑了，但考利通过她身体上传来的振动，感觉到了她心中的喜悦。她虽然没有像智秀那样连声尖叫、手舞足蹈，但幸福的程度是一样的。别人也许看不出来延宰细微的变化和感情，考利却总是能立刻就察觉。"开心吧？非常非常开心？"延宰要离开二楼房间时，考利问她。延宰没有掩饰满脸的笑意，答道："明知故问！"

考利还知道延宰的一个秘密，那就是延宰没事儿就看宝琼的电影。同一部电影延宰反复看了又看，却每次都像第一次看一样，全神贯注地盯着每一个场面，侧耳倾听每一句台词，尤其是有宝琼出场的部分，她更是眼睛也不眨一下。

"有那么好看吗？"考利问。

延宰摇摇头说："不是我喜欢的类型。"

"那你为什么还要看那么多遍？"

"就是觉得好奇妙。"

"什么奇妙？"

"没有遇到我时的妈妈。"

"遇到你之后，宝琼也和那时候的宝琼是一样的。"

延宰没有回应考利的话，直到已经看了五遍的电影结束以后才说："对，是同一个人。你说得对，那时候的妈妈和现在的妈妈是同一个人。"

延宰后来把同一部电影又看了三遍。考利只看一眼就能记住画面中所有的细节，甚至包括道具的位置，但延宰却每看一遍都有新的发现。明明是同样的事物，通过人类的眼睛看到的却是不同的东西。考利想，人类的构造真是奇怪。一起生活，各自的时间流逝速度却不一样；看着同样一个地方，每个人的记忆却各不相同；不表达，就没人知道你心里是怎么想的。有时候，她们甚至还能做到心口不一。考利觉得，人类光是为了隐藏自己，可能就要耗尽一切燃料。

尽管如此，有时她们不用说话也能明白彼此的心意；各自看着不同的东西，方向却是一样的；没有在一起，却跟在一起一样，拥有相同的时间。人类的世界如此深奥复杂，却似乎也是快乐的。假如考利能感受到情感，它肯定也会觉得非常快乐，也会觉得生活本身就像一连串的谜题。

敏周枕着自己的胳膊躺在草地上，惬意地合上眼睛。考利一下子学不来，就仔细观察起他的样子。

"明天就要比赛了，你感觉怎么样？"

敏周问。

"没什么特别的。"

考利马上回答。

"对吧？我也真是奇怪，居然还期待你说觉得紧张。"

"你期待我说自己紧张吗？"

"你们都很久没有跑比赛了嘛！停赛那么久，重新上场肯定会紧张啊。"

"你总是把我当成人类对待。"

听考利这么说，敏周笑了。

"不过，我倒并没有想做一个人。我喜欢你把我当成人对待，是因为你觉得我是真实存在的。我希望自己是一个可以长久留在人类身边的机器。"

"为什么？"

"因为我就是机器啊。"

敏周之后是延宰，延宰之后是宝琼，再然后是恩惠和智秀，他们都把考利当成一个生命体来对待。考利把他们归类到特殊人群，大概也只有人类能够爱没有生命的事物。比如，宝琼就曾经说过，在卖掉结婚后和消防员买的第一辆车时，她大哭了一场，可见她有多么爱那辆车。

宝琼说明天她要休息一天，好去看它们比赛。宝琼说，这还是餐厅开业以来第一次周末不营业。她现在终于意识到，休息一天也不至于饿死。宝琼还强调说，她主要是想看延宰修好的机器人骑着马在赛道上奔驰的样子。一天凌晨，趁着延宰睡觉的时候，宝琼上到二楼来对考利说，她再也不会错过女儿人生的重要瞬间，她会努力避免和女儿们之间的关系更加疏远。考利不知道宝琼为什么要把这些心里话说给它听。不过听完以后，它点了点头，还说会为宝琼加油。

"这样很舒服吗？"考利问敏周。"躺着当然舒服了！"听了这话，考利学着敏周的样子躺到草坪上，也把手臂枕在头底下。它不懂什么叫舒服，但这样倒是更方便它仰望天空。天空和它躺在干草堆上看到的那一次很像。

考利知道那些人会像带走 F-16 那样带走它，也知道自己将像 F-16 一样不会再回来了。但那个女孩来了。于延宰，那个瘦弱的、看上去甚至抱不动它的女孩，倾尽仅有的 80 万韩元买下了它。考利觉得那一刻就是人们常说的"人生大逆转"，或是第二次人生的开端——假如它的一生也可以被称为"人生"的话。

考利生活的那个家不知怎么总有些凄清寂静。虽然有三个人生活在那里，但是在同一个时间段里，只有一个人发出动静。她们生活在一起，却都被禁锢在了各自的时间里，彼此隔绝，互不相通。但考利很清楚，那样的沉默不会持续很久。龟裂已经出现，她们发出的声音也开始慢慢地互相渗透，总有一天，

　　她们会把彼此的时间调整到同一个频率上，让时间不至于流逝得太快。

　　"过了明天，阿今就要死了吗？"

　　敏周并没睡着，却迟迟没有作答。如今考利也明白了，人类的沉默大体上意味着肯定，对它问题的肯定答复。也就是说，过了明天，阿今就要死了。除非发生另外一个奇迹，能够开启阿今第二次生命的奇迹。

　　阿今的状态好转了很多，但馥兮一口断定，这只是一时的回光返照，又千叮咛万嘱咐地说，阿今绝对不可能恢复到受伤前的状态了，如果让它跑出比约定的30公里更快的速度，后果将不堪设想。馥兮说，阿今能维持现在的状态全靠药物和镇痛剂的作用。馥兮当然有她的道理，但考利认为阿今能好转起来，最主要的还是得益于恩惠的精心照料。考利也不能理解自己为什么这么认为，不过，它总觉得就像当初延宰修复自己一样，也许就是因为恩惠每天都来看望阿今，喂阿今吃苹果、胡萝卜和大杏仁，每天都温言抚慰它，阿今才好起来的。因为唯有幸福才能战胜痛苦。考利从记忆器里调出阿今第一次重新站起来时恩惠欣喜的样子，反复回味。

　　"阿今要是死了，恩惠一定非常伤心。"

　　"她当然会伤心，不过，总会恢复的。"

　　敏周大约是倦了，打了个大大的哈欠。

　　"你怎么能确定呢？"

"她会恢复的。大家都是这么过来的。具体我也说不清。"

"但也许只是时间停滞在了那里。"

敏周没听懂，睁开眼睛看了看考利又闭上。考利还有很多问题想问他，但没再说话。它不想打破敏周这一刻的悠闲安逸。它仍然担心恩惠，但有宝琼在，不会有问题的。宝琼已经知道了该如何让停滞的时间重新流动起来。

考利又仰头看天。延宰说过，看着天空会觉得眼睛发酸想流泪。可考利无论怎么仰望天空，都不会流泪。延宰告诉它，当你看到一生当中所见过的最美丽的天空时，就算眼睛没有感觉刺痛，你也可以使用"耀眼"这个词。考利真希望自己的眼睛也有流泪的功能，等明天阿今跑完全程的时候，它就可以流着泪抱住阿今，对它道一句："辛苦了。"

假寐中的敏周忽然对考利说：

"只要不死，时间就永远在流淌，所以暂时的停滞根本不是问题。"

"……"

"生者的时间必然是流动的。也许这样更好。有位著名人士说过，跑得太快，会错过很多风景。是谁说的来着？想不起来了。"

考利点了点头。敏周说完真的睡着了。

阿今接受了"站到赛道上也不奔跑"的训练。它降生以后接受的都是尽可能跑得更快的训练，现在却必须学着慢跑，以免再受伤。阿今只要稍微加速，站在旁边的敏周、延宰和恩惠就会挥着手哄着劝着阿今不要跑起来。慢点儿！再慢点儿！放松！呼吸要慢！看看天空，看看周围，感受考利在你背上的上下振动⋯⋯

阿今还进行了缓步小跑训练。赛马场上，虽然是跑得最快的那匹马才能拿第一名，但跑得慢的马也不会中途被驱逐出赛道。从比赛一开始就慢跑也不违反规定。

我们每个人都要练习慢慢地跑。

考利不会知道，赛后，关节磨损极重的阿今仍强忍剧痛登场比赛的消息上了电视新闻，阿今成了"奇迹之马"。它也不会知道，因为这件事，赛马的悲惨处境受到了全社会的关注，广大市民为保障阿今的生命权开展了签名请愿运动。考利更加不会知道，很久很久以后，阿今最终被送到了济州岛，在可以随时仰望蓝天的大草原上平安地度过了余生。但至少在这一刻，考利是幸福的，就像它知道那一切一样。

考利的第二人生就在这里落下了帷幕。现在，让我们闪回到考利坠马的那个瞬间，那个既是这个故事的开头，也是结尾的瞬间⋯⋯

我很想知道你们对我的故事有什么看法。读了我这短暂一生的故事之后，你们作何感想？你们也感觉到振动了吗？就好像我知道自己并不能呼吸，却总有在呼吸的错觉一样，通过我，你们也感觉到那种战栗了吗？我真希望能听到你们的回应，但我没时间了。真的，我再也没有物理意义上的时间了。

　　那几个把我的时间填得满满的人一起坐在观众席上。赛前，我在马舍见过延宰。她紧紧抱住我，让我的身体和她自己的靠在一起，把额头抵在我坚硬的胸膛上，像念咒语似的说道：

　　"你一定可以的！"

　　我不知道她是在自言自语，还是在跟我说话，就适当地保持了沉默。我离开了延宰紧搂着我的怀抱，放开了她满是不舍地紧握着我的手，和她在初遇的那座干草堆旁分了手。如果预知到那是最后一次见面，我一定会对她说：遇见你，我很开心。但我没有先知先觉的本领，所以只是静静地看着延宰的背影从我视线中消失。

　　我走近阿今。像从前一样，阿今已经披挂整齐，戴好了号码牌，正在等着我。就像刚刚延宰抱着我喃喃私语一样，我也抓着缰绳，抚摩着阿今的脖子，说：

　　"拜托了！"

我和曾经是王牌赛马、如今即将接受安乐死的阿今一起站到了赛道上。我翻身坐上马鞍，俯身捋了几把阿今的鬃毛。观众席上欢声雷动。我在密密麻麻的人群中一眼就找到了她们，我朝她们挥了挥手。听到信号枪响后，我拉紧了阿今的缰绳。天幕上打出数字，从"10"开始倒计时。因为天气晴好，所以随着数字变小，天幕缓缓打开，有风吹进来——是阿今飘舞的鬃毛告诉我的。我跟着念诵数字。

3、2、1。

别的马都像箭一般冲出去，阿今却以极为迟缓的速度迈出了第一步。可能是膝关节太疼了，阿今的呼吸有些急促。

如果实在觉得疼，就不要跑了。你已经站到了赛道上，这就足够了。

痛苦的时候，放弃也是一个办法。虽然当一个生命必须有所放弃的时候，同样不得不付出巨大的努力。

观众席上传来揶揄的嘘声。他们在抗议为什么让这么慢的一匹马参赛。阿今能听懂嘘声吗？一个啤酒罐"锵啷"一声掉在了阿今的面前。阿今毫不在意地跨了过去。扔进场内的啤酒罐越来越多，赛场广播开始提醒观众不要往场内投掷物品，观众越发愤怒起来。赛马场瞬间乱成了一锅粥。赛场上响彻的不再是加油的呐喊声，而是抗议、咒骂和呵斥的声音。

没关系，不要理他们。他们的话你根本不用听。你有你的赛道，你只需要看着你的赛道，以你自己的速度慢慢往前跑。

阿今，反正这条赛道只有你才能跑。观众发出的揶揄声一点也不重要。为了不让阿今担心，考利在阿今的耳畔说了一遍又一遍。

不用理会。那些声音毫无意义。你不需要听。我们不需要把什么声音都听进耳朵里。

观众席的一个角落传来延宰朝着众人发火的声音，还有智秀骂人的声音。她们骂的粗口很难听，甚至都没办法转述。其实延宰和智秀不用这样生气。因为我能感觉到阿今是幸福的。阿今每迈出一步，身体都在战栗，就像它第一天踏上赛道时一样。

你很幸福！你能回到过去了！

我对阿今低声说。

假如就此满足，假如我可以装作不知道阿今渴望跑得更快，也许我就不必结束自己的第二次人生。幸福战胜了痛苦。至少在这个瞬间，阿今又能像从前一样奔跑了。我们犯了一个错误，谁也没料想到这种情况。借用延宰的话说，错误也是机会。可是，延宰在修复我的过程中用铝合金代替了碳纤维，我的重量增加了很多，这就大大地增加了阿今的负担。我要是继续坐在马背上，阿今就无法发挥出自己的速度，它的膝关节也会更快地出现问题。我知道敏周会生气，但还是放开了缰绳。我抱住了阿今的脖颈。阿今的幸福通过振动传递给了我。

你还想跑得更快些吗？

阿今用越来越快的速度回答我。上次坠马后，我只是下肢粉碎，但延宰在重新为我制作躯干和下肢时没有安装油压发动机，所以我的身体没有任何能够吸收撞击的装置，如果再次坠马，我体内的重要配件必将全部毁损。更何况几天前，我的身体就开始出现故障，这样的身体状况无论如何也承受不住重创。以后即便可以把损伤严重的内置配件全部重新安装，我也不再是现在的我了。

但我无惧无畏，也无怨无悔。我一定要救阿今，一定要让它幸福。我存在的理由只有这一个。

阿今的心脏在剧烈地跳动。它原以为自己再也不能奔跑了，现在才终于感受到第二次生命的搏动。快些！再快些！哪怕是冒着膝盖毁掉的风险，阿今也想跑得更快。它只想尽情享受能够重新奔跑的自由。

就在这一瞬间，我从阿今背上跌落下来。

这是我第二次坠马。

我度过了我在这个世界上最漫长的三秒，比我呆呆地坐在骑手房的那段时间还要漫长，足够我回忆起一生中所有的点点滴滴。

这就是我的大结局。我的骨盆和上身碎成了千万片，但我没觉得痛苦，只是看到了万里晴空。

第一次面对这个世界的时候，我知道一千个单词。后来，我知道了几个名字。那些名字用一千个单词也无法形容，比一千个单词都更加厚重、宏大。假如我还知道更多的单词，在这最后的瞬间，我会用什么样的词汇描述她们呢？这个世界上有没有一个词，能够恰如其分地表达一种混合了思念、温暖和悲伤的感觉？

一千个单词就能说完我短短的一生。从我第一次望着这个世界、喃喃地念诵单词那一刻开始到现在，我所知道的一千个单词全都像天空一样。挫折、试炼、悲伤，你们所知道的一切词语都代表着一千种蓝。

我最后一次看向天空。天空是如此蔚蓝，如此耀眼。

作者后记

　　我的鞋子总是磨损得很快。别人说是因为我走路太快。走路快，鞋子就磨损得快吗？我想问，但没问出口。因为觉得自己走路的确快，鞋子也的确磨损得很快，所以把这两句话放到一起似乎也没关系。

　　很多时候我都处在一种很忙却无精打采的状态。想休息，又怕一停下来就陷入情绪的沼泽当中无法脱身。即便是在写作者后记的这一刻，我也不敢想象自己能停下来休息。可能是怕一旦停下来就落于人后。不知道是不是这个原因，我时常觉得自己实在太忙了。不，应该说是人们都太忙了。至少在我所生活的世界，每个人都忙忙碌碌。

　　这一次的韩国科幻文学奖，我原本打算提交的作品并不是《一千种蓝》，而是一部太空歌剧题材的、世界观更加宏大的小说。但在我写了800页，还剩下最后100页的时候，忽然觉得这部小说里的人物都很"假"，无论如何都写不下去了。因为一个字也写不出来，所以我有很长一段时间甚至连笔记本都没打开过。当时是九月中旬。反正小说是假的，为什么我会觉得自己的小说特别假呢？我一边心中苦恼，一边继续做没有周末的补习老师，每天给小朋友上课，另外还要去咖啡厅打工。一天，因为担心上班迟到，我一路加快着脚步，同时心里还在翻来覆去地犹豫那部小说是留还是弃，这时鞋底忽然掉了。我只得停下来，才忽然发觉自己竟在喘粗气。原来，我以为自己在走，其实一直在跑。直到那一刻我才恍然大悟，我在写的那部太空歌剧小说需要更高远的想象力，而我自己的两只脚是踏在大地上的。不是科幻与现实的距离太遥远，而是我和我的小说距离太遥远。

2019 年我得到一个好机会，出版了长篇小说《坍桥》，但这样一来，韩国科幻文学奖的参选资格中"处女作出版未过两年"的规定就横亘在了我的面前。我想今年很可能是我最后的机会了。实际上，2020 年韩国科幻文学奖受新型冠状病毒感染的影响被取消后，这还真成了我最后一次机会。不管怎样，这是我一直心向往之，而且以后再也不可能参选的文学奖。从那时候起，我开始重新考虑要为它创作一部什么样的作品。既然是科幻文学奖，我就想写一部精彩的科幻小说，但没能做到。我暂时还写不出"非常精彩的"科幻小说。于是想，那就写一部"我能写好的"小说吧。

我手机备忘录的最后一条写着这样一句话：

"我们每个人都要练习慢慢地跑。"

这句话是什么时候写下的我已经不记得了，但它总让我想起地球变化的速度，还有在变化过程中落伍的人们和动植物。
于是，我写下了《一千种蓝》。

　　写完小说以后，我也在练习慢慢地走，以免跑得太快而踩
死路过的蚂蚁。

获奖感言

十七岁时，我一心想写小说，在未经父母同意的情况下，选择了艺术高中的文艺创作专业，从那时起，我的梦想就是成为一个小说家——更准确地讲，是成为一个写故事的人。无论何时，我都在脑海里想象、编写故事，思考如何赋予人物生命力。但我始终没有获奖的机会。我开始怀疑，自己写的小说是哪里不对吗？这个念头纠缠着我，让我有好几年都没有再写作。不过这次放弃没有持续很久。不写东西的时候，我的世界太无聊了，我只能重新提起笔来。

我没有读过很多科幻作品，现在也还在钻研当中。尽管如此，若问我为什么写科幻小说，我只能说，我发现自己喜欢的东西，原来就是科幻。我喜欢的电影、感兴趣的小说、最爱的素材（僵尸和宇宙）……直到不久前，我才知道这一切都属于科幻的范畴，当时觉得又惊又喜。

我开始在网络平台上连载小说。因为不用再受任何尺度的衡量，我下决心只写自己喜欢写的东西。这样写着写着，突然有一天，我竟然获得了仿佛这辈子都无缘的奖项——韩国科幻文学奖。我真的太开心了，接到通知获奖的电话后，我在公司紧急出口的楼梯上坐了很久很久。

写小说、写故事大纲、写人物设定……所有这些工作都是我真心喜欢的，可我还不知道自己究竟为什么喜欢。不过，如今的我不再执着于求索那个"为什么"，我只想享受写作的愉悦。也许有一天，就像这突如其来的奖项一样，我也能获得顿悟。

在那之前，我将继续借着未来和宇宙以及我无法去往的别的世界，写那些能够在读者——哪怕只有一个人——的心里留下深刻印象的故事。

我相信这个奖项颁给我，是为了激励我继续快乐地创作。非常感谢！

2020 年夏

千先兰

图书在版编目（CIP）数据

一千种蓝 /（韩）千先兰著；张纬译 . —— 北京：
国际文化出版公司，2024.6
ISBN 978-7-5125-1613-7

Ⅰ.①一… Ⅱ.①千…②张… Ⅲ.①长篇小说—韩
国—现代 Ⅳ.① I312.645

中国国家版本馆 CIP 数据核字 (2023) 第 253534 号

北京市版权局著作权合同登记 图字 01-2024-2969

一千种蓝

作　　者	〔韩〕千先兰	
译　　者	张　纬	
责任编辑	张　茜	
责任校对	崔　敏	
策划编辑	任　菲　宋紫薇　朱韵鸽	
出版发行	国际文化出版公司	
经　　销	国文润华文化传媒（北京）有限责任公司	
印　　刷	嘉业印刷（天津）有限公司	
开　　本	880 毫米 × 1230 毫米	32 开
	9.375 印张	193 千字
版　　次	2024 年 6 月第 1 版	
	2024 年 6 月第 1 次印刷	
书　　号	ISBN 978-7-5125-1613-7	
定　　价	55.00 元	

国际文化出版公司

北京市朝阳区东土城路乙 9 号　　　　　　　邮编：100013

总编室：（010）64270995　　　　　　　　传真：（010）64270995

销售热线：（010）64271187

传真：（010）64271187-800

E-mail：icpc@95777.sina.net